SUPEREXPOSIÇÃO

SUPEREXPOSIÇÃO

MAL PEET

Tradução
Juliana Lemos

martins fontes
selo martins

© 2012 Martins Editora Livraria Ltda., São Paulo, para a presente edição.
© 2008 Mal Peet
Esta obra foi originalmente publicada em inglês sob o título *Exposure*
por Walker Books Limited, London SE11 5HJ.

Publisher *Evandro Mendonça Martins Fontes*
Coordenação editorial *Vanessa Faleck*
Produção editorial *Cíntia de Paula*
Valéria Sorilha
Capa *Reverson Reis*
Preparação *Aluísio Leite*
Revisão *Silvia Carvalho de Almeida*
José Ubiratan Ferraz Bueno
Pamela Guimarães

1ª edição 2012

Dados Internacionais de Catalogação na Publicação (CIP)
(Câmara Brasileira do Livro, SP, Brasil)

Peet, Mal
  Superexposição / Mal Peet ; tradução Juliana Lemos. – São Paulo : Martins Fontes
– selo Martins, 2012.

  Título original: Exposure.
  ISBN 978-85-8063-074-9

  1. Ficção inglesa I. Título.

12-10691   CDD-823

Índices para catálogo sistemático:

1. Ficção : Literatura inglesa 823

Todos os direitos desta edição reservados à
Martins Editora Livraria Ltda.
Av. Dr. Arnaldo, 2076
01255-000 São Paulo SP Brasil
Tel.: (11) 3116 0000
info@martinseditora.com.br
www.martinsmartinsfontes.com.br

Impressão e acabamento: Yangraf Gráfica e Editora

Para Lol, Carlo e Tomski,
com amor

Personagens principais

OTELO, jogador de futebol, capitão da seleção

DESMERALDA, uma celebridade

DIEGO MENDOSA, um vilão, empresário de Otelo

NESTOR BRABANTA, um senador, e pai de Desmeralda

EMÍLIA, companheira de Diego

MICHAEL CASS, segurança de Otelo

O DUQUE
ARIEL GOLDMANN } diretores do Rialto, um clube de futebol

HERNAN GALEGO, um político

JACO RODERIGO
LUÍS MONTANO } jogadores de futebol

RAMON TRESOR, técnico do Rialto

PAUL FAUSTINO
NOLA LEVY } jornalistas

BUSH
BIANCA
FELÍCIA } crianças de rua órfãs

FIDEL E NINA RAMIREZ, proprietários do La Prensa, um bar

CAPITÃO HILÁRIO NEMISO, um policial

Primeiro ato

1.1

O MENINO COM o cabelo cheio de *dreadlocks* trabalhava em duas funções: olhava carros e fazia pequenos serviços no pátio. Vinha trabalhando naquele território – a calçada em frente ao prédio do *La Nación* – havia alguns meses. Mais tempo que a maioria de seus antecessores. O lance dos carros era o de sempre, mas ele agia com educação, até mesmo delicadeza, e essas não eram qualidades que suas vítimas costumavam esperar de alguém como ele. Esse elemento surpresa compensava. Ele carregava um balde de plástico sem alça, uma esponja e três panos grandes enfiados na bermuda: um sujo, um menos sujo e um limpo.

A rotina era mais ou menos assim:

Um carro estaciona. O garoto não o aborda imediatamente porque sabe que, se o motorista o vir antes de sair, seu coração não vai amolecer naqueles segundos preciosos. Ele então espera o motorista trancar as portas e surge como num passe de mágica. E sorri.

– Bom dia, señor. Quer que eu lave o vidro?

Algumas vezes – muitas vezes, na verdade –, o motorista hesita, dá de ombros e tira uma pequena moeda do bolso. As vítimas que fazem isso são as que olham para ele.

– Obrigado, señor. Eu olho o seu carro também. Está incluso no serviço.

Na maioria das vezes, a reação à oferta do menino é inexistente ou descaradamente indiferente. Mas o sorriso dele não vacila.

– Ok, señor. Sem problemas. Mas não quer que eu olhe o carro?

O motorista olha feio para ele. E aponta o grandalhão de uniforme que vigia o estacionamento.

– Aquele cara ali já está de olho no meu carro. E em você também.

O sorriso fica ainda mais brilhante.

– Ah, o porteiro? O meu amigo Ruben? É, o Ruben é legal. Ele é de confiança. Só que não é mais tão rápido quanto era antigamente, sabe?

A técnica do garoto funciona, aproximadamente, quatro a cada dez vezes, e, segundo seus cálculos, isso dá uma média de vinte e dois centavos por tentativa. Ele é surpreendentemente bom em aritmética, se levarmos em conta o fato de que a única maneira pela qual poderia ter entrado em uma escola teria sido pela janela, durante a noite.

De vez em quando ele acaba levando uns chutes no traseiro, e aquela foi uma dessas ocasiões. O carro era um Porsche 911 preto. (O garoto conhecia marcas e modelos de carro, muito embora não pudesse ler.) O motorista era um cara branco com cabelo cortado rente, de um jeito que parecia a sombra de um morcego ou algo assim. O menino já sabia de cara que seria uma abordagem sem muitas esperanças, mas foi mesmo assim porque sua regra de ouro dizia para não escolher, e sim tentar sempre. O homem o ignorou, tirando uma maleta do carro. Verificou seu celular e depois o colocou no bolso interno do paletó.

– Ok, señor. Sem problemas. Mas não quer que eu olhe o carro?

O homem de cabelo curto suspirou, tamborilando os dedos no teto brilhante do Porsche. E então se virou com uma rapidez surpreendente e chutou o garoto. Que, de certa forma, já estava esperando aquilo e desviou. O chute pegou no alto de sua nádega direita, logo abaixo do quadril. Caiu sentado na calçada, com a perna dormente e sem movimento. O homem o encarou de cima, com olhos cheios de uma raiva que parecia exagerada para a situação.

– Escuta – disse ele. – Estou de saco cheio de sempre chegar num lugar e ter um moleque de rua me atazanando, e eu não preciso disso, ouviu? Vou deixar uma coisa bem clara pra você, moleque: se quando eu voltar alguma coisa – qualquer coisa – tiver acontecido com esse carro, eu vou atrás de você e arrebento essa sua cara ridícula. Entendeu, ou quer que eu repita?

– Entendi, señor.

– Ótimo. Agora suma daqui e fique longe do meu Porsche!

O garoto arrastou-se para trás, ainda sentado na calçada, molhando a bermuda na água que tinha caído do balde. Quando teve certeza de que o homem já tinha ido embora, ergueu o rosto e olhou para cima, para o cenário de vidro e concreto do prédio comercial que ia se afunilando contra o céu do fim da tarde. Sentiu-se tonto, talvez porque estivesse com fome.

Sete andares acima, Paul Faustino verificava o texto de um artigo que apareceria na primeira página da próxima edição do *La Nación*.

EXCLUSIVO: OTELO ASSINARÁ COM O RIALTO

por Paul Faustino

As fontes de boatos e rumores correm o risco de secar: Otelo, o homem que levou o país ao título da Copa América deste ano, será contratado pelo Rialto dentro de uma semana. Rialto e Espírito Santo fecharam os termos da transferência ontem, depois que o espanhol Real Madrid saiu da competição pelo atacante. É pouco provável que o acordo tenha sido somente financeiro – o Espírito Santo foi irredutível e não baixou o valor de cinquenta milhões pelo jogador. Mais detalhes só serão revelados numa declaração formal à imprensa, marcada para quinta-feira, mas minhas fontes dizem que, além do valor acertado, o jovem e popular atacante do Rialto Luís Montano irá para o Espírito, contribuindo, assim, para a polêmica que sem dúvida surgirá. Pode-se esperar uma reação amarga do público – não apenas dos fãs do Espírito, mas de muitos torcedores do Norte do país –, que verá a ida de Otelo para a capital como traição...

Faustino recostou-se na cadeira e massageou o lábio inferior com o polegar e o indicador. Aquela era uma matéria excelente, fantástica! Iria aquecer um pouco o coração de sua chefe – se é que ela possuía tal órgão. E também lhe traria um grande aumento. Ele mal conseguia acreditar na própria sorte. Na verdade, até sentia certo desconforto junto com a alegria.

Os rumores sobre a saída de Otelo do Espírito Santo haviam começado bem antes da Copa América. E, nos últimos dias, o burburinho dos boatos e especulações tinha aumentado até causar uma verdadeira ebulição. Os jornais e programas esportivos da TV estavam enlouquecidos. Sem nenhuma informação de fato, eles só tinham às mãos um monte de opiniões sem fundamento. Conversa fiada. Faustino era jornalista há tempo suficiente para saber que, na verdade, onde há fumaça nem sempre há fogo. Mas ele também tinha bastante certeza de que Otelo mudaria de time. Tinha de mudar: o Espírito não era um clube bom o suficiente para ele. Tinham acabado mais uma temporada ruim, subindo do último para o quarto lugar da liga, apesar dos 23 gols de Otelo. O que significava que mais uma vez eles não disputariam a Copa Libertadores da América. Isso também significava que Otelo, o capitão da seleção, passaria mais uma temporada sem participar de um jogo internacional. Ridículo, sem dúvida.

Faustino não era um homem de fazer aposta, mas ele tinha apostado que Otelo acabaria indo para um dos grandes clubes europeus: Manchester United, por exemplo, ou Barcelona. Mas ir para o Sul, para o Rialto? De jeito nenhum. Qualquer clube, menos o Rialto.

E então, naquela manhã, recebeu o telefonema do empresário de Otelo, Diego Mendosa, um homem que Faustino mal conhecia.

Ainda rabiscando suas notas, Faustino perguntou:

– Por que eu, señor Mendosa?

– Como?

– Queria saber por que o señor escolheu dar a exclusividade da notícia para mim.

– Porque você é altamente respeitado, Paul. Todos esses boatos deixaram o meu cliente muito estressado, como você pode imaginar. Somente alguém com a sua reputação pode acabar com eles de vez.

– É mesmo?

– É. E também talvez seja o meu jeito de mostrar o dedo do meio para outros jornais que me irritaram.

Faustino riu.

– Sim. Bom, o señor é bem sincero.

Depois, ficou pensando naquilo. No vocabulário de Faustino, "sincero" e "empresário" não eram palavras que costumavam andar por aí de mãos dadas.

Voltou para seu artigo.

Nascido no Norte, e famoso pelo orgulho de sua ascendência africana, Otelo já fez muito para silenciar (nos estádios, pelo menos) os insultos racistas direcionados aos negros oriundos

> da sua região. Seus trabalhos beneficentes – os programas de alimentação, as escolinhas de futebol nas favelas – deram a ele um status e um respeito que vão além do escopo normal das estrelas do futebol. Tudo isso, juntamente com sua declarada lealdade ao Norte (ele jogou apenas em dois clubes em sua carreira, os dois ao norte do Rio do Ouro), significa que sua transferência terá o impacto de um abalo sísmico...

Faustino ficou pensando se a expressão "abalo sísmico" não era um pouco exagerada e decidiu que não. Já tinha visto inúmeros jogos do Rialto e testemunhado os torcedores abanando de modo jocoso notas de cinquenta dólares para os visitantes, principalmente quando o jogo era contra um time do Norte. Já tinha ouvido as piadas como:

– Como você chama um cara do Norte com um teto sobre a cabeça?
– Um ladrão que acabou de invadir uma casa!

E também havia o fato de que os donos e diretores do Rialto eram figuras odiadas no Norte. E o time tinha membros do governo neoconservador, como o vice-presidente Lazar e aquele crápula maldito do Hernan Galego, além de ser sustentado por multimilionários como aquele sei-lá-quem, o cara do supermercado, Goldmann. E Nestor Brabanta, é claro. E era nesse clube que o grande herói do Norte tinha decidido jogar. Meu Deus, ele ia sofrer, sem dúvida!

Usaria abalo sísmico mesmo. Era uma boa expressão, de qualquer modo.

Faustino deu mais uma olhada no resto do artigo. Tinha pegado leve em relação às questões políticas/sociais/raciais. Mendosa tinha pedido a ele que assim o fizesse, e não dá para cuspir no prato em que se come. Primeira regra do jornalismo.

> Eu, da minha parte, estou feliz por ele ter encarado a realidade e se transferido para um clube no qual terá o merecido destaque. Vamos lhe dar boas-vindas à nossa cidade e torcer para que as inevitáveis tempestades ao Norte logo cessem.

– Você às vezes é um babaca muito do fingido – disse Faustino a si mesmo, apagando a última frase. Estava morrendo de vontade de fumar.

La Nación

Para: Vittorio Maragall, Editorial
De: Paul Faustino

Olá, Vito,

Segue uma cópia do artigo de amanhã sobre Otelo. Você é quem sabe, mas sugiro que a gente faça um corte daquela foto que usamos para a primeira página do dia 25 de julho, com o Otelo erguendo a taça e aqueles enfeites amarelos e vermelhos brilhando ao fundo.

Estarei no La Poma até umas nove. Se você sair a tempo, talvez eu lhe dê a honra de me pagar uma bebida.

P

1.2

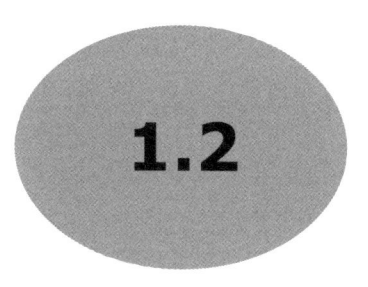

FAUSTINO ACENOU PARA Marta, na recepção, e saiu, os sapatos faziam barulho no chão de mármore da portaria. Ao se aproximar das portas, foi diminuindo o passo até adotar uma velocidade mais cautelosa. "Portas" não era, na verdade, a palavra adequada para descrever aquela estrutura vasta, traiçoeira e complexa de vidro que o deixava desconcertado pelo menos quatro vezes por dia. Atrás delas, visível, estava o mundo lá fora. Mas ele sabia, devido a dolorosas experiências passadas, que chegar até lá não seria tarefa fácil. Havia as portas giratórias centrais, duas vezes mais altas que uma pessoa normal (talvez porque ninguém soubesse ao certo quando um gigante ou um homem de perna de pau poderia aparecer), mas Faustino se recusava terminantemente a usá-las. Em primeiro lugar, o gênio maligno que havia projetado aquelas portas tinha incorporado um mecanismo de velocidade variável, o que significava que você nunca sabia se devia andar num ritmo arrastado ou simplesmente sair correndo. Em geral, era preciso fazer as duas coisas, mas, por causa desse dispositivo travesso e aleatório, nunca dava para saber quando era necessário começar a correr, então mesmo às dez da manhã você parecia um bêbado tropeçando e caindo numa esteira de ginástica. E, além disso, Faustino era quase claustrofóbico e morria de medo que as portas parassem de repente e ele ficasse preso lá dentro.

À direita e à esquerda havia portas comuns, com maçanetas de latão enormes. Mas era impossível saber qual delas reagiria aos sensores internos e abriria automaticamente. Se não abrisse, era preciso puxar, e às vezes ela abria. Outras vezes, era preciso empurrar. Para que ninguém ficasse se sentindo o dono do pedaço, somente uma funcionava de cada vez. E não havia como descobrir qual. Era possível entrar pela porta da direita pela manhã e aí descobrir que a da esquerda era a que estava abrindo à tarde. Alguns meses antes, Faustino entrou no prédio, verificou se tinha correspondência e tentou sair pela mesma porta quinze minutos depois. Acabou sofrendo o que o médico descreveu como "concussão leve". Isso para não falar na hemorragia de sua dignidade.

Então Faustino desenvolveu uma estratégia de saída. Ele parava a alguns passos do vidro e enfiava as mãos no bolso em busca da chave do carro e dos cigarros. Em algum momento, Ruben acabava vendo-o ali parado e vinha a seu socorro. Naquela noite, o porteiro segurou a porta da direita aberta por fora enquanto Faustino revirava seu paletó de frente para a porta da esquerda.

Grato por estar livre, Faustino saiu para o amplo pátio elevado à frente do prédio. Dele saíam os degraus que levavam até a calçada. E na calçada havia uma pequena alameda de árvores ornamentais aprisionadas em grossas caixas de concreto, e à sombra dessas árvores havia duas fileiras de bancos de aço inoxidável. Era parte do trabalho de Ruben afugentar qualquer transeunte cansado que tivesse a impertinência de buscar repouso ali. Obviamente, ninguém que andasse pela avenida San Cristobal poderia ter motivos legítimos para visitar os escritórios do principal jornal do país.

Em vez de ir direto para o carro, Faustino sentou ali e acendeu um cigarro. Isso porque duas secretárias muito atraentes do departamento de contabilidade estavam sentadas no banco da frente. E também porque ele recentemente – e com muita relutância – trocou seu amado Jaguar por um Toyota Celica novo e estava se esforçando para não impregnar os assentos com cheiro de fumaça. Sua atenção foi desviada por alguém que o chamava da rua.

– Olá, maestro! O que manda?

Uma cabeleira e um sorriso enormes apareceram acima do nível do pátio.

Faustino devolveu o sorriso. Era impossível não devolver. Aquele era um sorriso capaz de derreter um pedaço de gelo a cem metros de distância. Imaginou que talvez fora preciso muita prática para aperfeiçoá-lo, já que a alegria não é algo exatamente natural entre crianças de rua.

O carro de Faustino nunca fora uma das vítimas do menino porque, como redator de esportes sênior do jornal, ele tinha direito a uma vaga especial (bastante invejada) na garagem subterrânea do *La Nación*, com tantas câmeras de circuito interno quanto musgos nas árvores de uma floresta. Não, eles se conheciam devido às outras coisas que o menino fazia para ganhar dinheiro. Alguns meses antes, Faustino estava descendo os degraus do pátio da entrada, tirando um cigarro do bolso. O maço estava vazio e Faustino amassou-o praguejando alto. Como se fosse uma resposta a um pedido seu, o menino apareceu bem na sua frente, feito gênio da lâmpada, assim que as luzes da rua se acenderam.

– Qual marca o señor fuma, maestro?

– O quê?

– Qual marca o señor fuma?

Faustino apertou os olhos e ficou olhando para ele. O garoto não tinha uma bolsa consigo.

– Por quê? Você está vendendo?

O sorriso.

– Não, não, maestro. Mas seu carro está lá embaixo e o quiosque é ali em cima – disse ele, apontando para os semáforos na avenida. – Eu vou lá e compro pro señor.

Depois de alguns segundos de pausa, Faustino disse:

– Que história é essa de "maestro"?

O sorriso vacilou e depois sumiu.

– Desculpe, señor. Pensei que fosse o seu nome. É assim que os outros falam.

– Que outros?

Ele encolheu os ombros.

– Sei lá.

Os dois ficaram num impasse.

Mas então Faustino disse:

– Bom. Você sabe o que significa "irônico"?

– Não, señor.

– Ok, deixa pra lá. Se eu der cinco dólares para você comprar pra mim dois maços de President com filtro, você volta com eles?

O sorriso voltou feito luz depois de uma queda de energia.

– Claro!

– Algum motivo para eu acreditar em você?

O menino fez um gesto em direção à rua e respondeu:

– Tenho uma reputação a manter.

Faustino sentiu-se cativado por aquilo, muito embora se considerasse imune ao charme alheio. E o garoto tinha voltado com os cigarros e o troco em menos de cinco minutos.

– Pode ficar.

– Muito obrigado, señor.

– Então... Qual o seu nome?

– Bush.

– Bush? Porque te encontraram embaixo de um arbusto[1]? Ou a sua mãe é fã de presidentes americanos que são donos de poços de petróleo?

– Não – respondeu o menino, balançando a cabeça e apontando, com as duas mãos, para a juba insana de *dreadlocks* que balançava e voava. – É porque eu pareço um arbusto. Nasci com um monte de cabelo e ele foi crescendo.

Faustino ficou examinando o menino enquanto se atracava com o maldito celofane que envolvia o maço de cigarros. O cabelo rasta, o rosto alongado e hispânico, as maçãs do rosto altas e indianas, a cor africana, o nariz estreito sabe-se lá de onde – talvez da Arábia –, os bons dentes. Manchas verdes aqui e ali na cor dos olhos. Não muito alto, magro, mas com músculos.

Os genes que o produziram tinham caído pelos séculos feito as bolas de uma máquina de sorteio de loteria e desembocado em um número ganhador. Era um garoto bonito. Mas outra pessoa é que havia ganhado o dinheiro e a sorte.

---

1. *Bush* em inglês. (N. T.)

– Quantos anos você tem, Bush?

Ele encolheu os ombros mais uma vez.

– Dezessete?

Ah, sim. Qualquer menino de rua que pudesse daria essa resposta. Porque o temido Serviço de Proteção Infantil não se aplicava a ninguém acima dos dezesseis anos. Ele podia muito bem ter quatorze, quinze anos, quem poderia saber?

Mas, sabe-se lá por que motivo, Faustino a partir de então começou a comprar seus cigarros President com o garoto. Juntando o troco durante uma semana, ele tinha mais ou menos um dólar e vinte. O suficiente para conseguir duas *chili fajitas* de frango se comprasse de alguma daquelas barracas perto do terminal de ônibus.

A maneira como Bush combinava seus dois trabalhos impressionou Faustino. O menino parecia ter olhos atrás da cabeça. Na hora do almoço, ele ficava limpando a sujeira e os insetos de um para-brisa, ao mesmo tempo que conseguia monitorar os funcionários do *La Nación* que saíam para o pátio em busca de um pouco de sol, para fumar ou para poder dizer coisas que não podiam naqueles escritórios amplos e sem privacidade em que trabalhavam. E se a Maya do departamento de publicidade não conseguia aguentar por mais nenhum minuto a dieta baixa em gordura que fazia, Bush de alguma maneira sabia e já estava no campo de visão dela, e em pouco tempo já tinha percorrido os quatro quarteirões até a padaria para buscar um sanduíche de queijo e presunto. "Fantástico, querido. Fique com o troco". Vinte centavos. Quando a máquina de refrigerante na entrada quebrava, o que acontecia pelo menos uma vez por mês, era o seu dia de sorte. Vinte centavos por Coca, em média, numa caixa com doze.

Faustino também admirava o modo como Bush respeitava Ruben, permitindo que o porteiro mantivesse sua autoridade. Quando Ruben estava vigiando as árvores e a escada do lado direito do estacionamento, Bush ficava trabalhando atrás das árvores no lado esquerdo. E quando Ruben ficava caminhando pelo lado esquerdo do estacionamento, Bush trabalhava atrás das árvores no lado direito. Isso era um modo gentil de poupar Ruben do embaraço de expulsar um menino de rua do imponente estacionamento, um lugar que não podia ser invadido, de qualquer modo. Também significava que os clientes de Bush gostavam do modo como Ruben fazia as coisas, e isso também era bom para ele. Porque, afinal de contas, porteiros, assim como meninos de rua, não são exatamente insubstituíveis.

Portanto Faustino não ficou incomodado em ter sua contemplação das pernas das secretárias interrompida pelo grande sorriso branco de Bush.

– Oi, Bush. Como vai? Dia bom ou ruim?

O menino fez um gesto com a mão para lá e para cá.

– Mais ou menos. Você conhece um cara grandão, de cabeça raspada, que dirige um Porsche preto?

Não, acho que não. Por quê?

– Ele me deu um chute e derrubou metade da minha água. Pensei que, se o señor o conhecesse, podia aprontar uma com ele.

– Vou ver se o acho por aí.

– Obrigado, maestro. Quer alguma coisa do quiosque?

Do jeito que ele falava, até parecia que o quiosque era um tesouro infinito de raras delícias.

– Não, tô bem por enquanto – respondeu Faustino. Ficou de pé e apagou o cigarro em uma das caixas de concreto das árvores e olhou para o relógio. Como o prédio do *La Nación* ficava em um dos cinco morros da cidade, era possível ver um bom pedaço do céu. Também dava para ver no horizonte, no ponto onde a selva de pedra de edifícios se dissolvia para o nada, que o céu já adotava uma cor bronzeada. Em menos de meia hora, o trânsito, já começando a ficar devagar, se transformaria em um pesadelo lento e cheio de buzinas. Hora de ir embora. Desceu para a calçada, e Bush o acompanhou enquanto ele ia até a entrada do estacionamento.

– E então, o Otelo vai para o Rialto ou não?

Faustino deu um peteleco na lateral do nariz de Bush.

– Ah, você vai ter que esperar para ver o jornal de amanhã.

Bush esfregou o queixo, pensativo.

– Humm... Quanto é que custa mesmo o jornal, maestro?

– Quarenta e cinco.

O garoto balançou a cabeça e ficou boquiaberto, expressando sua triste incredulidade. Faustino sorriu e encontrou uma moeda de cinquenta centavos no bolso. Jogou a moeda no ar. Bush se contorceu e a pegou com a mão nas costas. Quando ergueu a mão, a moeda tinha desaparecido. Faustino tocou a palma da mão do garoto com a sua num gesto de despedida.

– Tchau, Bush. Juízo.

– O señor também, maestro. Até a próxima.

Faustino ainda estava sorrindo quando desceu a rampa precariamente iluminada. Impossível que aquele menino soubesse ler, mas dane-se.

1.3

O LUGAR EM que Bush dormia – mas que não chamava de lar – ficava só a três quilômetros (e um mundo) de distância do prédio do *La Nación*, mas naquela noite ele levou mais de uma hora para chegar lá. Passar pelo bairro comercial nunca foi um grande problema. Quase nunca havia policiais a pé por ali, e as gangues quase nunca apareciam tão a oeste assim. Mas as coisas costumavam ficar mais difíceis no centro. O caminho mais curto era passar pelo terminal de ônibus, mas ele fugia do lugar como o diabo foge da cruz. Era a meca dos viciados em crack, dos pilantras e prostitutas e, portanto, um prato cheio para os policiais. E, além disso, pelo menos uma vez a cada quinze dias, o temido Serviço de Proteção Infantil (também conhecido como *Rataneros*, ou Pega-ratos) passava vasculhando o local. Havia uma eleição se aproximando e o governo queria divulgar que havia "limpado" as ruas. Então Bush passou longe do terminal. Ele tinha várias e longas rotas para evitá--lo e usava uma de cada vez.

O balde e a esponja o denunciavam como alguém que pudesse carregar dinheiro, que valia a pena checar. Nos últimos dois meses, ele havia sido assaltado três vezes, apesar de tomar cuidado. Todas as vezes ele entregou os poucos centavos que tinha no bolso, e os meliantes não conseguiram achar o resto de seus míseros lucros escondidos no elástico da bermuda. Mas na segunda vez lhe deram uma surra sem motivo algum, e ele ficou com um zumbido dolorido no ouvido direito durante uma semana.

Na rua estreita entre a enorme parede lateral da Igreja de Todos os Santos e uma fileira de várias lojas pequenas, ele ouviu o longínquo guinchar de freios, seguido do estouro alto de um motor. Virou-se e viu uma lambreta com dois caras usando bandanas de gangue. Ficou dois longos segundos observando-os enquanto eles o observavam. E então o motor da lambreta roncou, vindo em sua direção, e ele começou a correr, desesperado, tentando mapear possíveis rotas de fuga. Ele ficaria a salvo se chegasse à rua Jesus e entrasse na contramão. Mas era uma distância grande demais para ir mais rápido que uma lambreta. E ela já estava a uns vinte metros dele. Mais à frente, viu um gato, assustado com a confusão, pular de uma lata cheia de lixo. Bush agarrou a lata com a mão livre e jogou-a no meio da rua. O rugido da lambreta parou, e logo voltou. Um palavrão obsceno. O motor acelerando novamente.

Ele continuou a correr. A rua fazia uma curva depois do fim do muro da igreja, e ali Bush encontrou sua salvação: uma barreira amarela e vermelha, um carrinho de mão, alguns sacos de cimento, um catre de madeira. Havia dois homens colocando paralelepípedos na calçada, um terceiro supervisionando. Os três arregalaram os olhos quando Bush apareceu de repente e começaram a gritar quando ele pulou sobre o obstáculo e deixou uma única pegada sobre o cimento molhado. Os gritos viraram uma briga violenta quando a lambreta freou e bateu de lado na barreira. Mas Bush já estava longe.

Do outro lado da Jesus, onde os vendedores de flores estavam importunando quem já tinha saído para passear à noite, Bush encontrou um lugar tranquilo na calçada e sentou sobre o balde emborcado. O barulho do trânsito aumentava e diminuía. Perto dali, um artista de rua de uma perna só tocava tangos tristes em seu acordeão, apoiado em uma muleta.

A respiração de Bush voltou ao normal, finalmente. Ele estava morrendo de sede e fome. Aquele não tinha sido um bom dia, mas graças a seu último bônus, os cinquenta centavos que o maestro lhe dera, ele poderia comprar um suco gelado. Havia um lugar naquela rua que fazia um suco de goiaba tão grosso que valia tanto como comida quanto como bebida. Mas ele também estava preocupado com o atraso, ou seja, ele estava preocupado com Bianca e Felícia. Bom, com Bianca, pelo menos. Acabou comprando o suco e bebeu rápido demais, o que deixou sua garganta doendo e encheu seu peito de pedrinhas geladas enquanto descia.

Aquela fuga desviara seu caminho, e agora ele precisaria fazer um zigue-zague pelo labirinto de pequenos cafés e oficinas do bairro de artesãos. Mas não tinha problema porque ainda havia bastante gente ali naquele horário. E, assim que chegasse ao outro lado, ele passaria para a avenida Buendia, e, de lá, se corresse um pouco, estaria em casa em quinze minutos, mais ou menos.

Isso sem topar com a polícia, calculou.

Saiu de um beco e desembocou na Buendia, caminhou uns trinta metros e lá estavam eles. Uma viatura e um furgão enorme bloqueando metade da calçada. Pega-ratos e policiais comuns trabalhando em dupla. Dois meninos mais velhos, usando bonés, estavam sendo revistados contra uma parede. Uma menina que parecia bêbada – e que não devia ter mais de doze anos – estava sendo arrastada para a parte de trás do furgão, suas pernas finas cedendo toda vez que ela tentava chutar o policial que a agarrava pelos cabelos e por um dos pulsos. Uma idosa com um cachorrinho de madame debaixo do braço gritava insultos para a polícia. Um homem encostado na porta de uma barbearia com as mãos nos bolsos ria dela. Bush entendeu tudo em menos de dois segundos, e aquela velha sensação de perigo o fez dar meia-volta. A calçada, claro, estava barrada também na direção contrária. Um policial o apontou para o colega.

– Ei, você aí com o cabelo rasta! Não se mexa! É, você mesmo!

Não poderia voltar pelo mesmo caminho: os policiais já estavam mais próximos do beco do que ele. Colocou o balde no chão, relaxou os ombros e ergueu as mãos num gesto de entrega incondicional. Eles foram diminuindo a velocidade até adotar um passo tranquilo e alegre. O mais velho sorria.

Bush agarrou o balde e cruzou a calçada em dois passos largos. Ela ficava separada das quatro faixas de trânsito pesado por um meio-fio alto, mas não muito mais alto que seu pé. Ele foi correndo ao lado do meio-fio na direção do furgão da polícia, um pouco inclinado para dentro, evitando a sucção dos veículos que passavam rugindo a poucos centímetros. Os policiais que estavam atrás dele gritavam para os que estavam mais à frente, mas Bush imaginou que os gritos seriam abafados pelo barulho dos carros. Passou cambaleando pela frente do furgão e merda! – lá estava outro policial vindo em sua direção, de boca aberta, o braço subindo. Não havia nada a fazer a não ser erguer seu próprio braço, magro demais para servir de aríete. Mas, graças a Deus, seu braço bateu no ombro do policial e o fez girar, e Bush passou por ele e continuou correndo junto ao diminuto parapeito da calçada. Um caminhão enorme passou jogando uma fumaça que parecia sólida como uma parede, e Bush perdeu o equilíbrio. Durante um segundo que pareceu uma eternidade, ele quase sentiu que ia cair para o lado errado, sabendo que morreria se isso acontecesse. Mas seu corpo fez um movimento que nem mesmo ele esperava e caiu longe do trânsito. Sentiu a palma de sua mão rasgar e em seguida estava rolando no chão. Já estava de pé e correndo de novo antes de sentir os pingos quentes de sangue na perna.

Havia uma estação de metrô à frente e, se conseguisse chegar até lá, teria a chance de desaparecer entre a multidão da hora do *rush*. Olhou para trás, esperando ver homens de uniformes azuis-escuros extremamente raivosos em seu encalço. Em vez disso, viu pessoas comuns, com sacolas de compras, maletas e conversando ao celular. Algumas delas olharam para ele de soslaio, com certo interesse condescendente. Ao diminuir o passo, imediatamente sentiu a dor na perna. Na entrada do metrô, ocultou-se atrás de uma banca de jornal e agachou, sorvendo o ar. Sentia na boca um gosto metálico e sujo.

Examinou-se, começando pelo dinheiro. Ainda estava todo lá. Um pouco menos de dois dólares. Havia ralado a mão da base do polegar até a base do dedo mindinho, e estava ardendo. Tirou pequenas pedrinhas e sujeira do ferimento com a unha mais comprida da mão esquerda. Seria bom jogar água fria no ferimento. Na verdade, só imaginar era quase tão bom quanto. A perna não estava tão mal. O sangue já estava secando. Parecia uma teia de aranha marrom brilhante.

A luz tinha passado de natural para elétrica. O dia tinha ido embora. Precisava ir para casa. Era extremamente importante que ele não se atrasasse por causa das meninas. Estava a umas cinco estações de metrô do Triângulo. Se pudesse mendigar um bilhete diurno vencido, ainda conseguiria chegar em casa em quinze minutos. Na verdade, na sua cabeça, ele não usava a palavra "casa". Usava a palavra "lá".

Desceu os degraus e escolheu um local onde pudesse interromper de maneira pouco incômoda o fluxo de passageiros. Usou seu sorriso triste.

– O seu bilhete já venceu, señora? Señor? O bilhete já venceu, señora?

1.4

APESAR DO NOME, o Triângulo era um pedaço mais ou menos retangular da parte velha da cidade, mais estreito de um lado que de outro. As fronteiras ao leste e ao norte eram formadas por uma parte da avenida Buendia, o canal de tráfego incessante que ia do centro para os subúrbios da região norte. Bush não tinha a menor ideia de onde ela terminava, se é que ela terminava. Ele nunca tinha ido mais ao norte da rua Circular, que atravessava a Buendia num emaranhado de semáforos e viadutos tortuosos. A outra parte do Triângulo era mais incerta: um labirinto maluco de ruas que desembocava em novos prédios de escritórios e enormes prédios residenciais. O lado sul do Triângulo era uma intersecção de árvores que lutavam por terreno e gramados surrados que marcavam o começo do campus universitário.

O Triângulo era um bairro numa espécie de limbo. Era quase uma favela, não exatamente, mas quase. Estava nos planos de desenvolvimento do governo, mas não nos mais urgentes. Era um bairro velho, mas não do jeito que atraía os turistas estrangeiros. As ruas retorcidas tinham nomes, mas não tinham placas, porque só os habitantes locais sabiam quais eram. Numa rua conhecida como Trinidad, havia um bar chamado La Prensa. A Imprensa. Muitos anos atrás, ali havia sido uma gráfica. Livros e panfletos, folhetos e pôsteres, boletins informativos e até – acredite ou não – revistas religiosas já foram impressos ali. E também, durante uns dois breves e inebriados meses, há trinta anos, panfletos revolucionários que pregavam a liberdade e a democracia, às vezes, ilustrados por fotos de jovens mulheres furiosas e atraentes que obviamente não usavam sutiã. Uma das prensas, uma máquina de litografia antiga com rebuscadas pernas de ferro fundido, era a atração do bar.

Perto do La Prensa havia um prédio que pareceria uma antiga casa colonial – caso você passasse por ela de carro no escuro. Mas, na verdade, só restava a fachada, destacada por janelas vazias e enfeitada por plantas oportunistas. Se, como Bush e as meninas faziam todos os dias, você passasse pela abertura onde antes estivera a porta de entrada, acabaria descobrindo que aquela parede estava apoiada em enormes troncos, cinzentos de tão velhos.

Atrás da parede, nos fundos de um terreno baldio que antes tinha sido um jardim, havia um barracão decrépito, caindo aos pedaços, com paredes de madeira rachadas, uma pequena janela com papel branco grudado no vidro quebrado e um telhado enferrujado. Antes, ali era o depósito da gráfica. Grandes cilindros de papel da metade da altura de um homem tinham sido abandonados, assim como os engradados de madeira onde os tubos de tinta eram armazenados. E coisas defeituosas: livros borrados ou encalhados, testes de impressão que saíram errados ou não foram recolhidos pelos clientes, cartões de batismo, santinhos de eleição com o nome trocado sob a fotografia, anúncios com telefones errados, panfletos com uma parte impressa de cabeça para baixo. Quando Fidel e Nina Ramirez compraram a gráfica e a transformaram em um bar, tiraram quase tudo do lugar e queimaram o lixo no quintal. Na época, devem ter imaginado que usariam o barracão para alguma outra coisa. Não como lar para crianças de rua, é claro. Naquela época, não havia tantas delas.

O quarto lado do quintal era o muro de um prédio que já tinha sido muitas coisas, mas que há um ano era um local onde mulheres trabalhavam em máquinas de costura. Elas faziam roupas baratas com etiquetas caras. O negócio, que não tinha nome, era de propriedade de um homem turco chamado señor Oguz. No início, o señor Oguz ficava um pouco incomodado com as crianças que moravam no abrigo, com o fato de usarem a torneira do quintal, com o menino de cabelo comprido que surrupiava trapos de suas latas de lixo. O Serviço de Proteção Infantil havia estabelecido que era crime dar abrigo, comida ou qualquer outra coisa (incluindo trapos, provavelmente) a crianças de rua com base no argumento de que isso "incentivava o número de sem-tetos e a pobreza". Mas Fidel convidou o señor Oguz para tomar uma cerveja gelada e o acalmou. Durante essa mesma conversa ele também o ajudou, mencionando que o señor Oguz estava escrevendo errado a palavra "MOSCHINO"[2] em suas etiquetas falsas.

Felícia estava sentada no abrigo enquanto o resto da luz do dia ia embora. Ela não tinha medo do escuro. Mesmo assim, gostaria

---

2. Marca de grife italiana. (N. T.)

de ter a companhia de uma vela acesa. Ainda havia vários tocos de vela no saco plástico guardado no canto, mas ela não queria acender um até que Bush voltasse. A cama que ela dividia com Bianca era um catre de madeira com cobertores por cima, e ela estava sentada sobre ele de pernas cruzadas, lutando para controlar a própria ansiedade. Aquela era sempre a pior parte do dia: esperar por Bush. Ela usava fragmentos de músicas *pop* e seu pequeno repertório de boas memórias para afastar maus pensamentos do que poderia ter acontecido com ele. E com Bianca.

Às vezes ela fantasiava uma vida sem Bianca. Essas fantasias não vinham embrulhadas numa névoa cintilante de felicidade. Não eram como as fantasias ridículas de Bianca, de um dia ser famosa. Eram modestas. Uma de suas favoritas era que ela e Bush ficariam com o bar de Fidel e Nina e, assim como eles, envelheceriam juntos, mas continuariam apaixonados. Outra era que ela e Bush morariam numa casa. A casa mudava de um lugar para outro, embora ela não conhecesse nenhum outro lugar. Mas sempre havia móveis de verdade, como nas vitrines das lojas. E um quarto e uma cama com lençóis brancos, onde ela se deitava com Bush. Sozinha com Bush. Às vezes havia janelas abertas e a brisa soprando nas cortinas de tom pálido, às vezes o som do mar, que era um som calmo. Mas todas essas fantasias precisavam de um prólogo, um prólogo no qual Bianca desaparecia, o que ela não conseguia – na verdade, não se permitia – imaginar como poderia acontecer. Porque Bush amava a irmã, portanto, ela, Felícia, precisava amá-la também.

Bianca. Minha nossa, onde essa menina estava?

Felícia tinha, imaginava, quatorze anos de idade. E essa era uma idade ruim de se ter. Era uma idade que fazia dela duplamente uma vítima. Forçava-a a fazer escolhas: escolhas que diziam respeito à sua aparência, às roupas que usava. Escolhas que ela não podia fazer sozinha.

Se os Pega-ratos a encontrassem, era pouco provável que ela conseguisse passar por alguém de dezesseis anos. Ela não tinha documentos, é claro, e era mirrada. Eles a levariam. E por mais que ela não acreditasse em todas as histórias sobre o que acontecia depois, não queria que a levassem.

Mas ela estava virando uma mulher. A presença de seus seios era inegável, e os meninos – e também homens com olhos de lobo – começavam a reparar. Ela não queria ser arrastada para um beco e...

Felícia não devia ter caído no sono durante a tarde e permitido que Bianca escapasse. Se ela não voltasse antes de Bush, ele sairia em sua procura. Sairia buscando no meio da noite.

Nos últimos seis meses, Felícia ficou usando uma bermuda frouxa que Nina lhe dera. Era grande demais, ela a prendia na cintura com um pedaço de barbante. Mas a bermuda fazia com que suas pernas parecessem mais finas e menos torneadas, o que era bom. Ela tinha duas camisetas que usava em rodízio: vestia uma enquanto a outra era lavada na torneira do quintal e secava no telhado do barracão. As duas tinham ficado pequenas. Ela caminhava um pouco encurvada, com os braços cruzados sobre o peito, para que talvez os meninos e os homens com olhos de lobo não a notassem. Tentava parecer uma criança. Rezava para não virar uma esquina e dar de cara com os Pega-ratos e ter de se fingir de mais velha. Ter de olhar os filhos da mãe na cara, empinar o peito e dizer "É, eu tenho quase dezessete anos e estas são as únicas roupas que eu tenho, e daí?".

Bianca era maluca. Bianca era mais nova, pelo menos um ano mais nova do que ela, mas achava que, por ser bonita, podia se passar por alguém de dezesseis anos. E ela era bonita. Tinha o cabelo enorme feito o irmão, mas cheio de luzes. Azuis, às vezes. Os mesmos olhos enormes capazes de derreter e deixar meio tonto. Não pedia nada: roubava. E negava, é claro. Bush lhe dizia inúmeras vezes: "Peça aos outros, procure no lixo, mas nunca roube. Eles vão te pegar se você roubar". E então Bianca voltou com um sutiã branco e uma calcinha. Disse a Bush que tinha achado num pedaço de papelão com formato de mulher, sem braços nem pernas, jogado num quintal atrás de uma loja em Santa Josefina. E ele acreditou. Então agora ela saía com o sutiã e a calcinha, o sutiã sustentando seu peito, com uma alça de renda à mostra debaixo da única camiseta preta que tinha. Como se estivesse pedindo para ser levada para o meio das latas de lixo num beco escuro e imundo e...

Cadê você, Bianca? Volte viva para o barracão e a gente acende uma vela. O Fidel trouxe comida pra gente.

Bush estava saindo do metrô em Santo Antonio, a parada do Triângulo. Ficou de pé sem chamar a atenção perto da única porta no fim do vagão, escondendo o balde atrás das pernas. Saiu do subsolo sem grandes percalços para uma rua agitada, separada do céu por anúncios de neon. Na Trinidad, ele fez o de sempre: passou pela casa em ruínas, pelo bar e encostou-se na parede até a rua parecer tranquila. E então entrou rápido pelo buraco escuro da antiga entrada e foi seguindo o caminho pelo quintal. Não havia nenhuma luz saindo pelas paredes frágeis do barracão e ele não sabia se isso era bom ou ruim.

– Bianca? Felícia?

As dobradiças tortas da porta o puxaram para trás antes que ele chegasse até ela.

– Bush?

– Sim, sou eu. Está tudo bem.

Ele estava perto dela naquela quase escuridão, e tudo o que ela mais queria no mundo era abraçá-lo e que ele dissesse seu nome de novo.

– Cadê a Bianca? – perguntou.

– Oi, Bush. Tudo bem? Como foi hoje?

– Meio difícil. Cadê a Bianca?

– Eu não sei.

– Ai, caramba! Como assim, não sabe? Que droga, Felícia.

– Eu dormi. Quando acordei, ela já tinha saído. Desculpa de verdade, Bush. Pensei que ela estivesse dormindo e tal.

Sentiu-o passando por ela, e então ouviu o som do saco plástico. O brilho de um isqueiro aceso. O rosto dele voltou-se para ela, iluminado pelo pedaço de vela em sua mão.

– Você tá com fome? – perguntou ela às pressas. – Fidel deixou comida pra gente. Arroz e feijão com linguiça. Eu guardei. Não comi nada ainda.

– Há quanto tempo cê acha que ela tá fora?

Felícia deu de ombros e arrependeu-se do gesto na mesma hora. Bush semicerrou os olhos, fendas de chama refletida.

– Não mais que duas horas, Bush. Eu acordei tem mais ou menos uma hora e eu não dormi tanto tempo.

Ele ficou cabisbaixo, o rosto oculto pelos cabelos embaraçados.

– Você parece que tá muito cansado, cara – disse ela. – Anda, come alguma coisa. Senta. Ei, eu consegui uma Pepsi grande que achei na parada de ônibus. Quer um pouco?

– Eu preciso ir procurar por ela. Deus do céu, Felícia! Não preciso disso, sabe?

Ela sabia. E não suportava mais ficar tão perto dele sentindo ao mesmo tempo uma distância tão grande. Sentou na cama.

– O que vocês fizeram hoje? Foram tomar café da manhã nas Irmãs da Misericórdia?

– Isso. A gente tomou sopa com pão e...

– Felícia, eu tô pouco me lixando pro que vocês comeram. Vocês viram alguém lá? Como aquele pessoal dos Irmãos Hernandez?

– É, eles tavam lá, sim.

– A Bianca falou com eles?

– Talvez.

– Talvez?

Essa era a conversa que ela temia e odiava, como um pesadelo que você espanta, mas sempre volta. A conversa que eles sempre tinham em vez daquela que ela queria que tivessem, sobre estar numa cama de lençóis brancos com a brisa do mar entrando pela janela. Essa conversa era como ter alguém martelando pregos pelo seu corpo.

– É. Não sei. Um pouco, não muito tempo. Eles sempre dão em cima dela, cara, você sabe. E ela corresponde. O que você quer que eu faça? Ela vai pra cima deles, Bush, essa é que é a verdade. Eu tento tirar ela de lá e ouço um monte de merda deles e dela, entendeu?

E ela sabia que, sim, ele tinha entendido. E ela também sabia que ele não queria ouvir aquilo, que ouvir aquilo diminuía as chances de algum dia ele poder amá-la. Ela queria confessar a ele as terríveis visões que surgiam em sua mente quando estava sozinha. Bianca trazendo aquela gangue com ela para o abrigo, eles aparecendo no santuário quando Bush não estava lá e quando Fidel e Nina estivessem ocupados. Fechando a porta. Bebendo, fumando. Aquele menino horrível e doente, o Hernandez. Os risos, depois o estupro. E depois dar à luz em meio à sujeira e à dor, na ignorância e no desespero.

– Algum deles tocou nela? – perguntou Bush.

– Não especialmente – respondeu ela, sem conseguir olhar para ele.

Ele se aproximou e colocou a vela no chão.

– Tá bem. Eu só vou sair e procurar em alguns lugares.

– Quer que eu vá com você?

– Não.

– Bush, come alguma coisa primeiro. Ela deve voltar a qualquer hora, mesmo.

– Não, tudo bem. Se você quiser comer, pode comer. O Fidel deixou algum pão junto?

Ela balançou a cabeça.

– Não, hoje não.

– Tudo bem.

E então ele se foi. Antes que ela pudesse perguntar o que era o sangue em sua perna. Sem que ele lhe perguntasse sobre o seu dia. Não que houvesse necessidade de perguntar. Ele sabia como havia sido. Exatamente como todos os outros.

Superexposição

1.5

— ESTÁ BEM – DISSE OTELO. – É um carro legal. Estou impressionado. Agora, será que você pode ir um pouco mais devagar, por favor? Diminuir para a velocidade do som, por aí?

Diego Mendosa sorri, seu rosto vermelho claro sob as luzes do painel.

— Qual o problema, capitano? Não confia em mim?

Capitano. Diego pegou a mania de chamá-lo desse jeito. E Otelo se acostumou com o apelido.

— Confio. O problema é que a estrada não é só nossa. E não tenho nenhum motivo para acreditar que outro motorista não vá fazer alguma coisa estúpida.

— Verdade – disse Diego, diminuindo a velocidade do Maserati para meros cinquenta quilômetros acima do limite de velocidade.

A cidade vai desaparecendo. Aqui e ali há espaços escuros ao longo da estrada onde talvez haja árvores.

Otelo relaxa um pouco.

– E então? Fale um pouco desse tal de Nestor Brabanta.

– Senador Nestor Brabanta – corrige Diego. – Ele gosta de ser chamado de senador. É o poder por trás do trono no Rialto, muito embora, oficialmente, seja só um membro da diretoria. Ele não estava lá durante a negociação, mas de vez em quando alguém saía para fazer um telefonema e eu tenho certeza de que era para ele. Tipo, o Real Madrid estava fechando, e então o Duque da Venecia saiu para usar o telefone e de repente, bam! O Real já era. Aposto a minha vida que foi o Brabanta que fez isso. E já que você não queria de jeito nenhum, nenhum mesmo, ir para a Espanha, principalmente depois dos tumultos e coisa e tal no Espírito, isso faz dele um cara do lado dos mocinhos, que eu saiba. Não, isso faz dele *o* mocinho da história. Acho que o da Venecia estava quase pronto para acertar com o Real. Então a gente gosta do senador Brabanta, certo?

Diego faz um gesto com a cabeça na direção de um projeto habitacional iluminado sob a opaca cor âmbar das luzes da rua, os tetos sustentando uma selva em esqueletos de antenas e parabólicas.

– Se você fosse perguntar para as pessoas que moram ali quem é Nestor Brabanta, elas não vão dizer: "Ah, o político, o cara que tem duas das cinco maiores empresas do estado". Elas diriam, na verdade: "Brabanta? Tem alguma coisa a ver com Desmeralda Brabanta? Ela vai estar lá hoje à noite?".

Diego sorri para ele.

– Calma, tigrão. Não, ela não. Ela está nos Estados Unidos visitando a mãe.

Olha os retrovisores, muda a marcha, corta para a outra pista e pega uma saída sem sinalização. No semáforo ao fim da estrada escorregadia, diz:

— Não gosto de ficar me gabando, como você sabe, mas acho que mandei bem quando conheci o Nestor. Isso foi em maio. A gente conversou um pouco, aí fomos tomar um café e ele disse: "Señor Mendosa, o señor é uma pessoa bem diferente". "Ah, é?", eu disse. "Sim", ele respondeu. "Nós estamos juntos há mais de uma hora, e o señor não mencionou a minha filha nem uma vez sequer". E eu disse, com toda a inocência do mundo: "A sua filha, señor?". E ele: "Sim. Por favor, não finja que não sabe que Desmeralda Brabanta é a minha filha. É muito raro, para mim, uma conversa com um jovem que não tenha um grande interesse por ela". Então olhei bem nos olhos dele e disse: "Com todo o respeito, señor, eu não me importo se o señor é pai de um crocodilo ou de todas as estrelas do céu. Sou uma pessoa sem segredos. Eu só faço negócios. O *glamour* não é algo com que me importo. Se por acaso o señor me apresentar à sua famosa filha, é claro que me sentirei honrado. Mas isso nada tem a ver com o que estamos discutindo aqui hoje. Posso assegurá-lo de que nem eu nem meu cliente temos interesse em nos associar com uma celebridade. Otelo não precisa e isso não me atrai".

— Diego, seu atrevido! E o que ele respondeu?

— Ele riu e me deu um tapinha nas costas. Foi aí que eu soube que a gente conseguiria o que queria. E conseguimos, capitano, não conseguimos?

— Acho que sim — disse Otelo.

★ ★ ★

Quando chegam ao sítio de Brabanta, fora do perímetro urbano, Otelo percebe que, fora de campo, está em um mundo bem diferente do dele.

No Norte, nos últimos dois anos, morou num condomínio fechado, com apenas quatro casas, sendo que uma delas era ocupada pelo goleiro do Espírito e sua esposa. Um guarda informal e simpático no portão de entrada, uma fonte (quase sempre sem água) no centro, estacionamento para dez carros. Em segurança, mas não longe das pessoas ou do estádio.

Mas aquilo ali era totalmente diferente. Os portões que abrem por controle remoto estão quase ocultos por árvores de uma espécie que Otelo nunca vira antes. Os guardas (dois) não são nem informais nem simpáticos; carregam pequenas e grossas metralhadoras apoiadas nos ombros. Eles sabem quem está chegando, mas examinam as pessoas e o carro mesmo assim, falando o tempo todo nos fones conectados aos ouvidos. A estradinha de entrada faz a curva num gramado maior do que a maioria dos campos de futebol.

Uma empregada bonita e de pele escura abre a enorme porta de vidro da casa e os leva até o señor Brabanta. Ele os conduz por um corredor cheio de quadros até uma estufa repleta do aroma inebriante de flor de jasmim. Quando já estão acomodados, a bela empregada traz uma bandeja com chá, refrigerante e bolinhos. Ela dá uma boa olhada na direção de Otelo, mas não é um tipo de olhar com que ele está acostumado. Há nele um teor de advertência.

Quando ela se vai, Brabanta diz, sem nenhum preâmbulo:

– Aquele gol que você fez de falta. O da semifinal. Na hora de bater, você teve uma discussão com o Santillana. Eu adoraria saber o que vocês disseram um para o outro. Alguns amigos meus acham que o Santillana queria cruzar a bola. O Emílio Pearson tinha escapado pela direita da defesa mexicana. Todo mundo achou que vocês iam fazer uma jogada ensaiada, algo que vocês treinaram. Os mexicanos também acharam. Eles estavam de olho em tudo quanto é lugar. A defesa estava aberta.

Otelo, desconcertado, remexe-se na cadeira. Só consegue pensar que uma cerveja agora seria ótimo.

– Não tinha a menor ideia de que o señor gostava tanto de futebol, senador – diz Diego.

– Ah! – sorri Brabanta – Acho que você pensou que eu fosse um desses políticos que se envolvem com futebol para persuadir os eleitores de que têm uma ligação com o povo. Ou para ser fotografado com os jogadores famosos. Infelizmente, muitos dos meus aliados me veem assim. Na verdade, eu sou um torcedor, e um torcedor fanático.

Ele volta sua atenção para Otelo.

– Vou confessar uma coisa. Um dos motivos por que eu queria tanto te contratar é que eu queria fazer o que estou fazendo agora. Conversar sobre futebol com você. Conhecer direto da fonte, digamos. Espero que você possa me dar esse prazer de vez em quando.

Diego pigarreia como se estivesse prestes a responder, mas Brabanta o corta.

– E então, aquela falta era algo ensaiado ou não? E você ignorou Santillana e tentou fazer o gol?

– Ah, não. O que o Santillana falou para mim foi: "Eu ainda acho que essas suas chuteiras parecem uns sapatos de puta". Eu não consegui ficar muito sério, mas o tempo todo a gente ia chutar direto.

Brabanta deixa escapar uma exclamação alegre e estala os dedos.

– Eu sabia! Excelente! O Ariel Goldmann me deve dez dólares.

Não é possível, é óbvio, explicar precisamente o que é estar no campo jogando futebol. Usar palavras que transmitam o que é tentar superar a raiva e o mau humor que se sente ao apanhar durante um jogo inteiro. Ou aquele momento de imensa alegria quando você sabe que vai fazer um gol. Ou o sacrifício que é achar forças dentro de si para correr quando não se tem mais forças. E, de qualquer modo, não é o tipo de coisa que os jornalistas esportivos queiram ouvir. Talvez nem mesmo o que seu público queira saber. Eles gostam de clichês, banalidades, frases de efeito, discursos que tropeçam e caem de quatro na frente do gol. O tipo de frase feita que Otelo, assim como a maioria de seus colegas, dizia. Afinal, atrapalharia a ordem ideal das coisas, seria demais, se aqueles que possuem dons físicos também pudessem falar bem.

Nestor Brabanta, no entanto, não se contenta com os chavões de sempre. Ele tem uma memória excelente. Ou isso ou ele estudou detalhadamente gravações dos jogos da Copa América antes daquela visita. As respostas de Otelo às suas perguntas quase sempre o desapontam.

– Sim, mas por que você fez isso?

E:

– Sim, mas foi sua decisão adiantar o Ramon?

E também:

– Você se deu conta na hora em que...?

E assim por diante.

Era muito embaraçoso para Otelo. Acima de tudo, não existem respostas satisfatórias para essas perguntas. Como pode um jogador, mesmo que seja articulado, explicar para um leigo a relação complexa entre pensamento e instinto? Entre prática e improviso? Entre o que você sabe que pode fazer e o que a torcida em peso deseja? Como é possível explicar para alguém que faz parte dos vencedores da vida qual é a sensação de perder?

Mas Otelo lentamente passa a perceber que existe uma maneira correta de responder às perguntas de Brabanta, que é dar ao homem a oportunidade, o motivo para dizer: "Ah, sim, bem que imaginei". Homens ricos e chatos que discutem futebol em mesas de bar têm isso em comum: precisam ter razão, ter opiniões superiores.

Ao mesmo tempo, há algo no jeito de Brabanta que é... perturbador. O homem está no comando, eles estão conversando em seu território, ele está no palco, ele é rico – é bem provável que os cinquenta milhões tenham saído sem muito choro de uma de suas contas bancárias – e ele é um aristocrata, um almofadinha. Mas é como conversar com um garoto obcecado por futebol. O homem fica ali sentado, usando roupas que devem custar duas vezes o salário médio nacional. Pelo menos. Numa casa em que devem trabalhar no mínimo umas trinta pessoas. E ainda assim é como conversar com... sim, um aluno fanático que estudou gravações de jogos e que quer respostas para perguntas sobre impedimentos dos quais você nem se lembra mais. A mesma adoração sedenta a um herói. É... exagerado.

Otelo recosta-se na cadeira de ratã, toma um pequeno gole do suco de goiaba gelado. Seria bom se seu empresário tomasse a iniciativa, mudasse o assunto e o tirasse dessa enrascada. Mas Diego não mostra sinal algum de que fará isso. Na verdade, parece até ter afastado sua cadeira da cena. Das portas abertas chega o gorjeio alegre do toque de um celular, e então uma conversa abafada some à distância. Homens lá fora, na escuridão. Brabanta pede permissão, sem sinceridade, para acender um charuto, e Otelo concede com um pequeno gesto com a mão. Mas isso foi um erro, e, se Otelo tivesse visto o olhar cruel do outro homem, ele teria percebido.

– O treino pré-temporada começa em duas semanas, estou correto?

– Sim, señor.

– Posso falar francamente, Otelo? Com o combinado de que nada que eu disser sairá dessa sala?

Otelo encolhe os ombros.

– Claro.

– Ótimo – diz Brabanta. Ele examina a fumaça de seu charuto como se ela contivesse as palavras de que ele precisava. – Você vai engolir muita merda.

– Como?

– Alguns membros da diretoria do Rialto eram contra sua contratação. Não por causa do dinheiro. Eu me encarreguei disso. Não, era mais uma, bom... uma questão cultural. Ou, para ser mais preciso, membros da diretoria estavam preocupados com o que podemos chamar de coesão social do time, entende?

A cara de Otelo deixa bem claro que não.

– Bom, muito bem. Vou direto ao ponto. Havia gente que achou que vender Luís Montano como parte do acordo foi má ideia. Ele estava tendo uma fase ruim, não fez nenhum gol nos últimos oito jogos. Mas ele era popular entre os jogadores.

– É, o Luís é um cara bem legal – comenta Otelo. – E um bom jogador. Ele vai ser muito bom um dia. Eles vão adorá-lo lá no Espírito.

– Ele está muito ressentido com o modo como foi tratado.

– Fico triste em saber.

– E ele não é negro – completa Brabanta.

– O quê? Como, señor?

– A equipe do Rialto, tanto o primeiro quanto o segundo time, contém apenas quatro jogadores negros. Continha, na verdade. Nós vendemos um branco para poder pagar um quinto. Tem gente, incluindo alguns jogadores, que não está muito feliz com isso.

Otelo está chocado demais para dizer alguma coisa. Ele olha de soslaio para o rosto pouco iluminado de Diego, sem nenhuma expressão.

– O que você acha de o Roderigo ser capitão do clube quando você é o capitão dele na seleção? – pergunta Brabanta.

– Não tenho problema nenhum com isso. Eu me dou muitíssimo bem com o Jaco. Eu não...

O senador levanta a mão, quase num gesto de desculpas.

– Por favor. Combinamos em ser sinceros um com o outro. Portanto seria um erro da minha parte não o informar sobre certas... tendências no Rialto. Perguntei sobre Roderigo porque ele é grande amigo de Montano. E porque sempre houve uma, digamos, tensão hilária entre nossos jogadores brancos e seus colegas negros. Em campo, essas coisas não importam. Fora de campo... Bom, você sabe. Mas eu quero que você entenda o seguinte: acredito completamente que a capacidade individual transcende a raça. Você é um grande jogador. A sua cor é irrelevante. Eu... perdão... nós nunca gastamos tanto dinheiro com um jogador. Acho que esse fato já fala por si.

Brabanta mostra os dentes tentando esboçar o que parece ser um sorriso. Chega para a frente e coloca a mão no antebraço de Otelo: a primeira e última vez que ele toca em sua compra.

— Pessoalmente — continua ele —, não tenho tempo para racismo. É um pensamento primitivo. Mas, como eu disse, você vai ser vítima de certa hostilidade. Do time, de algumas facções da torcida. Talvez até mesmo do nosso estimado técnico, que não ficou completamente convencido de que deveríamos gastar todo o orçamento de transferências com você. Mas tenho absoluta certeza de que você dará a volta por cima. Que irá se encaixar no time e achar o seu lugar.

Com os pensamentos girando feito folhas ao vento, Otelo responde:

— Obrigado, señor. O señor me deu muito em que pensar.

Brabanta apaga o charuto no cinzeiro e olha para o relógio de pulso.

— Não se preocupe em pensar. Basta fazer seus gols. Isso resolve tudo. E então, você e Diego já receberam seus convites para a festa de boas-vindas em sua homenagem? Há muitas pessoas ansiosas em conhecê-lo.

★ ★ ★

A adorável moça de pele escura os conduz para a saída. Na porta de entrada, ela olha para o rosto dele como se quisesse falar algo. Pedir seu autógrafo ou algo assim. Mas não fala nada.

No caminho de volta para a cidade, Diego comenta:

– Dá para acreditar que dois multimilionários como ele e Goldmann fazem apostazinhas chinfrins de dez dólares?

1.6

BUSH NÃO DEMOROU muito para achar a irmã. Ela estava no segundo lugar onde ele foi procurar.

Ele caminhava rápido: no escuro, a velocidade era mais segura que a precaução. Geralmente, os *Rataneros* não trabalhavam depois que anoitecia. Suas vítimas conheciam o território melhor do que eles, e muitas carregavam facas. Mas havia outros perigos, então Bush caminhava rápido, ignorando os cumprimentos que vinham das sombras e se desviando dos pequenos agrupamentos de pessoas sob a luz dos postes.

A quinhentos metros ao norte do La Prensa, havia um prédio que antigamente era um cinema. Alguém certa vez lhe disse que aquele tinha sido o primeiro cinema da cidade e que, quando foi inaugurado, os filmes que passavam eram em preto e branco e mudos. Às vezes, só apareciam palavras na tela, e um homem usando um terno branco ficava na frente e lia-as em voz alta. Bush gostou daquela história. O mistério da leitura o intrigava. Ele gostaria de ter sido aquele homem do terno branco, falando com voz segura palavras que os outros não conseguiam ler. Mas trabalhos bons como aquele não existiam mais.

Do cinema, só restava a estrutura; o lugar era usado como mercado de pulgas. O espaço onde antes havia assentos confortáveis agora era ocupado por barracas que vendiam coisas que já tinham sido vendidas inúmeras vezes. Uma ou duas vendiam frutas que não eram lá muito frescas, ou rissoles e café. Às vezes, pedacinhos de reboco – um botão de rosa cheio de bolor, a ponta da asa de um querubim – caíam do teto decorado sobre os toldos de plástico lá embaixo.

Muito embora já fosse tarde, o mercado ainda estava movimentado, com negociações misteriosas sendo conduzidas sob a luz das chamas a gás ou das lamparinas de querosene. O lugar nunca ficava realmente fechado, pois para muitos dos comerciantes suas barracas também eram suas casas; eles dormiam em colchonetes debaixo dos caixas.

Bush passou pela entrada e pegou a viela ao lado do prédio. Aquele era um lugar relativamente bom para as crianças de rua. Tinha um teto mais ou menos intacto, o que era uma dádiva nos dias muito quentes ou de chuva. O chão estava repleto de caixas amassadas e sacos rasgados, dava para sentar ou dormir neles. Não dava para catar muita coisa ali, mas às vezes achava-se comida que podia ser aproveitada. De vez em quando, havia algum trabalho ou tarefa que rendia alguns centavos. E os clientes do mercado, como também eram pobres, eram generosos. E o mais importante: não era um lugar difícil de escapar. Nos fundos do mercado, a viela terminava em uma mureta baixa, fácil de transpor, e atrás dela havia um labirinto de caminhos estreitos e casinhas com quintais interligados. Se você passasse pela mureta, tinha grandes chances de se livrar dos Pega-ratos e de outros predadores.

A viela estava movimentada naquela noite. Havia acampamentos temporários: dois catres de madeira virados com uma lona de plástico rasgada servindo de telhado; um carrinho de mão preso por uma corrente e cercado com paredes de papelão. As pessoas haviam estabelecido pequenos territórios: um ou dois metros quadrados de cobertor ou estofado; pedaços de papelão colocados na lateral com cobertura das grandes caçambas de lixo.

Alguns meninos e meninas se sentiam mais seguros se ficassem agrupados nos pontos onde a luz fraca penetrava pelas paredes laterais do prédio. Outros, por motivos diversos, buscavam os lugares mais escuros. Bush foi se desviando pelo caminho escuro do qual surgiam detalhes aleatórios: pares de joelhos e pés empalidecidos pela poeira, o rosto de uma criança pequena iluminado de repente pela chama de um isqueiro, duas menininhas tentando dar pedacinhos de pão para um filhote de gato mirrado.

Mais para o fim da viela, a festa da noite estava a todo vapor. Um garoto alto e magrelo fazia embaixadinhas com uma bola destruída e meio murcha. Um menino que parecia ter a mesma idade de Bush estava agachado sobre um surrado estéreo portátil de onde saía um tipo de *techno-reggae* em volume não muito alto, para não chamar a atenção. Segurava um baseado cuja fumaça fazia uma coroa ao redor de sua cabeça. Três outros garotos, já chapados ou algo assim, faziam uma dança desequilibrada que parecia arte marcial em câmera lenta. Eles tinham uma plateia, e Bianca estava no meio. Ela estava com várias meninas da mesma idade, todas sentadas sobre os degraus que levavam a uma porta lacrada com tábuas.

Elas estavam se abraçando, aninhadas, de um jeito que fez o coração de Bush sentir-se solitário. Seus cabelos, sorrisos, o modo como falavam, as pernas nuas. Ele parou em um ponto escuro e ficou observando. Ficou observando também os meninos que observavam as meninas. Nenhum deles o deixou muito preocupado, eram só meninos mais novos testando sua macheza com os insultos e xingamentos que costumam ocupar o lugar de uma conversa normal naquela idade. Bush aproximou-se da porta. Uma das meninas, ao vê-lo, cutucou Bianca. Outra escondeu atrás das costas o que fumava.

Bianca olhou para Bush e sorriu. Como sempre, a beleza dela o deixava apreensivo.

– Oi, Bush – disse ela. – Eu me atrasei, né? Desculpa, cara. A gente tava... cê sabe.

A garota que fumava deu uma risadinha. A outra fez um biquinho ressentido na direção dele. Bush mal prestou atenção nelas.

– Já está pronta para ir?

– Claro – disse ela, e ficou de pé. Não havia nada em seu tom de voz ou jeito que sugerisse que ela sabia o transtorno que havia causado ao irmão.

Na rua, enquanto caminhavam, ele perguntou, preocupado:
– O que tem nessa sacola?

Era uma sacola plástica com a palavra "PRADA" impressa.

– Ah, sim – disse ela. – Esqueci de falar. Achei um chinelo que deve servir em você. Parece novo. Quer dar uma olhada?

– Onde você achou?

– Tava jogado no chão, perto de um lugar – respondeu ela, dando de ombros.

– Você roubou.

– Não, cara. Fiquei olhando uns dez minutos e ninguém apareceu. Então eu pensei, tadinho, chinelinho sem dono, vai ficar mais feliz no pé do Bush do que aí jogado, então peguei. Tem duas laranjas aí dentro também, parece que tão boas. E uma revista.

Depois de alguns instantes, ele disse:

– Você não devia ter saído sem a Felícia. Não devia ter fugido dela. Já te falei mil vezes isso.

Ela encaixou o braço no dele, recostou-se em seu ombro.

– Irmãozinho, eu não fugi, tá? Eu tentei acordar ela porque eu tava me sentindo muito sozinha e tal. Cara, você devia tentar passar o dia inteiro com a Felícia pra ver como é.

– Ela tem que tomar conta de você. E você tem que tomar conta dela.

Ela sorriu para ele.

– Felícia? Mas o que tem ali pra tomar conta?

De volta ao barracão, eles jantaram a comida que Fidel deixou, usando as três colheres que ele lhes dera. Cada um pegava uma colherada de arroz e feijão ao mesmo tempo e não pegava outra até todos estarem prontos. Para Bush, aquele era um ritual cuidadoso que afastava a confusão do mundo, mesmo que brevemente. Só uma das duas laranjas de Bianca estava comestível. Comeram sentados, de pernas cruzadas sobre o chão de terra, ao redor da luz inconstante de uma vela. Bush contou a elas sobre seu dia, sobre os carros que limpara, o homem que batera nele e o homem de quem ele gostava, o maestro. Não falou nada sobre os *Rataneros* ou de sua fuga pela avenida Buendia.

Naquela noite não havia muito barulho vindo do bar, mas em certo momento eles ouviram a porta bater e passos se aproximando. Bush apagou a vela e eles esperaram na escuridão até que o homem terminasse de esvaziar a bexiga, urinando contra a parede do depósito, e voltasse ao bar. O cheiro de urina ficou impregnado no ar durante algum tempo, mas eles já estavam acostumados.

Quando reacenderam a vela, Bianca pegou a revista da sacola e cuidadosamente retirou uma página com uma foto de Desmeralda Brabanta e juntou à coleção de fotos semelhantes que enfeitavam o seu canto da parede sobre a cama. Depois, ficou de joelhos, examinando a foto. Fez um gingado com o corpo, estalou os dedos de leve, cantou num sussurro desafinado:

– Me leva para o alto, meu bem/ Me leva pra longe de tudo/ Que me deixa triste.

Felícia suspirou e colocou a cabeça entre os braços cruzados.

– O negócio é que ela é o máximo porque ela não tem nada de mais, sacou? – disse Bianca. – Tipo, ela não é linda de morrer. A voz dela não é maravilhosa em comparação com outras cantoras. Mas ela chegou lá.

Sem levantar a cabeça, Felícia respondeu:

– É porque ela é uma ricaça que tem um pai milionário que fez tudo isso ser fácil pra ela, menina. Deus do céu!

Aquele também era um ritual, como o da comida. Bush se recusava a ouvir, cansado. Sabia o que Bianca diria em resposta.

– Caramba, Felícia, qual o seu problema, pra sempre dizer isso? A Desmeralda pode muito bem ter vindo do nada, sacou? Se ela tivesse um sonho ou... ou... como é mesmo o nome?

– Ambição – respondeu Bush, desinteressado.

– Isso. É isso que você precisa ter. E também ser bonita. Coisa que algumas de nós são – continuou Bianca, virando-se para Bush e tirando o cabelo do rosto, puxando-o para cima. – Me fala a verdade, irmão. A Desmeralda é muito mais bonita do que eu? Ela tem a pele mais clara, mas não muito. Acho que se eu imitasse o cabelo dela, eu ficaria parecida com ela. Que cê acha?

Ela tirou a mão direita do cabelo e colocou a ponta do dedo na boca. Semicerrou os olhos como se estivesse contemplando uma grande travessura. Ela parecia, pensou Bush, sem conhecer as palavras, vulnerável, frágil, inocente. E ao mesmo tempo vulgar, pornográfica. Imaginou outras pessoas – rapazes, homens – olhando para ela desse jeito. Também a imaginou, durante um chocante milissegundo, nua. Teve vontade de abraçá-la, fazê-la ficar pequenininha, protegê-la dentro de si. E também de lhe dar um tapa.

Fez força para sorrir e respondeu:

– Se essa tal de Brabanta te visse, ela ia querer morrer. Essa é que é a verdade.

Felícia observou os olhos de Bush, percebendo o que havia por trás deles.

Bush esperou até que as meninas adormecessem, o que foi difícil, pois estava muito cansado e os sonhos vinham buscá-lo. E aí foi até um canto do depósito, que ficava atrás da porta quando ela se abria, e levantou do chão um pedaço de concreto quebrado. Debaixo dele estava uma lata quadrada que antes continha óleo de cozinha. Ele a havia enterrado ali dois anos antes. Dentro da lata estava todo o dinheiro que havia ganhado e que não precisara gastar. Ele sabia exatamente quanto havia e tentava não pensar que era pouco. Acrescentou o lucro do dia e tirou de dentro da lata outra coisa que escondia: uma pequena folha de papel enrolada. Levou-a para a esteira onde dormia e sentou no chão, de pernas cruzadas. Desenrolou o papel, segurando-o para que a luz do restinho da vela o iluminasse.

Em 1984, um professor universitário míope, chamado Emmanuel Fuentes, ficou bastante ferido ao ser atingido por um carro que ele pensou que estivesse parado, mas que não estava. Passou o período de convalescência escrevendo um guia sobre biologia marinha, sua paixão particular. Um editor se interessou pelo livro, que foi impresso ali na gráfica da Trinidad, no Triângulo. Naquela época, a impressão em cores era feita passando-se as mesmas páginas pelas prensas quatro vezes, uma vez para cada uma das quatro cores de tinta. E muitas vezes saía errado. Se as páginas não estivessem bem alinhadas, o amarelo ou o azul ficavam fora de registro. E foi isso que aconteceu com parte do livro do professor Fuentes, e várias páginas imprestáveis foram deixadas no depósito, nos fundos da gráfica. Muitos anos depois, Fidel e Nina jogaram as páginas na fogueira que fizeram quando limparam o lugar. Não gostavam de queimar livros, mesmo que fosse um pedaço, mas o que podiam fazer?

Algumas das páginas do livro sobre biologia marinha do professor Fuentes escaparam à atenção de Fidel e Nina, e era para elas que Bush olhava à luz da vela. Eram do capítulo sobre a renovação dos membros de siris e estrelas-do-mar. As palavras nada significavam para Bush, é claro, mas ele ficava fascinado com as ilustrações. As cores fora de registro faziam com que elas parecessem meio tridimensionais. Em sua sequência de ilustrações favorita, um siri lentamente fazia nascer uma pata para substituir outra que havia sido perdida ou talvez devorada. A pata nova brotava como um pedacinho que parecia vidro fino e depois se tornava um fiapinho tão frágil quanto o broto de uma planta. Nas duas ilustrações seguintes, a pata desenvolvia segmentos e uma pinça, frágil e pequenina. E, finalmente, estava completa: menor do que as outras, é verdade, mas ainda assim forte e útil. Bush nunca vira o mar e não tinha nenhum gosto específico por siris. Nem saberia descrever com palavras por que se sentia tão atraído por aquelas ilustrações mal impressas, por que olhar para elas era reconfortante e por que era um ritual noturno observá-las.

Bianca agitou-se em seu sono e murmurou algo. Ele foi até a cama das meninas e deu-lhe um beijo, debruçado sobre Felícia. Ele não tinha como saber que, sob as pálpebras fechadas, Felícia estava totalmente desperta e que apertava as mãos uma contra a outra, lutando contra o desejo de esticar o braço e acariciar o rosto triste do garoto.

1.7

AS LIMUSINES PARAM com um leve farfalhar sobre o cascalho, cobertas com pingos de chuva brilhantes e negros. Homens grandes com guarda-chuvas grandes vão ao seu encontro, abrem as portas, olham sorrateiramente para os decotes, avaliam com experiência o preço dos ternos e sapatos. Ao subir a escadaria curvilínea – com cuidado, em sapatos de salto alto –, os convidados logo estão imersos no esplendor e aconchego da casa de Nestor Brabanta.

A iluminação é perfeita: faz brilhar as pérolas e as imitações de diamante dos vestidos sem chamar atenção para qualquer imperfeição na pele. (O verão foi intenso e comprido, cruel com aqueles obrigados a conduzir seus negócios em iates ou casas de praia em ilhas particulares.) Mulheres beijam o ar perto da orelha umas das outras; os homens, um pouco menos preocupados com maquiagem, beijam o rosto tanto de amigos quanto de inimigos.

Champanhe? Sim, como não? E um ou dois desses pequenos *kebabs* de frutos do mar. Humm, deliciosos! Quem está ali?

Seria Martha Goldmann? Sim. Meu Deus, com quem é que ela está falando? Uma mulher com o vestido tão decotado nas costas que dá para ver metade do traseiro. Agora ela está rindo. Deve ser alguém importante. Atriz de novela ou algo assim, ou filha de alguém.

Há dois pares de portas que levam até a sala de estar. É como esquiar em zigue-zague: beijinho-beijinho, virar um pouco, cumprimentos, virar um pouco, sorrir, olá, beijinho-beijinho, virar um pouco. E lá está Nestor. Perto da lareira. Parece tão solene, tão sério, tão tranquilo que você quase esquece que é totalmente absurdo ter uma lareira. A lareira está decorada com inúmeras orquídeas cor de fogo. Lembre-se de dizer a ele que você achou isso genial. Bom, e onde está o convidado de honra que vale cinquenta milhões de dólares?

Ali. Só pode ser ele. Sendo bajulado na outra extremidade da sala. Nossa, mas como ele é preto. Mais escuro do que a maioria dos empregados. Bonito, é preciso admitir. E já se sente em casa, a julgar pela linguagem corporal. E sem dúvida é sua linguagem corporal que conta...

Otelo na verdade não está se sentindo à vontade. Ele tem a impressão, apesar da promessa de Brabanta, de que não há muita gente ali que quer conhecê-lo. Olhar para ele, sim; tocá-lo, sim; colocar a mão brevemente em seu ombro, suas costas, seu braço. Como apostadores de corrida, esticando o braço para tocar o cavalo em que apostaram antes de ele ser levado para o estábulo. Um dos famosos cavalos de Nestor Brabanta. Otelo tem a sensação de que aquelas pessoas gostariam de lhe tirar toda a roupa até ele ficar só de cuecas, para melhor avaliar sua condição física. Para examinar o investimento que fizeram.

Os movimentos obedecem a um padrão. Também existe um roteiro. Os homens mais velhos o abordam de maneira direta, com um entusiasmo brusco. Colocam o charuto na boca, apertam-lhe a mão e tiram o charuto da boca novamente.

HOMEM MAIS VELHO E RICO: Vicente de Souza, da Aços Amoco. É uma honra conhecê-lo, Otelo.

OTELO: Obrigado, señor.

HOMEM MAIS VELHO E RICO [*lançando pela sala um olhar conspiratório*]: Sabe, eu fiquei um tempo pensando que a gente não ia conseguir contratar você. Eu disse para a diretoria: "Qual o problema com vocês? Ele é o maior atacante do mundo e vocês estão mendigando alguns milhões? Caramba, vamos contratar esse cara!". E claro que aí eles caíram em si. Teremos um belo futuro pela frente, Otelo. Um belo futuro. Esta é a minha esposa, Teresa.

OTELO: Prazer. [*Eles se dão um aperto de mão estranho porque ela oferece somente as pontas dos dedos.*]

HOMEM MAIS VELHO E RICO: Teresa gosta mais de tênis do que de futebol. O que se pode fazer, não é mesmo? [*Ele olha para o lado.*] Ei, Pedro! Vem aqui e aperta a mão de um herói de verdade uma vez na vida. Pedro, este é o grande Otelo. Otelo, Pedro dos Passos, vice-presidente da Astral. [HOMEM MAIS VELHO E RICO *e* TERESA *saem pela direita.*]

Os mais jovens são menos diretos. Eles o circundam como animais elegantes que fingem caçar, mas, na verdade, não precisam. Observam-no com o canto dos olhos. As moças são fabulosas; os rapazes têm nomes estrangeiros.

– Oi, Otelo? Que maravilha! Você foi ótimo na final. Todos nós assistimos. A gente na verdade devia estar jogando polo, mas cancelamos. Ficaram muito bravos com a gente por causa disso, você nem sabe. Eu me chamo Ricky Zamora; esta é a Estrela. Então... Hã... Imagino que tudo isso deva ser muito esquisito para você. Aceita champanhe? Estrela, pega champanhe pro moço. Não quer? Ah, sim. Você está treinando. Tudo bem.

(O treino não tem nada a ver com isso. Na verdade, Otelo seria capaz de matar por uma bebida, algo que fosse bem mais forte que champanhe. Mas com certeza alguém que valesse cinquenta milhões não seria bem-visto se entornasse uma taça de rum.)

Essas pessoas sabem bem como se comportar numa festa. Sabem como se afastar quando perdem o interesse na conversa e como fazer parecer que foi você que mudou de assunto, não elas. Falam sobre Otelo quando ainda estão perto o suficiente para que ele ouça. Os rapazes dizem algo; as moças dão risadinhas ou meneiam suas belas cabeças com desdém.

Otelo começa a imaginar se haverá outros convidados negros na festa. Fica perturbado com o fato de essa pergunta ter-lhe ocorrido: não está acostumado a pensar assim. As palavras de Brabanta o deixaram confuso. Observa as portas para ver se outros jogadores do Rialto foram convidados. Parece que não. Nem mesmo Jaco Roderigo. Otelo fica intrigado com aquilo. E preocupado, também.

Ele adoraria conversar com seu empresário sobre isso, mas Diego está trabalhando, como sempre. Está ali com Brabanta, apertando a mão de pessoas que vieram prestar homenagem ao convidado. Diego não se impõe. Ele espera pacientemente até ser apresentado e então oferece a mão. Acompanha o aperto de mão com um gesto de cabeça, abaixando-a de leve, quase fazendo uma reverência. É como se ele dissesse: "Estou cumprindo as formalidades, señor, mas não cometa o erro de pensar que eu não sou importante". Diego jamais interrompe, mas tem o estranho dom de assumir o rumo das conversas. Todas aquelas pessoas importantes aparecem para conversar com Brabanta e, em vez disso, logo se veem encantadas com a conversa do señor Mendosa. Assim como suas esposas ou namoradas ou o que quer que elas sejam. Observando do outro lado da sala, Otelo se sente aliviado: ele tem sorte de ter alguém tão habilidoso ao seu lado. Decide deixar Diego à vontade para trabalhar, amaciar os convivas. Para ser um cafetão honesto, essa que é a mais antiga das profissões.

Otelo percebe que por enquanto ninguém o aborda ou quer bajulá-lo, então ele aproveita para tomar um pouco de ar fresco. As portas de vidro que levam ao jardim estão logo atrás dele, abertas.

Parou de chover e, como a poluição luminosa não chega até aquele bairro exclusivo, o céu está repleto de estrelas. Olhando para elas, Otelo se sente em casa durante um breve instante, muito embora as constelações não estejam exatamente nos lugares de sempre. Ele está numa varanda cercada por uma balaustrada de pedra. À sua frente, os arbustos estão enfeitados com pequenas luzinhas, imitando as estrelas do céu. Uma escada leva até o gramado, onde uma pessoa está falando. É um monólogo – quem quer que seja, está falando ao telefone.

– É. Não. Não, claro que não estou. Suco de fruta. Carmem, olha... Tá, tá bom, mas se você quisesse esse tipo de informação, você devia ter arranjado um convite para aquela cabeça de vento, sei lá o nome dela, a que faz a coluna de fofoca. Tá bom, coluna social, desculpa. Sim, ele está aqui. Não, com a mulher dele.

Sim, ele está aqui também. Não sei, Carmem, eu escrevo sobre esportes. Tá, tá. Tá bom, eu pergunto. Bom, ele parece um peixe fora d'água, o pobre bastardo. E eu sei bem como ele se sente. Não, claro que não. Pode ficar tranquila. E, olha, muito obrigado.

– Oi, Paul.

Faustino dá um pulo feito uma gazela assustada. Ele se vira e vê um homem negro usando um terno de linho de cor clara. O sujeito está parado sobre o último degrau da escada que leva ao pátio, e isso, além da diferença natural de altura, faz com que ele pareça um gigante. O que, aos olhos de Faustino, ele é.

– Otelo?

– Isso. Também conhecido como "pobre bastardo" e "peixe fora d'água".

– Olha, me desculpe, eu...

Otelo deixa escapar uma risada tranquilizadora.

– Tudo bem, Paul. Você está errado quando diz que eu sou pobre e bastardo, mas a parte do peixe fora d'água não está longe da verdade. Como vai?

Ele desce do último degrau e oferece a mão. Faustino, que está tentando segurar um grande gim-tônica, um cigarro e também o celular, precisa fazer um desastrado malabarismo antes de cumprimentá-lo.

– Eu estava falando com a minha chefe – diz ele, como se essa fosse a resposta mais ou menos certa.

– Ela não está aqui?

– Pior que não. A editora do principal jornal independente do país fofocando com gente do governo? Não, não ficaria bem. Então eu é que devo ser os olhos e os ouvidos dela hoje. Ver quem é que está puxando a sardinha política pro lado de quem. Quem está escapando para uma salinha particular para conversar essas coisas com alguém que não deve. E também o mais importante: de quem Desmeralda Brabanta estará acompanhada e o que ela estará vestindo.

– Certo – diz Otelo. – Ela vai aparecer, então?

– Ela já está aqui, aparentemente, embora ninguém a tenha visto ainda. Mas pelo menos assim você não é a única grande atração da noite, meu amigo.

– Graças a Deus.

– Amém.

Uma breve e desconfortável pausa, e então Otelo diz:

– Olha, Paul... Hã... Obrigado pelas boas coisas que você escreveu sobre mim recentemente.

– Não há de quê. Eu te devia uma. Diego Mendosa me deu a exclusiva e eu fui legal com você no artigo. A isso damos o nome de integridade profissional. Também conhecido como "uma mão lava a outra".

Otelo sorri.

– Se você diz. Mas é uma diferença para todo o lixo que os jornais do Norte têm escrito sobre mim.

– Fico surpreso por você perder seu tempo lendo esses jornais.

Otelo dá de ombros.

– O Diego diz que eu não deveria ler, mas sei lá... Você viu aquela foto na semana passada da minha camisa do Rialto com o número vinte e três e a palavra "JUDAS" nas costas?

– Vi. Genial, eu achei. Olha... Hã... Eu não estou tentando arranjar outra entrevista, mas posso perguntar se essas coisas estão te incomodando? Claro que você já devia estar esperando, mas isso te deixa triste? Você anda bem distante da mídia desde aquela confusão que chamaram de coletiva.

– Eu estou bem – diz Otelo. – Venho de várias gerações de pessoas acostumadas com coisas muito piores. Não estou falando com a mídia porque as minhas respostas eu dou em campo. Enquanto isso, só estou descansando, tentando me adaptar.

Faustino concorda com um gesto de cabeça, reconhecendo a força na voz do outro homem. Joga o cigarro num canto escuro do jardim de Nestor Brabanta.

– Bom, acho que é melhor eu voltar para a nata da sociedade – diz. – Preciso continuar espionando.

Assim que os dois chegam às portas, os ruídos na sala diminuem um pouco e depois aumentam, feito árvores surpreendidas por uma ventania.

– Arrá! – murmura Faustino. – Acho que La Brabanta deve ter entrado na sala.

Espreitando por entre a multidão, Otelo só consegue vê-la de relance quando ela passa por seus admiradores e vai em direção ao pai. Ele vislumbra branco e dourado.

Nestor Brabanta toma as duas mãos da filha nas suas enquanto ela o beija. Há leves e esporádicos aplausos sentimentais por parte dos observadores. A expressão no rosto de Brabanta é de tanta adoração que ele fica, por um breve segundo, feito bobo.

Desmeralda beija alguns dos convidados mais próximos e então seu pai diz:

– Querida, acho que você ainda não foi apresentada a Diego Mendosa, o empresário de Otelo.

– Oi.

– É um prazer conhecê-la, señorita.

Eles se cumprimentam com um aperto de mão. As mãos dele são compridas e delgadas, mas fortes. Ela já conheceu muitos empresários na vida e ele não se parece com um. Na verdade, ele parece ser alguém que deveria ter um empresário. Ele se parece com aquele ator americano, Phoenix alguma coisa ou algo assim... Ele sorri como alguém que não espera um sorriso em retribuição. E tem olhos calmos, sérios.

Brabanta diz, fingindo tristeza:

– Infelizmente devo dizer que Diego talvez seja imune aos seus charmes, Desmeralda.

"Ah, ele é gay?", ela pensa.

– Diego não se impressiona com gente famosa. Certa vez ele me disse que não faria diferença se eu fosse pai de um crocodilo.

Ela faz um biquinho irônico.

– Você costuma fazer negócio com pais de crocodilos, señor Mendosa?

– Claro. Mas acho que seu pai está sendo um tanto malicioso. Acho que ele ficou um pouco desapontado por eu não ter falado de você quando nos conhecemos. E ninguém poderia repreendê-lo por isso. Aliás, acho que você se saiu muitíssimo bem naquela entrevista para o Canal Nove dois dias atrás.

"Ela é ainda mais bonita pessoalmente do que na TV", pensa ele. Mais baixa, é claro, mas todo mundo parece mais baixo na vida real. Talvez ela tenha herdado da mãe americana o cabelo – todos aqueles cachos muito bem cuidados, da cor de mel – e a pele clara.

Os olhos são extraordinários, hipnotizantes: ele duvida que exista uma palavra em qualquer língua para descrever de que cor são. Ela está vestindo uma jaqueta branca bordada e uma calça que tem o corte de calça jeans, mas feita de seda preta. Não está usando uma joia sequer, o que, em comparação com as outras mulheres presentes na festa, é quase tão chocante quanto a nudez.

– Obrigada – ela responde. – Acho que fui meio ríspida com o entrevistador algumas vezes, ele ficou um pouco mordido.

– Acho que já podemos deixar de lado as referências a crocodilos, señorita – diz Diego, sério.

Ela ri. É uma risada honesta, não ensaiada, o tipo de risada que se pode ouvir na rua, numa parte mais rústica da cidade. Então olha de relance para o pai, como se esperasse que ele desaprovasse, o que é interessante. Diego faz uma nota mental daquilo. Mas a atenção de Nestor Brabanta estava voltada para uma mulher corpulenta num vestido turquesa meio inadequado, então Desmeralda diz:

– E onde está o seu cliente, o nosso convidado de honra?

– Ali, perto da porta do jardim – diz Diego, sem precisar olhar. – Acho que ele estava tendo uma conversa particular com Paul Faustino, do *La Nación*. Você o conhece?

Ela faz que não.

– Venha, por favor. Eu posso apresentá-la aos dois.

Faustino vê os dois se aproximando.

– Lá vamos nós – murmura ele.

Diego faz as apresentações, e o que se segue é uma conversa fiada previsível. Depois de algum tempo, Faustino tem a sensação de que sua presença ali não é bem-vinda, então ele se afasta do grupo para começar a ouvir as conversas pela sala.

Desmeralda, assim como seu pai, tem interesse por futebol e é bem informada. Ela faz perguntas sérias a Otelo sobre suas proezas em campo. Sobre as implicações sociais de sua mudança para o Sul. Ela é séria, não sedutora ou frívola.

Otelo hesita e fica sem graça ao responder. Embora sinta raiva de si mesmo por isso, ele responde com aquele discurso superficial de sempre dos jogadores de futebol.

Isso porque o pobre diabo acaba de se apaixonar. O cupido o fez de vítima, não com sua típica flecha, e sim com um míssil de guerra, uma arma inteligente apontada para a alma da vítima, onde por fim explode. Há resquícios até bem longe do ponto de impacto. Nos olhos, que querem focar Desmeralda, mas que se movem por todo lado; nas mãos, que entram e saem dos bolsos e se prendem uma à outra nas costas; nas pernas, que agora estão bambas. E, claro, na língua. Se ele tivesse ficado assim em campo, sem dúvida teria sido levado numa maca. E ele agora até desejava ser levado embora numa maca. Precisava de um médico. E é por isso que ele se sente quase aliviado, e igualmente consternado, quando o pai dela aparece para levá-la de lá.

Sorrindo com a boca, mas não com os olhos, Brabanta diz:

– Desmeralda, querida, você não deve monopolizar o nosso ilustre convidado. Eu também gostaria que você viesse até a sala de jantar para dar uma olhada no bufê antes de pedirmos para os convidados entrarem. Você tem melhor olho para os detalhes do que eu.

– Claro, papai. Com licença, Otelo. O dever me chama.

Ele não sabe o que dizer, então abaixa a cabeça como se fizesse uma pequena reverência. E fica observando enquanto ela vai se esquivando das pessoas pela sala, com o braço protetor do pai às costas. Quando ele finalmente desvia o olhar, percebe que Diego o observa atentamente.

– O que foi?

– Ela não é má pessoa – diz Diego. – E você também não, capitano.

Depois de ensaiar a arte de andar equilibrando comida leve em pratos pesados, Otelo fica encurralado na extremidade de um sofá por um ansioso jovem que quer explicar a política do governo para os problemas sociais no Norte. Ele acredita nas Forças do Mercado Livre e na Criação de Riqueza, que pronuncia com maiúsculas. Como ele obviamente sabe muito pouco sobre o Norte, e Otelo não sabe absolutamente nada sobre economia, a conversa não sai do lugar. Além disso, Otelo só consegue pensar em Desmeralda Brabanta. Assim, não consegue dizer nada, e só fica ali sentado, balançando a cabeça feito um boi incomodado pelas moscas. Mas então sente algo roçando em suas costas e ouve uma voz atrás de si.

– Antonio, pelo amor de Deus, para de ser tão chato.

Otelo vira a cabeça. Ela está sentada no braço do sofá. A coisa que estava em suave contato com suas costas era a coxa dela.

– Antonio – continua ela – é um dos discípulos do meu pai. Um dia ele vai ser Ministro da Economia. Não é, Antonio? Mas infelizmente ele nada sabe sobre as coisas importantes da vida, como música ou futebol.

Ela fica de pé e dá a volta para ficar de frente para eles.

– Vai, Antonio, some. Preciso saber a opinião desse cara sobre as chances do Rialto na Libertadores.

Antonio fica de pé, com um sorriso forçado, e se retira.

Otelo e Desmeralda ficam ilhados no sofá.

– Nós vamos perder para o River Plate da Argentina na semifinal – diz ele.

– Ah. Então além de tudo você é vidente?

– Não. Mas o Rialto... nós... somos o quarto, talvez o terceiro melhor clube da América do Sul. Portanto merecemos chegar às semifinais. Mas quem sabe?

– É, quem sabe? Tomara que vocês consigam mais do que merecem.

Otelo fica com a sensação de que ela quer dizer algo com aquilo, mas não consegue, ou não ousa, tentar descobrir o que é. Mas ao menos consegue sustentar o olhar e continuar fitando dentro dos olhos dela, o que é bom. Por fim, é ela quem acaba desviando o olhar e tomando um gole da bebida.

– Você parece um pouco nervoso – diz ela. – É porque você está com medo de que eu pergunte se você gosta da minha música?

Desde a amarga dissolução da banda Kaleidoscope, Desmeralda lançou, em carreira solo, dois discos de *pop* comercial e *hip hop* "limpinho" que ninguém acima dos dezesseis anos de idade teria coragem de ouvir. E que milhões de meninas na puberdade ouvem sem parar. Sabendo que mais cedo ou mais tarde ele acabaria conhecendo Desmeralda, Otelo baixou algumas músicas para seu iPod e ouvia quando estava sozinho. A única coisa que ele consegue pensar em dizer sobre elas é que são perfeitas do jeito que são. O que é verdade, mas não é o que ele precisa dizer a ela. Mas acaba não precisando dizer nada, porque mais uma vez Nestor Brabanta, infelizmente, vem em seu socorro.

O senador se posiciona atrás do sofá e se inclina para sussurrar algo no ouvido de Desmeralda. Ela assente, séria, o rosto imóvel. Mas quando ela se vira para Otelo, seus olhos brilham para ele e seus lábios silenciosamente praguejam.

– Ah, me perdoe. Parece que teve uma briga entre os funcionários da casa. Uma das moças está chorando. O papai quer que eu vá lá restaurar a ordem. Aparentemente eu sou boa nesse tipo de coisa.

Ela estica o braço por cima dele para colocar o copo sobre uma mesinha baixa. Ele inala o mais profundamente que consegue o cheiro dela.

– Desmeralda! – diz Brabanta, impaciente.

Otelo vira e olha para cima, para ele. O senador não olha para ele; está de pé com a mão estendida para a filha. Ela pega a mão e o senador a leva embora.

Quando Desmeralda volta, Otelo sumiu. E também sua bebida. Ela olha pela sala, tentando não deixar muito óbvio. O público da festa já diminuiu um pouco, mas mesmo assim ela não consegue encontrá-lo. E então Diego Mendosa capta seu olhar e, com um pequeno gesto de cabeça, aponta para a varanda.

Há várias pessoas lá fora, fumando, falando alto, rindo. Mas Otelo está sozinho numa extremidade, de costas para ela, olhando para as estrelas. A taça de vinho dela, novamente cheia, está sobre o parapeito, perto da mão dele.

– É um lixo – diz ela, já perto dele.

Ele se vira.

– O que é um lixo?

– A minha música. Mas é um lixo de alta qualidade. É isso que você ia dizer, não é? Ou você ia mentir pra mim? – ela pega a taça e se recosta contra o parapeito.

– Eu ia mentir pra você.

– Não minta. Você não precisa. Não tenho nenhuma ilusão quanto ao que faço. Quanto a nada.

Ela bebe. Ele não consegue pensar em nada para dizer. Esses Brabantas o deixam confuso, embaraçado.

– Mas então, me diga... Quais são os seus planos? O que as grandes estrelas do futebol fazem entre as temporadas? Além de ganhar a Copa América, é claro.

– Bom, o treino começa daqui a uma semana, então eu vou tirar umas férias. Cinco dias sem fazer nada, só descansando.

– Parece legal. E onde você vai ficar fazendo nada?

Ele desvia o olhar e ela percebe certa confusão no rosto dele.

– Ah, entendi. Um local supersecreto. Sim, eu imaginei. Você não precisa me contar. E nem deve. Todo mundo sabe que eu sou uma grande fofoqueira.

– Nós vamos para as Bay Islands. Cypress, para ser mais preciso.

"Bom, ele confia em mim, então", pensa ela. E também pensa: "Nós?".

A palavra fica piscando em letras grandes em sua mente, mas ela a deixa de lado. Por enquanto.

Em vez disso, o que ela diz é:

– Cypress? Que fantástico! Lá é lindo! De verdade. Foi lá que nós filmamos as cenas de praia do vídeo "Take Me Up". Você já viu? Vai, pode mentir, se quiser.

– Claro que vi. Não é aquele que tem um monte de aviões?

– Não. Esse é outro. Você é meio ruim nisso, não é?

– É o que parece.

– Sim. Aposto que vai ficar hospedado no Blue Horizon. Acertei? É um ótimo lugar. Foi onde eu fiquei quando a gente estava filmando. Você vai adorar. Até já consigo imaginar você lá.

E ela está imaginando.

Otelo, contudo, não está prestando atenção. Ela vira a cabeça e vê Diego Mendosa parado na porta, lançando-lhe um olhar que significa "Hora de voltar para dentro e se despedir de Gente Importante, Convidado de Honra". Ela agora percebe que eles estavam sozinhos na varanda.

– Acho que você precisa ir – ela diz.

– É, acho que sim.

O fato de que não combinaram mais nada pesa no ar.

Ele começa a dizer:

– Olha, eu...

– Não, não vamos fazer essa coisa de pedir o celular um do outro. Não vai ser preciso.

"Por que não?", ele pensa. "Por que não, droga?".

– Foi muito bom conversar com você – ele consegue dizer, estendendo-lhe a mão.

Ela ignora a mão e fica na ponta dos pés para lhe dar dois beijos no rosto. E então ela lhe dá um beijo em cheio na boca. É tão maravilhoso que parece durar um ano inteiro, um ano durante o qual o resto do mundo desaparece.

Quando os ponteiros do relógio voltam ao normal e o mundo retorna, ela pergunta:

– Quem são "nós"?

Ela sabe que a pergunta é tão direta que é como se ela tivesse tirado a roupa e ficado nua na frente dele.

– Hã?

– Você disse "Nós vamos para Cypress". Fiquei imaginando a quem você se referia.

– Ah, sim. Eu, Diego e Michael.

– Michael?

– Michael Cass. Ele é o meu... segurança.

– Ah, um segurança?

– Isso. Ele é bem bom nisso de jogar os *paparazzi* no mar.

Ela concorda com a cabeça, satisfeita.

– É uma ótima qualidade.

Mais tarde, Desmeralda fica ao lado do pai, na frente da casa, enquanto os convidados aguardam os carros. Como Brabanta está se despedindo de diversos políticos, Diego desce as escadas e toca de leve no braço dela. Desmeralda se vira e ele agradece pela hospitalidade. Em vez de apertar, ele ergue a mão que ela havia oferecido e a beija.

– Não há ninguém – ele sussurra.

– Hein?

– Otelo não tem namorada, esposa secreta, amante nem namorado.

Durante alguns instantes, pega de surpresa, ela só consegue ficar olhando para ele. Depois se recompõe.

– Ah. Que pena, você não acha?

O sorriso dele quase não aparece.

– Não necessariamente – diz ele.

Diego fecha de leve a porta de seu apartamento e tira com cuidado os sapatos antes de caminhar silenciosamente pelo quarto. Mas tanta cautela é desnecessária, pois Emília está acordada, à sua espera. Ele fica feliz. Está um tanto animado e precisa conversar. As cortinas não estão fechadas e, atrás do vidro, a noite parece estar de cabeça para baixo. Nada no céu, cuja escuridão está tingida de um tom laranja sujo feito chão de concreto manchado. Abaixo dele, a constelação de luzes da cidade pisca e brilha.

– Sim – diz Diego, olhando para fora. – Posso dizer que tudo correu muito bem, Emília. Muito, muito bem.

Ele desfaz o nó da gravata borboleta e a joga no chão. Desabotoa o primeiro botão da camisa branca e vira-se para Emília. Tira o paletó e segura-o à sua frente pelos ombros.

– Otelo é o touro, entende? E eu o manipulo feito um toureiro.

Ele balança o paletó, criando ondas.

– O grande touro negro é obviamente muito poderoso. Mas muito burro, e não consegue enxergar a longo alcance. Ele só vê a capa, e, quando ele ataca, eu faço uma elegante *valenca*[3].

---

3. Movimento da tourada. (N. T.)

Ele segura o paletó ao lado esquerdo do corpo e faz um movimento para trás, girando na ponta dos pés, as costas eretas.

– Os chifres do touro passam a milímetros de distância, mas não chegam a me tocar. O cheiro dele é forte nas minhas narinas. Ele passa pesadamente por mim, aturdido com o desaparecimento do inimigo. Volta grunhindo, babando. Fico ajoelhado numa perna só, como numa posição de submissão, segurando a capa com uma só mão, assim. Ele ataca mais uma vez e...

Num gesto lento e elegante de cortesia, abana o paletó atrás de si.

– Ele novamente erra o alvo. E então fazemos essa dança da morte e ele nunca vê quem dança com ele. Seria triste se não fosse tão bonito. E hoje, Emília, ninguém menos do que Desmeralda Brabanta me entregou a capa.

Ela o olha desconfiada.

– Não, eu não estou bêbado, meu amor. De jeito nenhum. Só tomei uma taça de champanhe a noite inteira. Afinal, estava ali a trabalho. De olho nos interesses do meu cliente. Principalmente em seu novo interesse.

1.8

MICHAEL CASS CAMINHA pela areia branca da praia particular. Otelo está descansando numa espreguiçadeira. Cass usa um chapéu de palha de abas largas, óculos de sol e uma pistola automática de 9 mm num coldre de ombro, o que não combina muito com a camisa havaiana desabotoada. Otelo olha para cima quando a grande sombra de seu segurança cai sobre ele.

– Você está ficando com um bronzeado legal – diz Cass, e Otelo dá uma risadinha para agradá-lo. Cass, cujos avós eram alemães ou talvez suíços, é loiro e está generosamente coberto de protetor solar, mas apesar disso seus joelhos peludos estão corados feito pêssegos.

– O que houve?

– Nada de mais – responde Cass. Ele se senta numa espreguiçadeira ao lado da de Otelo e observa o horizonte com os olhos semicerrados. – Eu estava falando com o velho que cuida dos jardins, sabe? Ele diz que vem uma tempestade por aí.

O céu não tem nenhuma nuvem, parece um enorme guarda-chuva azul com o sol queimando um buraco no centro.

– Não tem como – diz Otelo.

– Foi o que eu disse. E aí ele falou: "Tá vendo aquela ilhazinha ali? Quando a água fica meio opaca atrás dela, é sinal de que vem tempestade. Se tiver algum barco fora quando isso acontece, ele volta rapidinho".

Otelo levanta a cabeça. A ilha sem nome é uma mancha cinza-esverdeada no horizonte. No primeiro dia deles no Blue Horizon, ele indagou ao gerente se seria possível ir até lá. O homem olhou para ele de um jeito meio estranho e perguntou: "Por quê?". E, sim, agora há uma leve faixa meio branca atrás dela, como se fosse fumaça.

– O que o Diego está fazendo?

Cass dá de ombros.

– Sei lá. Ele está lá na varanda, fazendo as coisas dele no *laptop*.

– Trabalhando – diz Otelo.

– Ou então vendo sites pornô.

– Ei!

– Tô brincando.

Agora Otelo está deitado de lado, apoiado no cotovelo, observando Michael, que está de perfil.

– Vocês dois estão bem? Eu sei que o Diego não queria que você viesse pro Sul comigo, mas pensei que tudo isso estivesse resolvido. Vocês ainda estão se estranhando?

Cass apoia os antebraços nos joelhos e fica olhando para a areia entre os pés.

– Não muito. Tá tudo bem.

– Ótimo. Porque eu preciso dele. Não é fácil achar um empresário honesto, sabe? Você não precisa gostar dele, Michael, mas você precisa trabalhar com ele.

– Sem problema – responde Michael, ainda olhando para baixo. – Ele é ok.

– Sim, ele é ok. Tipo, ele fez toda essa coisa, conseguiu arranjar isso tudo. Deixar em segredo pra onde a gente estava indo. Convencer o hotel a ficar "fechado para reformas". Escolher a segurança.

– É, acho que sim.

– O que significa que tudo fica fácil pra você, certo? – continuou Otelo. – Três dias nesse paraíso tropical, bem longe, e nenhum repórter disfarçado de garçom, ninguém pendurado em árvore segurando câmera, nada disso. Lembra aquela vez quando a gente foi para Santa Luisa? Na primeira manhã que a gente foi para a praia, tinha, sei lá, uns cinco barcos cheios de fotógrafos, e você teve que entrar num barquinho a motor e travar uma pequena batalha naval para expulsá-los.

Michael Cass lembra e sorri.

– É, eu até que gostei de fazer isso.

Depois de uma pausa, ele diz:

– Escuta, vou voltar a sentar na sombra. Quer que eu pegue alguma coisa pra você no caminho?

Uma hora depois, a palha sobre os guarda-sóis começa a farfalhar e sibilar de leve. Otelo fica sentado e vê que agora o horizonte parece uma fotografia muito ampliada, cheia de *pixels*.

Alguns funcionários do hotel aparecem e começam a recolher as espreguiçadeiras.

– Tem uma ventania enorme vindo, señor Otelo – diz um deles. – Talvez seja melhor ir para a varanda. Logo a areia vai soprar na pele e vai machucar.

Enquanto Otelo sobe para a suíte, toma banho, se veste e desce para o bar, a ilha de Cypress passa por uma mudança. O mar agora está rápido e revolto atrás da praia inquieta, e as palmeiras balançam suas copas descabeladas. O sol tem um brilho intermitente por trás dos véus de uma nuvem que corre rápido.

Sentados na varanda de portas entreabertas, Otelo e Michael Cass viram a cabeça quando ouvem a voz de Diego atrás deles.

– Entrei no site da guarda costeira. Para ver o tempo. Isso aí é a extremidade de um furacão que está a caminho da costa do Caribe. Parece um girino enorme no mapa. E olha que é só a pontinha do rabo.

– Um rabo bem respeitável – observa Cass, enquanto um engradado plástico de cerveja rola sobre um canteiro de flores.

– É – diz Diego. – Se for para adivinhar, eu diria que o churrasco hoje à noite na praia não vai acontecer. – Ele se inclina para a frente, uma mão sobre o encosto de cada cadeira. – Que tal jogar cartas? Copas, um dólar por cada ponto? Tá bom, tá bom. Cinquenta centavos por ponto. Caramba, seus nortistas mãos de vaca. Cerveja?

Otelo está ganhando quase cinquenta dólares, Michael, uns vinte, e Diego está em último. Otelo pensa que é interessante alguém tão cuidadoso com todo o resto não querer apostar de maneira tão insensata num jogo de cartas. É reconfortante, de certa maneira.

As luzes se acendem. Michael está distribuindo as cartas quando Diego diz:

– Meu Deus, vocês já viram um pôr do sol dessa cor?

Atrás do vidro, a cor do céu é um verde pálido por trás de faixas de nuvens amareladas. É tão fantástico que parece o cenário pintado para o último ato de um melodrama. À frente do palco, a praia se dissolve em demônios de areia, redemoinhos em miniatura saindo em disparada em direção ao mar cinza que foge.

Um garçom entra.

– Acontece nessa época do ano – diz ele. – Mas vai embora bem rápido. Em duas, três horas, por aí. Amanhã vocês nem vão acreditar que aconteceu. Tudo vai ficar calmo de novo – continua ele, e sorri. – Serve para renovar o mar.

Um ou dois minutos depois, os jogadores estão novamente distraídos quando o garçom, o *barman* e o subgerente vão até a janela e partilham um binóculo, discutindo. Otelo levanta e vai até eles.

– Qual o problema?

– Um barco – diz o subgerente. – Não é uma balsa. A balsa não aguenta um tempo desses. Só pode ser um americano maluco. Eles acham que nada pode impedi-los quando querem fazer alguma coisa.

O *barman* agora é quem está com os binóculos:

– Lá está ele. Uau! Olha só ele balançando. Bem ao norte da ilha. Caramba, aposto que estão todos vomitando!

– Posso olhar? – Otelo pergunta, e o *barman* lhe passa os binóculos. Otelo ajusta o foco e acha o barco, uma mancha branca em formato de cunha que aparece e desaparece entre muralhas de água. Algum tipo de lancha. O tipo de lancha em que gente rica gosta de beber coquetéis.

– Para onde ele está indo?

– Bom, se eles tiverem um pingo de bom senso, ele vai vir para cá e esperar a tempestade passar – diz o subgerente. De repente ele parece pensar algo e olha para Otelo. – O señor está esperando alguém?

– Não.

– Que bom. Como eu suspeitei, deve ser algum estrangeiro idiota. A que horas o señor quer jantar?

O astro, o empresário e o segurança estão em uma mesa do restaurante com iluminação suave quando uma leve comoção surge no saguão. Cass, que está virado para aquele lado, arregala os olhos. Sua mão, que segurava uma garfada de filé rumo à boca, fica congelada no ar.

Desmeralda Brabanta está de pé à porta. Suas mãos estão enfiadas nos bolsos de um casaco amarelo à prova d'água que é grande demais para ela e que esconde suas outras roupas, se é que está trajando alguma. Suas pernas compridas estão nuas e molhadas, e seus tênis de lona têm o tom azul-escuro de tecido encharcado. Seus cabelos molhados parecem serpentes douradas; seus olhos são mais brilhantes que qualquer outra coisa na sala. Ela parece um tesouro eternamente guardado no mar, à espera da pessoa que o merece. Às suas costas, vários funcionários do hotel estão reunidos, sorridentes, sem saber o que fazer, assim como figurantes de um filme que ainda não receberam instruções.

Otelo e Cass ficam de pé. Diego pousa o garfo e a faca paralelos um ao outro no prato e continua sentado. Ele viu Desmeralda, mas agora seus olhos estão fixos no resto do lagostim que estava comendo, como se nele estivesse a razão para essa invasão espetacular. Mas ele está sorrindo.

É Desmeralda quem rompe o silêncio.

– Nossa! – diz ela, falando exclusivamente com Otelo. – Que viagem difícil! Preciso tirar essas roupas molhadas. Será que você tem alguma coisa que possa servir em mim?

1.9

POUCO ANTES DAS ONZE da noite, o telefone da mesa de cabeceira de Nestor Brabanta toca. Ele já tomou seus remédios para dormir, mas, como as chamadas para esse número particular a esta hora da noite são atípicas, ele atende.

A voz que ele ouve é roufenha e levemente abafada; ele acha que consegue detectar um leve sotaque do Norte. A princípio, desconfia de que seja uma chamada de longa distância, com linha ruim.

VOZ: As suas portas estão trancadas?
BRABANTA: Hein?
VOZ: O señor está sendo roubado, senador.
BRABANTA: Quem é que está falando?
VOZ: Alguém que fica mais de olho naquilo que lhe pertence do que o señor, senador. Como disse, o señor está sendo roubado neste exato momento. Estão partindo o seu coração e o señor não sabe.

BRABANTA: Quem diabos está falando? Como é que você conseguiu este número? Do que você está falando?

VOZ: Um dos seus cavalos foi roubado, senador. O de maior valor. A sua bela potra dourada. E neste exato momento ela está com um enorme e bruto garanhão negro.

BRABANTA: Você é louco. Vou desligar.

VOZ: O señor sabe onde está a sua filha, señor Brabanta?

[*BRABANTA fica sentado e joga as pernas para fora da cama. Seu sono induzido por drogas é substituído por algo que parece um balde de gelo. Ele já imaginou, temeu, uma ligação dessas. A ligação dos sequestradores.*]

BRABANTA: Quem é que está falando? O que você quer?

Mas a linha fica muda.

Brabanta aperta o botão para ver o número da última chamada, mas, como ele já suspeitava, uma voz robótica o informa de que é um número privado. Ele liga para o apartamento de Desmeralda e, como sempre, cai na caixa postal. Ele espera, de boca seca, impaciente, pelo bipe.

– Querida? Você está aí? Atenda o telefone. Desmeralda, por favor, atenda o telefone. Olhe, querida, me escute, me ligue assim que você ouvir essa mensagem. Vou tentar no seu celular.

Ele não consegue se lembrar do número e xinga a si mesmo. Vai até onde está seu robe, sobre uma cadeira, e encontra seu celular no bolso. Vai deslizando pela lista de nomes e, quando "DES" aparece na tela, aperta o botão de chamada.

"Oi! Não posso atender agora, mas..."

Brabanta prapraguea e desliga no meio da mensagem. Cinco segundos depois, tenta de novo e espera.

– Desmeralda! Aqui é o seu pai. Ligue para mim agora. Imediatamente. Não me importo com a hora. É sério.

Ele deixa o telefone cair na cama e aperta as mãos porque elas estão tremendo. Um pensamento lhe ocorre: ele é um dos homens com mais conexões na cidade e não consegue pensar para quem poderia ligar. Depois de um tempo, pega o telefone novamente e liga para a autointitulada assistente pessoal de Desmeralda. Fica ouvindo o toque de chamada pelo que parece ser uma eternidade e então ela atende.

– Alô?

– Ramona, aqui é o Nestor Brabanta.

– Señor! Oi. Só um segundo, eu...

Há uma pequena pausa de silêncio; ela coloca a mão sobre o bocal para abafar o som. E então ele a ouve pigarreando.

– Sim, señor, como posso ajud...

– Ramona, você sabe onde a minha filha está?

– Hã... Não, acho que não.

– Por que não? Caramba, menina, você não deveria saber? Não é pra isso que você recebe?

– Bom, eu... Há algum problema, señor?

O telefone da mesa de cabeceira toca.

– Eu ligo depois – diz ele para Ramona.

BRABANTA: Desmeralda?

VOZ: Eu nem mesmo esperaria acordado por ela se fosse o señor, senador. Acho que ela não vai ligar para o señor hoje. Acho que o Papai é a última coisa em que ela está pensando agora.

BRABANTA: Escuta aqui, quem quer que você seja: se você fizer qualquer coisa... Se a minha filha sofrer qualquer coisa, eu vou atrás de você e te mato. Eu garanto. [*Uma pausa. Ele ouve o que parece ser vento ou barulho do mar, ou talvez só ruído da linha.*] Quanto você quer?

VOZ: Ah, não. Não, não, senador. O dinheiro não pode trazer de volta o que o señor perdeu. O señor acha que pode comprar a sua reputação? A sua honra? O nome da sua família?

BRABANTA: De que diabo você está falando? Escute aqui, se isso for um trote ou…

VOZ: Eu só quero que o señor visualize uma cena.

BRABANTA: Que cena?

VOZ: *King Kong*.

BRABANTA: O quê?

VOZ: *King Kong*. O filme. O señor viu? Claro que viu. E eu sei a parte que o señor lembra mais. É aquela em que o gorila gigante e imundo agarra pela mão a loira seminua, certo?

BRABANTA: Que merda é essa? Diga logo onde está a minha filha, caramba!

VOZ: Eu acabo de dizer. Mas o señor não está prestando atenção. Estou perdendo o meu tempo. Boa noite, senador.

BRABANTA: Espera! Está bem. Por favor, estou prestando atenção.

VOZ: Bem melhor assim. Onde eu estava? Ah, sim. A pálida e vulnerável moça na mão negra e enorme. O que o señor pensou, senador, quando viu essa cena? O que homens como você e eu pensam quando vemos isso?

BRABANTA: Eu não sei.

VOZ: Sabe, sim. Imaginamos nossas esposas nessa situação. Ou nossas filhas. Se contorcendo, gritando. Humm? Não é?

BRABANTA [*com voz rouca*]: Quem é você?

VOZ: Veja bem, esse King Kong é uma grande estrela. Li em algum lugar que ele custou bem uns cinquenta milhões. E neste exato momento a sua filha deve estar pensando que ele deve valer cada centavo. Deve estar pensando que é o melhor presente que o papai comprou para ela na vida.

[*Um clique e o tom de desligado.*]

Brabanta continua sentado, segurando o telefone. Depois de um tempo, o aparelho parece estar escorregadio, talvez porque sua mão esteja suada. Ele o deixa cair. E sente algo como uma garra se fechando ao redor de seu coração e, durante um terrível instante, perde o controle da respiração. Diz a si mesmo que de jeito nenhum vai ter um ataque cardíaco até descobrir o que está acontecendo, então veste o robe e desce as escadas até seu escritório, agarrando-se o tempo todo ao corrimão. Vai até sua mesa e procura o número do celular de Diego Mendosa. Ele liga, aguarda até que a mensagem da caixa postal chegue ao fim e diz:

– Aqui é o Nestor. O Senador Brabanta. Preciso saber onde o Otelo está. Favor retornar a ligação.

★ ★ ★

Diego está de pé na sombra das palmeiras que delimitam a praia particular do hotel. Agora as árvores estão mais calmas, as folhas grossas esfregam-se umas nas outras de maneira silenciosa, feito dedos estalando. Ele espera o telefone tocar e então verifica o número da pessoa que tentou ligar. Sorrindo, pega os sapatos e volta caminhando pela areia, quase ao alcance das ondas turbulentas e luminosas.

Desmeralda levanta para usar o banheiro. Ao voltar, percebe que a tempestade passou. As cortinas se mexem no ritmo da leve respiração do mar. Ela vai até a janela. Tudo está escuro, com exceção de uma constelação irregular de estrelas no céu e do indistinto rendado no ponto onde as ondas quebram na praia. Ela sente um cheiro repentino e forte – algas marinhas, talvez – e se vira.

Otelo está dormindo de bruços. Ela sente a mesma leve falta de ar que tomou conta de si na primeira vez em que o viu. "Negro" é uma palavra inútil para descrevê-lo. Até mesmo naquele quarto mal iluminado, a pele dele absorve a luz e a transforma. A linha da maçã do rosto é delineada por um leve tom azul-escuro. A luz sobre os músculos de suas costas é ao mesmo tempo dourada e verde. A palidez da palma esquerda de sua mão, virada para cima, é como um erro; de resto, sua beleza é simplesmente absurda. Tanto que a faz estremecer de leve, e ela abraça a si mesma.

Ela já está acostumada a sempre conseguir o que quer, mas isso é diferente. Ela não está no controle. O medo faz parte – grande parte – da emoção da coisa. Como se ela tivesse saído por uma porta e visto o céu sob um ângulo diferente, todas as cores mudadas. Como se ela não soubesse mais o nome das coisas. Pela primeira vez na vida, ela gostaria de não ser famosa. Mas ela é. Os dois são. A privacidade não será uma opção, que dirá o sigilo. Então...

Ela pega o lençol do chão e se enrola nele como se fosse uma capa, e depois ajoelha na cama. O movimento traz Otelo à superfície de seu sono. Ele fica de costas e abre os olhos, e enquanto isso Desmeralda abaixa-se, erguendo e depois soltando o lençol de tal modo que ele cai e os envolve por completo. O rosto dela está logo acima do dele; os olhos dela emitem pequeninas centelhas de luz.

– Oi – diz ele.

– Oi.

Ele acaricia o braço dela.

– Olha, tem uma coisa que eu quero que você faça – ela diz.

– Humm. E o que seria, señorita Brabanta?

– Quero que você se case comigo.

Segundo ato

2.1

UMBERTO DA VENECIA (popularmente conhecido como o Duque) está muito feliz pelo fato de a sala de reunião do comitê não deixar escapar nenhum som, porque Nestor Brabanta não demonstra nenhum sinal de que vai se acalmar. Ele também não quer se sentar; só se aproxima da mesa para bater nela com o punho. Como presidente do comitê do Rialto, o Duque já presidiu reuniões bastante acaloradas; ele merece a reputação de diplomata. Mas começa a pensar que a única coisa que pode fazer é ligar para o zoológico da cidade e pedir que mandem alguém com uma arma com aqueles tranquilizantes usados para dopar rinocerontes. Os outros dois homens presentes, Ariel Goldmann e Pedro dos Passos, estão sentados olhando para as próprias mãos unidas, feito passageiros enjoados em um barco. O educado Goldmann, aparentemente chocado com o palavreado de Brabanta, está com a cara da cor de um pudim de baunilha. Mesmo assim, é ele quem tenta interromper.

Superexposição

– Nestor. Nestor, por favor. Drogas? Bruxaria? Isso é loucura.

– Ah, você acha? O quê? Você acha que é um mito, isso tudo? Escute, eu já fui para o Norte. Eu já vi o que esses malditos africanos fazem. Vi gente normal que virou bicho, Ariel. Então não fique aí balançando a cabeça desse jeito! A não ser que você tenha uma explicação melhor.

– Olha, Otelo é um negro que veio do Norte, sem dúvida. Mas ele não... Bom, ele não liga para essas coisas aí. Ele é... Bom, ele é encantador e...

"Ah, meu Deus, Ariel!", pensa o Duque.

E obviamente Brabanta entra em combustão feito gasolina.

– Rá! Encantador. Que tal você pensar melhor nessa palavra, Ariel? Que tal se perguntar exatamente que tipo de encanto pode persuadir uma moça que tem tudo, tudo, a se casar com esse... esse crioulo duas semanas depois de conhecê-lo? Já parou para pensar por que magia negra se chama magia negra?

Pedro dos Passos tosse de leve.

– Bom, na verdade... – ele começa a responder, mas não continua porque Brabanta vem até a mesa, coloca as duas mãos sobre ela e se debruça. Seus olhos estão vermelhos e úmidos e sua voz está roufenha. O Duque teme que o homem esteja à beira de um ataque.

– A minha filha é uma estrela. Não estou sendo sentimental: isso é um fato. Ela mesma vale milhões. Vocês todos sabem disso. E ela é minha filha única. Então homens se atiram nela o tempo todo, certo? Homens decentes. Brancos. Ricos. Das melhores famílias. Talvez ela tenha casos com alguns deles, eu não sei; eu não pergunto. Mas nós conversamos sobre casamento, eu e ela. Porque entendo a pressão que ela sofre. E sabe o que ela sempre diz para mim? Ela diz que não acredita em casamento. O que, é claro, tem a ver comigo e com a mãe dela. E eu aceito isso. De verdade. E então, de repente, ela se casa com um negro que ela mal conhece? E vocês acham que isso é normal? Vocês acham que um negócio... nojento desses pode ser explicado?

Finalmente, ele se deixa cair numa cadeira. Apoia a cabeça na mão e disfarçadamente enxuga uma lágrima com o dedo. O Duque nunca vira o senador chorar antes, então ele espera alguns instantes antes de falar.

– Nestor, você convocou essa reunião. Então imagino que exista algo que você queira que a gente faça.

Sem levantar o rosto, Brabanta diz:

– Para começo de conversa, quero que esse tal casamento seja anulado.

O Duque, que é, entre outras coisas, o advogado de Brabanta, solta um suspiro.

– Como você me pediu, eu investiguei o assunto. Infelizmente, apesar da pressa, a... hã... cerimônia foi totalmente legítima. A não ser, é claro, que Desmeralda tenha sido coagida. Ou até mesmo drogada, ou tenha passado por uma lavagem cerebral, ou algo assim.

– Ela foi! Só pode ter sido!

– Infelizmente, não há provas disso. Só se ela testemunhasse que foi... Mas isso é muito improvável.

Brabanta faz um gesto com os punhos para a frente e se senta ereto.

– Nesse caso, quero que a gente venda esse preto filho da mãe.

Goldmann e dos Passos reagem como se suas cabeças tivessem sido puxadas pelo mesmo pedaço de barbante. Goldmann abre a boca, mas o Duque levanta a mão para fazê-lo calar.

– Nestor, meu velho amigo... Você sabe que não pode pedir isso. Imagine...

– Não, imagine você. Imagine como seria ter de ver esse desgraçado jogar para o seu clube sabendo que, depois do jogo, ele iria para casa e se deitaria com a sua filha. Hein? Você conseguiria? Você suportaria uma coisa dessas?

O Duque, cujas duas filhas são gordinhas, modestas e tiveram casamentos tranquilos, finge pensar seriamente na pergunta de Brabanta.

– Eu entendo a sua dor, Nestor. O seu sofrimento. Todos aqui entendemos.

Dos Passos e Goldmann assentem com a cabeça, num movimento solene e sincronizado.

– Mas sejamos realistas. Jamais poderíamos persuadir o comitê a vender Otelo. Além de todo o resto, haveria enormes problemas legais e financeiros. E pense nas consequências. Pense no efeito que isso terá sobre o clube. Pense em como a mídia irá nos ridicularizar. O Rialto é maior do que qualquer um de nós. Maior do que todos nós. E não sou eu quem diz isso. Foi você mesmo quem disse isso, três meses atrás, aqui nesta sala mesmo.

Brabanta vira a cabeça na direção do Duque. Ele tem o olhar de um touro fatalmente ferido que se prepara para atacar o toureiro pela última vez.

— Então eu saio do comitê. Vou apostar minhas ações no mercado.

O Duque recosta-se na cadeira. Tira os óculos e coloca-os na mesa. Fica olhando para eles durante alguns segundos. Finalmente, diz:

— Sim, você poderia fazer isso. Serviria para mitigar a sua dor. Mas, no fim, quem é que seria mais prejudicado? Eu te digo quem é que não seria prejudicado, e essa pessoa é o Otelo. O contrato dele é mais inflexível que uma embalagem a vácuo. Você mesmo quis assim.

Meia hora depois, Ariel Goldmann e Nestor Brabanta descem juntos pelo elevador.

Goldmann sente que deveria passar o braço pelo ombro do colega para consolá-lo, mas por algum motivo não consegue.

— Nestor, por favor. Tente esquecer essa raiva, essa amargura. Dê tempo ao tempo. O Duque tem razão, isso mais te prejudica do que qualquer outra coisa. E você sabe: a vítima que sorri sempre rouba algo do ladrão.

— Meu Deus, Ariel! — diz Brabanta, cuspindo as palavras. — Não suporto quando você dá uma de rabino *hippie*.

Goldmann fica visivelmente transtornado.

As portas do elevador se abrem no subsolo do estacionamento VIP. Brabanta não sai. Em vez disso, sua mão pressiona o botão que mantém as portas abertas. Ele está apoiado nela, parecendo nauseado.

— Desculpa, Ariel. Eu não devia...

Finalmente, Goldmann consegue passar a mão pelo ombro do colega.

– Tudo bem. Esquece.

Brabanta levanta a cabeça e diz:

– Mas me diz uma coisa. Como você se sentiria se um dia a sua princesinha te apresentasse o seu neto e ele fosse um crioulinho?

2.2

É O TERCEIRO JOGO da temporada que o Rialto joga em casa. Faustino, sentado à frente do setor de imprensa, olha para cima e para a direita, observando o rosto dos diretores na tribuna. Faltam cinco minutos para que os times surjam do túnel e ainda assim não há nenhum sinal de Nestor Brabanta. Parece que, mais uma vez, o senador não vai ver seu genro jogar. Interessante. Talvez os boatos sejam verdade... Mas ela está lá, debruçando-se sobre o assento vazio ao lado para ouvir o que o Duque tem a dizer. Das caixas de som sai uma de suas chamadas "canções", que consegue ao mesmo tempo ser agitada e sem graça. Os torcedores do San Lorenzo – e muitos torcedores do time da casa também – estão fazendo o possível para abafar a música.

Faustino arruma os itens no peitoril à sua frente: o caderno, a agenda de jogos, as notas para a imprensa. A sua coluna só será publicada na segunda-feira. Ao seu redor, os jornalistas novatos que precisam enviar relatórios sobre o jogo para a edição da noite

Superexposição • 111

mexem em celulares conectados a *laptops*. Como Faustino não tem nenhum desses apetrechos, os novatos se sentem levemente superiores a ele. Faustino se sente superior a eles pelo mesmo motivo.

O homem à sua esquerda, Mateo Campos, do *El Sol*, aproxima-se.

– O que você acha, Faustino? O garanhão da Dezi vai mostrar serviço dentro de campo também?

"Deus do céu! O homem fala do mesmo modo que escreve", pensa Faustino.

Na opinião profissional de Faustino, o *El Sol* é a pústula mais nojenta no corpo doente da imprensa sul-americana. Um trapo imundo que só serve para limpar a sujeira deixada por um cão com problemas intestinais. Campos é o chefe do caderno de esportes. De acordo com sua própria apresentação, ele é "O Homem Que Diz O Que Você Pensa". Em seus momentos mais pessimistas, Faustino teme que isso seja verdade.

– Imagino que você queira saber se eu acho que o Otelo vai jogar bem. A resposta é sim. Mas acho que o que acontece em campo não vai ter nenhuma influência sobre o que você escolhe escrever.

Campos dá uma bufada com os lábios para expressar seu descaso. Faustino percebe que isso deixa pequenos pontos prismáticos de saliva na tela do *laptop* do pseudojornalista.

A verdade é que, em seus primeiros cinco jogos para o Rialto, Otelo só fez um gol – um chute desviado, numa falha da defesa adversária. Ele também não fez gols num amistoso – aliás, bem pouco amistoso – internacional contra a Colômbia. Depois do primeiro jogo para seu novo clube, a visão geral de seu desempenho foi resumida numa manchete do *El Correo*: "OTELO NÃO IMPRESSIONA". Faustino não tinha como discordar. Mas sua opinião era que o Rialto deveria aprender a jogar com Otelo, e não o contrário. Em sua coluna, argumentara que Otelo simplesmente era mais rápido em entender o jogo que seus colegas de clube, e, assim que eles aprendessem a dar ao novo atacante o que ele precisava, o Rialto poderia muito bem se tornar imbatível. Até então, os demais comentaristas esportivos tendiam a concordar com Faustino. Por exemplo, ele ficou satisfeito quando o altamente respeitado Milton Acuna, em uma aparição no *Sportsview*, dissera que o Rialto "precisava jogar no mesmo patamar de Otelo".

Mas um dia o *El Sol* resolveu dizer o contrário. O tabloide imundo obviamente ficara obcecado com o "escândalo" que era o casamento entre Desmeralda Brabanta e Otelo. Assim como todas as outras revistas vagabundas sobre celebridades. As fotos do casal, as "entrevistas" com "amigos íntimos", as "análises astrológicas" da compatibilidade entre os dois, as insinuações maldosas sobre o suposto "choque" e a "raiva" que o pai dela sentia. Tudo isso – e pior – já era esperado. A mensagem subliminar por trás dessas histórias era, é claro, que a filha americana de um político milionário tinha ido para a cama e se casado com um jogador de futebol negro e ignorante, e que assim o mundo estava de cabeça para baixo, e isso não deixa você, leitor, enojado?

Depois de um mês, era difícil distinguir entre as chamadas "notícias" do *El Sol* e as páginas esportivas. Não era necessário ser um linguista para perceber o verdadeiro significado das palavras. Mateo Campos começou tudo com a manchete "UM FUTURO NEGRO PARA O RIALTO?", seguida por "OUTRA TARDE

SOMBRIA PARA O RIALTO E OTELO: CINQUENTA MILHÕES JOGADOS NUM BURACO NEGRO?". No domingo anterior, o suplemento sensacionalista de fim de semana do *El Sol* trazia um artigo (escrito por Campos) no qual predominava uma foto borrada de Desmeralda fazendo *topless*, tirada por *paparazzi*, numa praia dois anos antes. A legenda: "É POR ISSO QUE OTELO NÃO PRESTA ATENÇÃO NA BOLA?". (Relutante, Faustino até admira o uso protetor da interrogação nessas manchetes. E, se ele fosse sincero consigo mesmo – e ele é, às vezes –, precisaria admitir que seus próprios pensamentos já vaguearam por esse atraente e sombrio território. Afinal, ele estava lá no exato momento em que o famoso casal se conheceu. Ele viu o nosso herói ficar de pernas bambas e o brilho nos olhos dela. E até mesmo se sentira tentado a escrever um artigo como testemunha, um texto certeiro – mas de bom gosto – tendo como título algo como "QUANDO DEZI CONHECEU OTELO". Mas não, não. Paul Faustino tem princípios. E ele não precisa do dinheiro.)

Até então, os outros jornais – até mesmo os de massa – se recusavam a seguir o caminho do *El Sol*. Não se voltaram contra Otelo feito cães numa matilha. Ainda não. Não ousam fazê-lo porque, embora a lua de mel de Otelo com Desmeralda tenha acabado, a lua de mel com seus fãs ainda persiste, cheia de esperança e paixão. Mas esse é um amor que se alimenta de gols, e os fãs estão ficando famintos. Faustino fica surpreso com o quanto se sente ansioso para que os gols surjam. E com o medo que sente de não acontecerem. Está inquieto em sua cadeira, distanciando-se o máximo possível de Mateo Campos. E então os times entram em campo.

Os urros surgem feito uma bomba que finalmente explode, e Faustino sente seu próprio peito estufar em resposta. São nesses bons momentos que ele se sente puro como uma criança, mergulhado naquilo que ama. Ondas vermelhas, amarelas, azuis e brancas de corpos que ficam de pé, nuvens de purpurina, cornetas que competem entre si, batuques que convocam antigos ritos tribais. Fogos vermelhos e azuis. O cheiro primitivo de algo absurdamente importante. Para Faustino, não há nada igual. Nada que possa lhe trazer maior alegria. Como sempre, ele fica com vontade de rir.

Otelo é o último da fila de jogadores do Rialto a surgir, e a torcida da casa guarda os urros climáticos para o momento em que ele aparece. E, como antes, Faustino acha que isso foi um erro da parte de Otelo. Ou talvez seja só autoindulgência.

O jogo é ruim. Ao final do primeiro tempo, os torcedores frustrados do Rialto continuam com seu coro feroz de assobios e vaias. E, então, aos quarenta e três minutos, Otelo faz um gol. É um gol que ele faz absolutamente sozinho, sem nenhuma ajuda. Ele rouba a bola de um meio-campista desatento do San Lorenzo e dribla outro a caminho do gol. Perto da grande área, ele parece ficar bloqueado e é obrigado a sair um pouco pela direita, seguido de perto por dois zagueiros. Ele parece não estar indo para lugar algum, sem nenhum apoio. O chute, portanto, é totalmente inesperado. Otelo atinge a bola com a parte externa do pé direito. O goleiro do San Lorenzo, sem visão da bola, encoberto por seus próprios zagueiros, só consegue virar a cabeça e vê-la bater na parte de dentro da trave e depois estufar as redes.

Há um momento de silêncio, como a duração de uma batida lenta de coração, e aí o estádio vibra. Faustino sabe disso porque ele olha para Mateo Campos, que está digitando a frase "O estádio vibrou quando...".

Ele cutuca o ombro de Campos e diz:

– Se eu fosse você, eu diria que ele "mostrou serviço".

Campos faz cara feia, concentrado em seu pequeno teclado.

– Na verdade, se eu fosse você, eu talvez dissesse que o "escurinho da Dezi teve sorte com um chute fortuito" – continua Faustino. – Você sabe como se escreve "fortuito"?

No segundo tempo, Otelo, mais uma vez sem apoio, cava três escanteios. O segundo gol do Rialto vem do último dos três. O cruzamento de Roderigo foi ruim – curto e perto demais do primeiro pau –, mas Otelo chega até ele e pega a bola. Empurrado, perseguido, de costas para o gol, ele de alguma maneira consegue fazer um passe diagonal para Enrique, que consegue seu primeiro e alegre gol.

Esse passe e o gol anterior são as únicas contribuições mais óbvias de Otelo no jogo. Mais para o fim, Faustino calcula que o atacante deve ter percorrido uns dez quilômetros, desviando, voltando para pegar a bola ou marcar, deslocando-se da esquerda para a direita do campo e tudo de novo. E, mesmo assim, os bons toques que ele dá na bola devem totalizar menos de dez. Enquanto Otelo sai de campo, ele se vira e aplaude os torcedores do Rialto, que gritam seu nome em agradecimento. Existe algo de irônico no gesto do jogador, pensa Faustino: seu rosto, molhado de suor, tem uma expressão que sugere obstinação, não triunfo.

Quando o setor de imprensa fica mais vazio, Faustino muda de lugar, indo para a extremidade da fileira, e senta embaixo de uma placa de "PROIBIDO FUMAR". Acende um cigarro e observa a multidão em rebuliço indo para a saída.

"Existem várias maneiras sutis das quais os jogadores lançam mão para fazer um colega parecer ruim", reflete ele. Há o passe perfeito e certeiro, mas com a bola sendo chutada com força demais ou de menos. Há os passes com o peito do pé que chegam à altura da cintura. Você pode tentar jogar a bola para o lado mais fraco da vítima, o que é particularmente eficaz quando ele é um atacante de costas para o gol e o zagueiro está logo atrás dele. Jogar a "armadilha do impedimento" contra alguém do próprio time também funciona. Otelo tem excelente habilidade em sincronizar suas fortes arrancadas para contornar ou passar pelo meio da linha de defesa. Às vezes ele gosta de deixar a defesa confusa ao ir deliberadamente até a posição de impedimento para voltar e receber a bola um segundo antes do passe, depois virando e acelerando para cima dela.

Todos, é claro, já sabem essas coisas sobre ele. Os laterais que gostam de uma defesa alinhada – como os do San Lorenzo naquela tarde – observam-no com um nervosismo agressivo. Assim como os bandeirinhas: suas bandeiras tremem com antecipação sempre que ele parece invadir a linha. E os jogadores do Rialto usam isso contra ele. Basta uma pequena hesitação, quase imperceptível – por exemplo, se você estiver encontrando o equilíbrio – antes de um passe: tempo suficiente, menos de um segundo, para que Otelo dê um passo, meio passo, e ultrapasse a linha de impedimento. E lá vai a bandeirinha subindo, e o apito do juiz é só mais um entre os milhares de vaias humilhantes. Isso aconteceu nada menos que onze vezes durante o jogo com o San Lorenzo, o que logo fez com que Mateo Campos se virasse para Faustino, sorrindo de maneira debochada.

– E aí, maestro? Ainda acha que ele... Como é mesmo que você disse? Sincroniza as jogadas perfeitamente? Ou será que ele agora vai guardar o talento para a Dezi Brabanta?

Na hora, Faustino sequer deu ao idiota a honra de uma resposta. Mas agora ele estava pensando se não deveria. Por escrito. Dizer, de maneira categórica, que Otelo não estava jogando contra onze homens, e sim contra vinte e um – sendo que dez deles usavam as mesmas cores que ele. Isso sem dúvida atrairia a atenção, agitaria o assunto. Faustino ganharia mais prestígio com Carmem d'Andrade. Mas será que faria bem a Otelo? Talvez não. Provavelmente até faria tudo ficar pior.

Faustino apagou o cigarro e ficou de pé. Ele ficaria quieto, por enquanto. O Rialto precisaria tomar jeito o quanto antes e aprender a jogar com Otelo em vez de jogar contra ele. Simplesmente porque havia muito em jogo para que eles não aprendessem.

2.3

PAUL FAUSTINO PODE até acreditar que os colegas de Otelo estão sabotando seu jogo, mas Ramon Tresor, o técnico do Rialto, sabe que isso é verdade.

Fim de tarde. Estacionamento dos jogadores e funcionários no estádio do Rialto. Uns dez veículos ainda estão estacionados, transpirando suas gotas de chuva. Elas brilham sob a luz dos postes que iluminam a área cercada.

RODERIGO *sai por uma porta sem identificação, através da qual jogadores e funcionários entram e saem do estádio. Está usando uma camisa de algodão azul-clara com uma jaqueta de couro cara, e sorrindo para a mensagem que está lendo no celular. Caminha até seu carro – um de seus carros –, um Lexus esporte cor de bronze. Ele passa por um veículo grande cujo dono abaixa o vidro, revelando seu rosto. Era* TRESOR.

RODERIGO: Chefe?

TRESOR: Entra no carro.

RODERIGO: Hein?

TRESOR: Entra no carro. Eu e você precisamos ter uma conversinha.

RODERIGO [*segurando o telefone como se ele fosse um amuleto contra as forças do mal*]: Hã... Tá bem, mas... Precisa ser agora? É que eu, tipo...

TRESOR: Sim, precisa ser agora. Entra logo no carro, caramba!

[RODERIGO *entra no carro. Ele e* TRESOR *ficam olhando para as marcas das gotas de chuva no para-brisa, e não um para o outro.*]

TRESOR: Na verdade, eu não deveria ter mandado você entrar no carro. Eu deveria ter mandado você ficar de joelhos na chuva e implorar feito um cachorro pelo seu emprego.

RODERIGO: Hein? De que diabo você está falando?

TRESOR: Pare de se fazer de bobo. Você sabe exatamente do que estou falando. Pelo amor de Deus, o que você achou que estava fazendo em campo hoje?

RODERIGO: Hã... Ganhando? Tipo, de dois a zero? Contra os favoritos?

[*Agora* TRESOR *olha para o capitão do time, e seus olhos parecem blocos de gelo negros pegando fogo.* RODERIGO *tenta não demonstrar seu medo, mas não consegue.*]

TRESOR: E quem ganhou o jogo pra gente? Quem fez sozinho o primeiro gol e criou o segundo? O único jogador em campo hoje que deu duro enquanto o restante do time se comportava feito menininhas fazendo manha. Pode me dizer quem foi?

[RODERIGO *não responde. Em vez disso, se recosta no enorme assento do utilitário e estica as pernas.*]

RODERIGO: Ah, tá. Entendi. Alguém de cima conversou com você, Ramon, não é isso? O que foi, alguma mudança política? Como é que funciona? Brabanta passou a aceitar do nada o fato de Otelo dormir com a filha dele? O vice-presidente Lazar se deu conta de que ter um cara negro famoso em seu time o faz conseguir votos do pessoal progressista? Tipo "Ei, a gente não é de direita nem racista: olha só como a gente gastou cinquenta milhões num socialista negro do Norte"?

TRESOR: Que merda é essa que você está falando? Eu coordeno um time de futebol. Não tem nada a ver com política.

RODERIGO: Olha, é sério. Eu sei que você é da Espanha, Ramon, mas, pelo amor de Deus, acorda! Futebol é política neste país, cara.

[TRESOR *coloca as mãos sobre o volante acolchoado e apoia os braços como se fosse fazer uma parada de emergência com o carro numa estrada molhada em declive. Ele solta um suspiro.*]

TRESOR: Certo. Mas está na hora de parar. Você já fez o seu protesto, tudo bem. Mas hoje, hoje, o jeito com que você deixou o Otelo na mão foi simplesmente de dar vergonha, cara. E ele ganhou o jogo para a gente. Então chega. Isso para aqui. A gente já participou de seis jogos, já está bom.

RODERIGO [*depois de uma pausa demorada*]: Cinquenta milhões, ou menos, poderiam ter conseguido Saja ou talvez Pozner para a gente. Os dois melhores zagueiros do país. Os dois morrendo de vontade de serem transferidos. E a gente ainda teria o Montano. Sabe, todo mundo fica revoltado com o modo como essas coisas são feitas.

TRESOR: Ah, faz favor, Jaco! Pelo amor de Deus! Vocês estão com talvez o melhor atacante da América do Sul jogando na frente do time. Qualquer time daria o mundo para ter o Otelo. E vocês não estão facilitando para ele porque ficam aí tristes por causa do Luís Montano, que é uma ótima pessoa. Eu gostava dele. Mas pelo amor de Deus, não tem comparação!

RODERIGO: O señor está coberto de razão, chefe. Certíssimo. Não tem comparação. O Luís era um de nós. Veio das categorias de base, assinou o contrato do Rialto aos treze, por aí, todo mundo do bairro dele aparecia para vê-lo jogar para os juniores. Ele ficava vendendo ingressos quando não era escolhido para jogar, aparecia em todos os treinos por vontade própria, fez a estreia no time aos dezessete anos, fez gol no primeiro campeonato de que participou. O nome aparece direto na escalação durante duas temporadas, e aí, pimba! O passe dele é vendido lá para o Norte. Como parte de uma troca. Como é que você acha que ele se sente com isso, cara?

TRESOR: Deus do céu, Jaco! Olha só o que você está falando! Eu administro um time de futebol, não uma instituição de caridade. Ninguém é indispensável. Nem mesmo você.

RODERIGO: E que diabos você quer dizer com isso?

TRESOR: Vou te explicar exatamente o que quero dizer. Quando contratamos o Otelo, colocamos o melhor atacante em atividade com o melhor meia em atividade. Que, no caso, é você. A combinação que ganhou a Copa América, certo? E está funcionando? Não, não está, de jeito nenhum. Porque você está fazendo de tudo para que não dê certo. E você acha que está sendo muito esperto, não é? Hein? Essa coisa de fazer o Otelo parecer não estar no ritmo do jogo, esse negócio todo. E, claro, tem uns idiotas feito aquele tal de Campos que acreditam nisso, escrevem isso pro jornal e tudo o mais. Mas a gente precisa acordar, Jaco, porque mais cedo ou mais tarde certas pessoas, as pessoas que importam, vão começar a perguntar como é que o jogo do Roderigo foi ficar ruim assim a ponto de ele não conseguir passar as bolas como passava antes? Como é que o Otelo precisa fazer os gols do nada, sem que você ajude? Não é? E, quando isso começar a acontecer, pode ser que eu coloque você sentadinho no banco de reserva. Ou talvez eu simplesmente peça para você ficar em casa, vendo o jogo pela TV.

RODERIGO: Ah, é?

TRESOR: É.

RODERIGO: Você não pode fazer isso e sabe bem que não pode.

TRESOR: Eu não sei de nada disso. Como eu disse, ninguém é indispensável. E é a minha cabeça que está em jogo toda vez que a gente entra em campo. Então é melhor você e os outros pararem com esse fingimento agora mesmo, ouviu? Se não pararem, eu posso aparecer para a diretoria e falar: "Jaco Roderigo não está trabalhando como devia, vamos vender o filho da puta e substituir por alguém que o faça". Alguém como o Beckham, que sabe jogar bola. Ele deve saber pelo menos umas sete palavras em espanhol. E essas palavras são: "Aqui está a bola, vai fazer gol".

RODERIGO: Vai se foder, Ramon.

TRESOR: Jaco, se você falar isso para mim mais uma vez, pode dar adeus à sua carreira.

RODERIGO: Vou sair do carro.

TRESOR: Tudo bem. Pode sair. Eu também estou cansado. Mas, antes de ir, deixa eu te falar uma última coisa. Eu não virei no treino de terça-feira. E o que você precisa fazer é chamar os outros caras de canto e avisar que é para parar com isso, entendeu? Que ou vocês jogam com o Otelo ou não jogam mais. É melhor eles ouvirem isso de você do que de mim, não acha?

★ ★ ★

Duas semanas depois, Paul Faustino escreve:

O resultado de 1 x 0 contra o Porto pode não parecer uma vitória brilhante, mas ontem o Rialto finalmente estava um time coeso. E grande parte disso se deve a Jaco Roderigo, que parece ter deixado para trás a indolência pós-copa e acordado para as possibilidades que surgem com Otelo liderando o ataque.

A jogada do gol foi, sem sombra de dúvida, uma das mais elegantes que já vi. Ela começou de repente, com uma bola recuada para o goleiro do Rialto, Gabriel. Em vez de chutar a bola para longe, Gabriel, com dois atacantes vindo para cima dele, fez um passe tranquilo para Airto. O zagueiro, vendo o espaço aberto à sua frente, percorreu vinte e cinco metros antes de passar a bola para Roderigo. Há duas semanas, o capitão do Rialto teria segurado a bola ou feito um passe quadrado, mas dessa vez ele se desviou maravilhosamente de um dos adversários, superou o outro e passou a bola para Enrique, que tinha o campo aberto na direita.

Otelo, acelerando a corrida no tempo preciso (como sempre), parecia surpreso por Roderigo ter aparecido para ajudá-lo; e, quando o cruzamento de Enrique chegou, Otelo matou bonito no peito, driblou o jogador que o marcava e passou a bola para o capitão. Roderigo, uns vinte metros à frente, tinha tudo para tentar o chute, e a defesa do Porto já esperava por isso. Enquanto corriam para cercá-lo, Roderigo levantou a bola com a parte externa do pé esquerdo – o pé "ruim", como sabemos – em direção ao único ponto vazio dentro da pequena área do Porto. Como Otelo quase não tinha recebido passes decentes de Roderigo naquela temporada, é pouco provável que estivesse à espera daquela bola: mas, mesmo assim, foi para cima dela com uma velocidade incrível.

A maioria dos atacantes teria tentado um voleio forte e direto. E isso era sem dúvida o que esperava o goleiro do Porto, então ele ficou atônito quando o chute cruzado de Otelo, quase suave, fez uma curva ao seu lado e entrou no canto esquerdo do gol. Os amantes do esporte, ao menos os não partidários, sem dúvida encaram esse ataque incisivo como promessa de surpresas futuras e esperam que o Rialto finalmente tenha reconhecido o grande potencial do novo jogador contratado pelo clube.

Há certas coisas que Faustino prefere não mencionar. Por exemplo, quando Otelo se virou, depois de fazer o gol, o primeiro de seus colegas a abraçá-lo foi o único outro jogador negro do Rialto, Airto. E, sim, houve bastante hesitação antes que Roderigo e os outros se juntassem à comemoração, e o jeito com que Roderigo deu os parabéns foi passar a mão brevemente no cabelo de Otelo, do jeito que as velhinhas tocam nas cabeças das crianças. Faustino também não diz que, imediatamente depois do gol, Otelo olhou para o setor onde ficam os diretores (no qual Nestor Brabanta novamente fazia sentir sua falta) e viu, como esperado, Desmeralda comemorando com os braços para cima, para o evidente prazer dos homens ao redor. Mas, duas fileiras abaixo dela, Diego Mendosa estava sentado com os braços cruzados, o rosto sério, como se fosse de pedra. E isso era bastante curioso.

2.4

– AH, DIEGO... AH, VAI, cara. Isso não é o que eu faço, você sabe disso.

– Eu sei que isso é o que você até agora se recusou a fazer, capitano. Não é a mesma coisa.

Otelo vai até a grande janela da cobertura e olha para baixo, para os inúmeros barcos parados no cais. Deseja que Desmeralda estivesse em casa.

– Bom, talvez as coisas que a gente não faz sejam mais importantes do que as que a gente faz.

Diego, sentado no sofá, parece refletir sobre o que ele disse.

– Muito profundo – diz ele, finalmente. – E, como seu amigo, não me importaria de passar a tarde inteira discutindo o assunto. Mas, como seu empresário, preciso me preocupar com o dinheiro. A Elegante concordou em pagar seiscentos mil. O que é bem mais do que eles tinham em mente antes de eu almoçar com eles.

No cais, dois meninos magricelos carregam uma cesta de um pontão para outro. Um segurança os observa de dentro da cerca do condomínio. Otelo não consegue ver o que é que os meninos estão tentando vender, mas ele sabe que não estão com muita sorte. Nos dias de semana, o lugar é um cemitério, e os iates e cruzeiros brancos alinhados parecem sepulcros magníficos.

– E é para uma lâmina de barbear de mulher?

– A Elegante faz produtos de beleza. É um mercado grande e eles têm uma grande fatia.

– Um barbeador feminino.

– É um depilador. Mas podemos conseguir mais coisas. Uma longa parceria com a empresa, entende?

– E o que eu precisaria fazer?

Diego pega uma pasta em sua maleta, embora não precise.

– Certo. Dois dias de filmagem, no máximo. Fotos para pôsteres e coisas assim serão feitas no mesmo período. Por uma agência ótima, eu já verifiquei. As datas são as que forem melhores para você, desde que seja nos próximos dois meses. E se (você é quem tem a palavra final, é claro) nós fizermos outras coisas com eles, negociamos tudo de novo. O que significa, é claro, um pagamento maior.

Otelo solta um suspiro e dá as costas à janela.

– Não sei, Diego. Eu não estou exatamente precisando de dinheiro – diz ele, e depois ergue a mão, porque seu empresário está prestes a interrompê-lo. – Sim, sim, eu sei o que você vai dizer. Você vai dizer, como sempre, que eu tenho mais uns cinco ou seis anos jogando nesse nível. E que depois de parar terei, se Deus quiser, mais uns cinquenta anos de vida, e, se eu não quiser acabar feito um mendigo na rua, a gente precisa... Como é mesmo que você diz? "Aumentar as áreas de atuação".

Diego sorri, com ar contrito.

– Não tinha percebido que havia me tornado um chato. Peço desculpas. Mas, sim, é parte do meu trabalho fazer com que você tenha o máximo de exposição. Porque, sejamos francos, o destino da maioria dos jogadores é cair no esquecimento. E muitos deles acabam sem dinheiro ou viram motivo de piada. Estou errado?

– Não. Acho que não.

– Não estou. Mas na verdade eu ia dizer isso. Ia ressaltar que metade desse pagamento poderia financiar o seu abrigo para crianças carentes em Espírito durante pelo menos um ano. E, como é uma caridade dentro da lei, você pode deduzir do imposto de renda. E suponho que não dar dinheiro para o governo horrível do seu sogro é algo que o agrada. Estou certo?

O comercial de TV é um sucesso instantâneo, absurdo, enorme. Ele é condenado por nada menos que nove bispos; é banido da BVTV, o canal católico; e deixa o Comitê pelos Bons Costumes revoltado. Em resposta à grande demanda do público, a Elegante coloca o comercial na internet para que possa ser baixado para *tablets* e celulares. É como se ninguém tivesse visto um homem negro raspando os pelos de uma mulher branca antes. As vendas da Elegante – não apenas para o depilador Ladyshave Silk, mas para toda a linha da empresa – aumentam em quarenta por cento. Mas é o pôster – aquele pôster – que fica marcado na consciência popular. Na manhã em que ele surge no enorme *outdoor* eletrônico na praça da Independência, os motoristas ficam tão hipnotizados que deixam de perceber que a luz do semáforo fica verde e, como resultado, metade do centro fica completamente parado em vinte minutos. Um desses motoristas sem sorte é Nestor Brabanta. Ele está sentado, soltando fumaça pelas orelhas, no assento de trás de sua limusine com chofer durante quase quarenta e cinco minutos. Quando o carro finalmente chega à Independência, ele olha para o *outdoor* e perde a cor.

Embora a mulher no pôster esteja com o rosto virado, a pele clara, a suave cachoeira de cachos castanhos e cor de mel e a diminuta tatuagem em formato de beija-flor em seu ombro exposto são fortes indícios de que é Desmeralda Brabanta. (Não é ela, é claro. É uma modelo, o cabelo é uma peruca, e a tatuagem é do tipo que pode ser facilmente apagado com um pouquinho de demaquilante da Elegante.) Ela cobre os seios com a mão e o braço direito. O braço esquerdo está erguido e dobrado, de modo que o antebraço está apoiado sobre a cabeça de cabelos dourados; a mão está fechada. Assim, os olhos de quem observa voltam-se para a axila exposta, a axila que Otelo (um pouco atrás dela, debruçado para a frente), com grande atenção, raspa com um aparelho de cor turquesa. Tanto ele quanto a modelo só estão usando sarongues. Sarongues! O dela é preto; o dele é branco.

No sétimo andar do *La Nación*, Paul Faustino está travando uma luta com a máquina de bebida quente quando Edgar Lima chega e o ajuda com os botões. Lima é o editor de fotografia do suplemento colorido que sai nos finais de semana. Ele aparenta ter uns dezessete anos de idade, seu cabelo parece um *tsunami* com gel e a parte de cima de sua orelha direita traz um *piercing* feito com uma antiga colherinha de café de prata. Eles, é claro, começam a falar sobre os assuntos quentes do dia.

– É simplesmente brilhante – diz Edgar. – Uma dessas imagens que se transformam instantaneamente em ícone.

– É?

– Ah, sim. Passo os dias rezando para que um dos nossos fotógrafos traga uma foto assim.

– O quê? De um jogador de futebol raspando a axila de uma mulher? Eu não quero nem de graça, obrigado.

– Certo, lá vem você. Na verdade, não tem a ver com raspar axilas. Sim, tem a ver, mas ah, vai, Paul! Tente interpretar um pouco.

– É você que tem de me dizer. Você sabe que está morrendo de vontade.

– Certo. É muito complicado, mas a primeira coisa é claro que é sobre Otelo e La Brabanta.

– Mas não é ela na foto, é?

– Duvido muito que seja. Mas a gente quer acreditar que é ela, certo? Queremos acreditar que estamos vendo um momento íntimo, embora um tanto grotesco, da vida privada do casal mais famoso do país. Como se eles tivessem acabado de sair do chuveiro ou algo assim e ela dissesse: "Querido, será que você poderia raspar as minhas axilas?".

Lima toma um gole do chá.

– Não, não, é mais do que isso. O que queremos acreditar, lá no fundo, é que ela disse: "Querido, será que você poderia raspar as minhas axilas? Porque você sabe o quanto isso me excita". É por isso que ela está escondendo o rosto. Ela não quer que nós vejamos o quanto aquilo a excita. O que transmite para quem vê a foto é que ela está bastante excitada, na verdade. E é por isso que ela está naquela posição, certo? E a expressão concentrada de Otelo nos diz que ele sabe disso. A axila, em si, é uma metáfora, é claro.

Faustino pensa naquilo durante alguns instantes e diz:

– Você é doente, Eddie. Sempre achei.

– Não, eu sou uma pessoa bastante comum. Vejo o que todos veem. É por isso que eu tenho o meu emprego.

– Não, você tem o seu emprego porque tem um diploma universitário numa área que a maioria das pessoas desconhece, e porque você deu um jeito de conquistar a nossa chefe devoradora de homens na entrevista.

– Isso também é verdade.

– Que bom que você sabe. Por favor, continue.

– Certo. Então... Além da coisa sexual, também tem a coisa da violência. Ou talvez "violação" seja uma palavra melhor. O jeito com que ele avulta sobre ela. Ele parece ser duas vezes maior do que ela. E o fotógrafo obviamente pediu que ele levantasse uns pesos, porque os músculos do braço dele estão saltados como nós numa corda de navio. Como se ele estivesse fazendo algo que exige muito esforço. E o que ele está fazendo é levar um aparelho de barbear até o corpo de uma moça branca, submissa, indefesa.

– Ah, vai, Eddie. É um trequinho de plástico verde desse tamanhinho.

– Talvez. Mas mesmo assim é um barbeador, uma coisa que tem lâmina. Um movimento em falso e o sangue aparece. Ao mesmo tempo, ele está fazendo uma coisa levemente nojenta para ela.

Então você tem essa distorção perigosa do relacionamento entre senhor e escravo. Ou, melhor dizendo, entre senhora e escravo.

Faustino faz "Hunf!" em sinal de ceticismo, mas isso não desencoraja Edgar Lima.

– Tudo isso é bem óbvio. Você pode até dizer que é óbvio até demais. Mas o que faz a imagem ser interessante mesmo, o toque de genialidade, é que Otelo está usando uma saia.

– Não, não. É um sarongue. Dá para usar tranquilamente na praia.

– Bom, sim. Homens usam na praia. Mas em casa? Que tipo de cara usa um sarongue em casa? Mas o ponto, Paul, é que, sim, no pôster ela está usando um, o que é o mesmo que dizer diretamente que aquilo é roupa de mulher. Assim, por extensão, Otelo gosta de usar as mesmas roupas que a mulher dele. E ao mesmo tempo ele gosta de fazer aquilo que as mulheres geralmente fazem na privacidade do banheiro. É genial. É um anúncio que tem tudo: raça, violência latente, ambiguidade sexual. É muito erótico e meio perturbador ao mesmo tempo.

Faustino balança a cabeça, estranhando.

– Deixa eu ver se entendi direito – diz ele. – É um anúncio de barbeador para mulher que na verdade está dizendo que a principal estrela do futebol do país é um estuprador travesti, violento e com uma lâmina na mão. É isso?

Edgar Lima sorri.

– Ou que a principal estrela negra do esporte é um homem gentil, que ama sua esposa e que se sente totalmente confiante em relação à própria identidade sexual. Você é quem sabe. Você enxerga o que quiser enxergar. Enfim, preciso ir andando. Preciso usar o Photoshop na esposa do vice-presidente para ela ficar menos bruxa. Até mais, maestro.

Faustino fica pensando enquanto termina o café. Apesar da análise criativa de Lima, sua opinião continua a mesma – que alguém convenceu Otelo a se fazer passar por idiota.

Ele já estava na metade do caminho para o escritório quando lhe passa pela cabeça saber por que alguém faria aquilo. E também quem faria.

Desmeralda aperta o controle remoto, a TV faz um barulho semelhante a *zonk* e desliga. Ela se afunda no sofá e coloca o braço esticado sobre o encosto. Está usando uma blusa de seda solta, de mangas compridas. Sem axilas à mostra.

– E você não percebeu que ela se parece comigo? – diz ela, em tom neutro.

Otelo estava de pé à janela, olhando a noite, enquanto sua esposa assistia a ele raspar as pernas de uma moça.

– Mas ela não parece. Ela não parece em nada com você. O cara no estúdio nos apresentou e eu vi que ela tinha cabelo e olhos escuros. Acho que ela era até meio japonesa, sei lá. Mesmo quando ela saiu da sala do maquiador, com a peruca, ela não se parecia nada com você. Se você visse o rosto dela, você não acharia...

– Bom, imagino que, mesmo que a gente pudesse ver o rosto dela, não seria a principal coisa do anúncio.

– Sim, mas...

– E a tatuagem? Você não olhou para aquela tatuagem e pensou: "Opa, o que é isso?"?

– Bom... Talvez isso soe estranho, mas eu não me lembro da tatuagem. Talvez com as luzes e todo o resto, tanta coisa acontecendo... Eu não percebi.

– Humm. Pode ser que eles tenham colocado depois, na pós-produção.

– Eles podem fazer isso, não é?

Desmeralda dá um leve riso de escárnio.

– Ah, sim. Você ficaria abismado com o que eles podem fazer. Você tem muito a aprender, ainda.

Ele se vira para ela e diz:

– Desculpe.

Ela fica olhando séria para ele durante alguns instantes, e então dá um tapinha no assento ao lado.

– Vem cá. Senta aqui.

Ele obedece.

– Certo, señor Elegante. Acho que é hora de a gente colocar as coisas em pratos limpos, não?

Ele assente.

– Está bem.

– Olha pra mim.

Ele olha para ela. Ela está bem séria.

– Eu já desconfiava desse negócio desde o começo, lembra?

Ele suspira e diz:

– É. Eu devia ter te dado ouvidos.

– Então me ouve agora. Esse anúncio é a coisa mais legal e *sexy* que eu já vi na TV. Você está maravilhoso. A câmera te adora, e eu também. Quando eu estava assistindo, não fiquei pensando: "Tira as mãos do meu marido, sua vaca". Fiquei pensando: "Meu

Deus, olha só esse cara. E ele é meu. Mal posso acreditar, mas ele é". Estou muito orgulhosa de você.

E, finalmente, ela sorri.

Mais tarde, na cama, ela diz:

– O Diego tem razão. Você devia fazer mais trabalhos como modelo, coisas assim.

– O quê? Diego disse que eu devia fazer trabalho de modelo?

– É. Não coisas de moda. Mas anúncios para revista, propaganda, coisas assim. Por que não? Outros jogadores fazem. Pensando melhor, por que não para moda? Você fica lindo tanto vestido como sem roupa. E seria diferente daqueles rapazes inexpressivos que a gente vê nas revistas. Acho que você devia pensar a respeito. Sei que muita gente adoraria te ter num anúncio.

– Quando foi que o Diego disse isso?

– Ah, não sei – ela diz, bocejando, encaixando o rosto no ombro dele. – Umas semanas atrás. A gente almoçou junto.

– Ah, é? Você não me falou nada.

– Não? Humm... Apaga a luz, querido. Estou com muito sono.

Na noite da quarta-feira seguinte, o Rialto ganha a copa num jogo acirrado contra o SV Catalunha. Logo depois do jogo, Otelo, ofegante, dá uma breve entrevista para a TV na beira do gramado e depois vai para o vestiário. Quando ele abre a porta, o murmurinho fica um pouco mais baixo. Na entrada dos chuveiros, por trás de todo o vapor, Gabriel, Airto, Bernardo e Enrique estão enfileirados, com toalhas brancas enroladas na cintura, raspando as axilas um do outro. Quando eles e o resto dos jogadores olham para a cara de Otelo, todos caem na gargalhada. Depois de um pequeno momento de hesitação, Otelo também desata a rir.

2.5

BUSH ABRIU A PORTA do depósito, empurrando-a devagar contra as dobradiças para que ela não rangesse. As meninas ainda estavam dormindo, e, como não era dia de café da manhã nas Irmãs da Misericórdia, ele não queria acordá-las. Quanto mais tempo elas ficassem daquele jeito, aninhadas uma contra a outra, dormindo, melhor seria. Ele farejou a ameaça de chuva no ar, o que era ruim para o trabalho de limpar para-brisas, mas talvez fosse bom para o trabalho de buscar encomendas. Era preciso ver o lado bom das coisas, mesmo que no fim ele ficasse parecendo um cachorro de rua molhado.

Ele sai de mansinho e fecha com cuidado a porta. Quando se vira, vê Nina e Fidel. Eles estão sentados no banquinho caindo aos pedaços que fica ao lado da porta dos fundos do bar. Nina está com uma pilha de batatas sobre um jornal, descascando-as. Há uma bacia cheia de água entre seus pés, onde estão as batatas descascadas – grandes e amarelas. Fidel está sentado a seu lado como se tivesse a intenção de admirar o pedaço de céu cinzento, como se fosse uma rede de dormir suja da qual Deus acabou de se levantar.

"Oh-oh", pensou Bush. Porque não era sempre que Nina e Fidel ficavam sentados no quintal descascando batatas. Não àquela hora do dia, pelo menos.

– Oi, Bush – disse Fidel, sorrindo.

Nina deixou uma casca de batata comprida cair na folha de jornal e levantou o rosto. Ainda era um rosto bonito. Sem dúvida havia algum sangue aristocrata espanhol ali. Era o que Fidel gostava de dizer, acrescentando: "Ela é uma traidora da própria classe, cara. Como todos os revolucionários de verdade". Agora esse mesmo rosto carregava aquela expressão gentil e distante que sempre tinha quando Nina estava preocupada.

Fidel usou o pé para puxar para mais perto do banco um engradado de cerveja feito de plástico.

– Senta aqui com a gente um pouco – disse ele.

Bush foi até eles e sentou.

– Algum problema, Fidel? Nina?

– Bom, talvez não – disse Fidel.

– E talvez sim – disse Nina.

– Vocês querem que a gente vá embora? – perguntou Bush, porque era a pergunta óbvia a fazer e ele sempre estava na expectativa de que precisaria fazê-la algum dia.

– Opa, cara, peraí – disse Fidel. – Não é nada disso. É só que eu e a Nina, a gente queria conversar com você um pouco. Sobre essas coisas que estão acontecendo, entendeu?

Bush olhou para um e depois para o outro e disse:

– Que coisas?

Nina limpou o descascador na barra da saia e perguntou:

– As meninas ainda estão dormindo, Bush?

– Acho que sim.

– Eu... Nós estamos preocupados com elas. E com você.

– A gente sempre toma cuidado, Nina, juro por Deus. Ninguém sabe que a gente está aqui, juro.

– Eu sei – respondeu ela. – Você é legal, Bush, você faz bem. Mas o negócio é que a gente não fica aqui o tempo todo. Não, me escuta, não fica chateado. A gente sabe que você precisa fazer o que faz. Mas...

– As meninas estão fazendo alguma coisa que eu não sei? Estão trazendo meninos pra cá ou coisa assim?

Nina quase sorriu.

– Não. Nada disso. O que é um milagre, aliás. Na idade delas, se eu tivesse um lugar para ir, eu...

Fidel olhou para ela com ar ao mesmo tempo chocado e irônico, e ela apertou o braço gordinho dele. Isso fez com que Bush sentisse aquela solidão de novo. Ele esperou.

– Você deve ter reparado que há muito mais policiais nas ruas essas últimas semanas, não? – disse Fidel. – E também Pega-ratos?

Ah, sim, Bush havia percebido, sem dúvida. Recentemente, sua jornada para o trabalho de manhã cedo tinha ficado mais difícil, assim como a volta... Ele precisava agora achar rotas ainda mais elaboradas, verificar cada beco antes de seguir em frente, observar cada furgão que passasse ou que estivesse estacionado. Muitos dos lugares vazios e viadutos embaixo de pontes, locais onde jovens se reuniam, agora estavam quase desertos. Ele se sentia nervoso, exposto, esquivando-se pela cidade.

— É, tem algo a ver com a eleição, me falaram.

— Isso. Aqueles desgraçados, os tais neoconservadores — Fidel falou isso com um desdém que fez com que seu bigode ficasse ainda maior. — Eles querem dizer: "Ei, olha só como a nossa Campanha para a Segurança nas Ruas e o Serviço de Proteção Infantil e tal e tal limparam a cidade, então votem na gente de novo." E se esquecem de dizer que são em primeiro lugar as políticas econômicas deles que forçam as crianças a ficarem vadiando e fazendo besteira na rua.

Bush olhou para baixo. Ele não sabia nada de política. Ele não achava que tinha sido o governo quem derrubou a porta de um barraco oito anos atrás, atirou no namorado de sua mãe e depois em sua mãe, quando ela começou a gritar. Pode ser que sim. Ele só viu os pés dos homens, porque estava deitado em seu cobertor, embaixo da cama da mãe, com a mão sobre a boca de Bianca.

— Bom. As coisas talvez fiquem mais calmas quando tudo terminar — disse ele.

— Fidel, acho que você deveria falar para o Bush o que o Donato te contou ontem à noite — disse Nina, em voz baixa.

Fidel arrumou o bigode com o polegar e o indicador.

— Tá. Tá bem — começou ele, com uma expressão nervosa. — O Donato é um amigo nosso da época de escola, de vez em quando ele aparece no bar. Ele trabalha para a prefeitura, no departamento que cuida do lixo. Ele sempre diz: "Toda a porcaria da cidade passa pela minha mesa e grande parte dela fica". Enfim, ele apareceu na noite passada e nos contou uma coisa que não devia contar. Parece que...

A voz de Fidel sumiu, e então ele inspirou profundamente e olhou diretamente para Bush.

— Você já deve ter se perguntando, é claro, o que acontece com os jovens que eles tiram das ruas.

Bush encolheu os ombros.

— Bom, eu não sei. Acho que mandam praqueles cretinos, mas eu nunca conversei com ninguém que tivesse ido pra lá.

Fidel riu, uma gargalhada triste.

— Cretinos. Cretinos! Nossa, eu adoraria conhecer o burocrata que decidiu chamar aqueles lugares de Centros de Reabilitação, Educação, Trabalho, Inserção e Organização. Sem dúvida tinha senso de humor. Adoraria conhecê-lo e apertar o seu pescoço.

— Fidel... — disse Nina.

— Tá bem, tá bem, querida. Já volto para o assunto do Donato. Mas isso é importante, não é? E parece que ninguém quer falar disso. Numa noite, tem uns três dias, apareceu um anúncio na TV. Aqueles anúncios do governo. E nele apareceu uma cena de um desses lugares "cretinos". Pelo menos foi o que falaram que era. Não falaram onde era, sabe? Mostravam um monte de jovens felizes trabalhando na fazenda e fazendo ginástica e aprendendo a mexer no computador, coisas assim. Mas não parecia ser de verdade, não é, Nina? Parecia bom demais para ser verdade. Era como um daqueles filmes de propaganda da época de Stalin, só que em cores.

Bush não tinha a menor ideia sobre o que Fidel estava falando. Remexeu-se sobre o engradado desconfortável e disse:

— É, bom, vocês sabem que eu e as meninas, a gente não quer que peguem a gente. Como eu disse, a gente sempre toma cuidado. Vocês não precisam se preocupar. Bom, hã... Acho melhor eu ir andando...

– Espera, por favor – disse Nina.

– É, espera, porque agora é que vem a parte importante. Ontem à noite o Donato apareceu e a gente começou a falar de política, como sempre. E aí ele disse que queria falar comigo em particular e a gente foi prum canto. Imaginei que ele estivesse sem dinheiro, que ia pedir dinheiro emprestado ou algo assim, mas não. Ele na verdade queria desabafar. Parece que havia uns dois dias um dos funcionários dele apareceu em seu escritório, no fim do dia. Um motorista desses caminhões grandes de lixo, sabe? E ele parecia muito abalado, não queria falar nada para o Donato até os dois estarem sozinhos no escritório. E o que ele finalmente falou foi isto: que ele estava no turno da manhã e tinha levado o caminhão para um lixão onde enterram tudo, sabe? Pra algum lugar ao leste, depois de Santa Monica. Ele chegou lá logo depois de amanhecer. E deu marcha a ré com o caminhão para o lugar onde um cara costumava indicar onde ele deveria despejar o lixo. É tipo uma rampa num buraco, sabe? Mas o cara não estava lá e o motorista desceu da cabine pensando: "O que será que aconteceu?". E ele viu o pessoal todo que trabalha no lixão olhando para o buraco, e lá estava um homem, o chefe do pessoal, com uma faca na mão. E ele estava onde o lixo do dia anterior foi despejado, uma avalanche de lixo, sabe? E tinha uns dezessete sacos de lixo grandes, pretos, em fileira, meio cobertos de lixo. Por algum motivo, o cara achou que aquilo era esquisito. Talvez eles não estivessem ali na noite anterior, sei lá. Então ele desceu e cortou um dos sacos. E havia uma menina dentro. Ele cortou outro e havia outra menina dentro. Apalpou uns outros sacos e parecia que talvez tivessem corpos dentro também. O cara do Donato, o motorista, disse que a cena foi bem esquisita. É um lugar horrível, sabe, com papel e lixo pendurado na grade. E mesmo assim aquelas pessoas estavam ali de pé, em silêncio, como se estivessem numa igreja. Depois de um tempo, o chefe levantou, saiu do buraco e foi até uma cabine telefônica ligar para a polícia. Os policiais levaram quase uma hora pra chegar lá. Enquanto isso, o pessoal que trabalha no lixão desceu e abriu os outros sacos e sempre tinha uma menina em cada um, cara. Em cada um deles.

Sem tirar os olhos do rosto de Bush, Fidel esticou o braço e pegou a mão de Nina. Ela apertou sua mão cabisbaixa, olhando para as batatas descascadas na bacia de água entre os pés.

– E quando os policiais chegaram, não foi só a polícia comum. Também chegou um carro de gente à paisana, além dos uniformizados. E o chefão chamou todo mundo num canto e disse que aquela era a cena de um crime e que não podiam dizer nada para ninguém, do contrário poderia prejudicar a investigação. Fez todo mundo assinar um papel que praticamente só faltava dizer que eles seriam condenados à morte se abrissem o bico. E então eles colocaram os corpos num caminhão da polícia e levaram embora.

Nina olhou para Bush, mas não o viu. Era como se ele tivesse encolhido. Ele havia abaixado a cabeça e seus braços estavam cruzados sobre o corpo, como se tivesse se tornado uma cortina de *dreadlocks* acima de dois joelhos sujos. A única parte de seu corpo que se movia era o pé esquerdo, que balançava, rápido, contra o chinelo azul.

– E aí o motorista finalmente despejou o lixo dele em outra parte do lixão e foi embora – continua Fidel. – No caminho de volta para a cidade, ele sentiu que precisava parar para tomar um café e fumar um cigarro, e então ele parou num lugar onde a estrada para Santa Monica cruza a rodovia interestadual. Tinha outro caminhão de lixo da prefeitura estacionado, e aí, quando ele entrou para tomar café, ele reconheceu o motorista, já que eles sempre usam uniformes amarelos, sabe? Então ele se sentou ao lado desse cara e os dois começaram a conversar. E adivinha? O outro motorista testemunhou a mesma coisa, em outro depósito de lixo, na semana anterior. Doze corpos. Todos de meninas. E a mesma coisa: os policiais apareceram, fizeram todo mundo prometer ficar em silêncio, praticamente sob mira de armas, e levaram os corpos embora.

Do outro lado do quintal, alguém abriu uma janela num andar alto da fábrica do señor Oguz, e vozes femininas saíram de lá feito o canto furioso de um pássaro.

— E aí esse outro motorista contou para o amigo do Donato que todas as meninas foram mortas do mesmo jeito. Com um tiro na cabeça. E que elas... que fizeram coisas com elas. Antes. Entende o que eu estou falando?

Um murmúrio triste saiu dos lábios de Bush, que Fidel interpretou como "sim".

— E aí — continuou ele — o Donato me disse: "Eu sei que tem umas meninas morando naquele barraco. Elas estão bem?".

Bush ficou em pé e disse:

— Isso é besteira, cara. Mentira. Essas histórias vivem circulando. Eu vivo ouvindo essas lorotas. Tipo, você nunca se perguntou quem é que espalha essas mentiras? Caramba! Como é que eu nunca ouvi ninguém falar que essas coisas aconteceram com uma irmã deles ou coisa assim? Hein? Como?

Fidel encolheu os ombros e balançou a cabeça devagar. Desconfiou que Bush não falasse muito com as pessoas na rua, mas não disse nada.

Bush ficou ali, em pé, com o rosto zangado virado para o lado, como se estivesse buscando algum lugar para fugir, mas sem achar. Então, quando Nina falou, seu tom de voz era calmo, cauteloso.

– Pode ser que você tenha razão, Bush. Mas a gente conhece o Donato há trinta anos. Ele não é bobo. Acho que ele não teria contado isso para o Fidel se não acreditasse que fosse verdade.

Bush enfiou as mãos nos bolsos.

– Então o que você tá querendo dizer, Nina? Eu não tenho como ficar com as meninas o tempo todo, entendeu? Deixar elas perto do lugar onde eu trabalho. Tirariam a gente de lá rapidinho. Ou você acha que eu tenho como obrigar as duas a ficarem no barraco o dia inteiro? Como é que eu vou fazer isso?

– Bom – disse Fidel, hesitante. – De repente você podia ficar com elas um tempo. Como você mesmo disse, talvez as coisas fiquem mais tranquilas depois da eleição.

– Cara, como é que eu posso fazer isso? Eu tenho um trabalho legal lá no centro, entendeu? O cara que é porteiro, eu e ele temos um acordo, ninguém me incomoda. E você sabe como essas coisas funcionam. Se eu não aparecer mais, outra pessoa vai tomar meu lugar. E aí, o que eu faço? Tenho que achar trabalho em outro canto? Você sabe o quanto isso é difícil?

– Sim. Eu sei.

— Bush — interrompeu Nina. — Eu preciso te dizer uma coisa, e não quero que você fique com raiva de mim, tá? Na verdade, nós estamos preocupados com a Bianca.

— A Bianca tá bem. Não tem nada de errado com ela, tá?

Nina tirou os óculos e apertou a parte alta do nariz entre os dedos.

— Cara, a Bianca não está bem. De jeito nenhum. Ela é uma moça muito legal, mas é como se ela estivesse desconectada do mundo. Como se ela não vivesse no mesmo mundo em que a gente vive.

Bush tirou as mãos dos bolsos e cruzou os braços.

— Não tem nada de errado com ela — disse, olhando bravo para o chão.

Nina suspirou e continuou:

— Ontem eu tava lá no mercado. A Bianca e a Felícia estavam lá, acompanhadas de outros jovens. Eu conhecia alguns, outros não. Mas o negócio, Bush, é que a Bianca chama a atenção. Ninguém olha pra ela uma vez só, entende o que eu tô falando? Ela é muito bonita. E isso, quando não é uma bênção, é uma maldição. Ela não entende isso, Bush. Mas eu acho que você entende.

Ele não falou nada nem levantou o rosto.

— Eu fiquei observando a Bianca. E não dá para dizer se ela sabe o que está fazendo, o efeito que ela tem sobre os outros, e se ela gosta. Ou não sabe, ou não se importa. Enfim... não é bom. É perigoso. Lá no mercado ela está segura, eu acho. Tem muita gente por perto, muita gente conhece ela. Mas em outros lugares... bom...

Nina fez uma pausa, mas Bush continuava sem dizer nada.

– Acho que... Acho que, se ela se vestisse de um jeito diferente, se mostrando menos... Olha só a Felícia. Ela é uma menina bonita, mas ela usa umas roupas velhas para que ninguém a note. Você entende o que eu tô falando, Bush?

– Sim.

Durante vários segundos, o único barulho no quintal era do zumbido das máquinas de costura do señor Oguz fabricando roupas falsificadas.

E então Fidel disse, em voz baixa:

– E não é só o que o Donato me disse. Já tem um tempo que circulam uns boatos. De jovens desaparecendo. Tá, tá, eu sei o que você vai dizer. Eu também não costumo ligar pra essas besteiras. Mas agora eu começo a desconfiar que... Bom, eu não tenho mais certeza.

Bush conhecia esses boatos. Há uma semana, mais ou menos, enquanto trabalhava no estacionamento do *La Nación* na hora do almoço, ele ouviu gente falando sobre isso. Uma das pessoas, uma amiga do maestro, uma mulher de cabelo branco, ficou indignada. Ela também ficou com lágrimas nos olhos.

Ele sentou novamente no engradado de cerveja meio encurvado, apoiando os braços nos joelhos, as mãos compridas penduradas.

– É uma droga, cara – disse ele.

– O quê?

Por trás dos *dreadlocks*, Bush disse:

– A vida.

– É – respondeu Fidel. – Às vezes, é sim.

Começou a chover. Nos primeiros instantes, com gotas gordas e lentas, que faziam manchas escuras no chão, no formato de estrelas-do-mar.

2.6

DIEGO CHEGA À COBERTURA do cais para sua reunião semanal com Otelo, que sempre ocorre no café da manhã. Ignora as frutas e o cereal, mas aceita café.

– Como vai a Dezi? Gostando da Flórida?

– Ela vai bem. Acabo de falar com ela. Estava num colchão inflável no meio da piscina da mãe.

– Sério?

– Sim. Parece que, desde que o pai parou de falar com ela, ela e a mãe estão se dando muito bem.

– Olha só – disse Diego, mexendo nos números do trinco de sua maleta. – Bom, eu estava bolando um cronograma que é meio complicado, pois de certa forma depende de o Rialto se classificar ou não para a próxima rodada da Libertadores. Eu acredito que vocês vão conseguir, o que me parece provável, agora que os caras enjoados com quem você joga parecem estar com a cabeça no lugar. Então eu organizei possíveis datas para os próximos lances da Elegante perto disso, tudo bem? E também tem aqueles lances em que você precisa aparecer, aqueles que eu tinha mencionado, e também uns anúncios para revista que acho que podem ser legais. Coisas de qualidade. Ah, e o Paul Faustino pediu uma entrevista com você. Acho que a gente pode ajudá-lo mais uma vez, não acha? Já que ele sempre se comporta quando necessário.

– É, o Paul é legal.

– Concordo. Meio cheio de si, mas não é perigoso, eu acho – diz Diego, colocando três folhas de papel grampeadas sobre a mesa. – Enfim, está tudo aí, então eu ficaria muito grato se você pudesse dar uma olhada. Quando é que a Dezi volta?

– Depois de amanhã.

– Certo. Então você podia ver isso com ela. Se tiver algum problema, é só me ligar. Bom, e agora...

Ele tira da maleta dois documentos idênticos, meio grossos, em espiral e com capas de plástico cinza. Otelo olha para eles sem reação.

– O seu relatório financeiro semestral – diz Diego. – Leia e se divirta.

– Ai, meu Deus.

– Mas você precisa olhar, capitano. Vai saber se tem alguém te roubando.

– O quê? Você acha que eu descobriria lendo isso aí? Basta você me mostrar uma coluna cheia de números e o meu cérebro pifa. Você sabe disso.

Diego balança a cabeça, triste.

– Sim. Mas essas informações também estão no CD que está na capa de trás. Aqui, viu? Você pode dar uma olhada com aquele programa de contabilidade que eu instalei no seu computador. Ele acusa qualquer transação suspeita...

Mas Otelo tinha baixado a cabeça sobre os braços cruzados e começou a roncar alto.

– Tá bom, tá bom. Já entendi. Mas você podia pelo menos olhar o resumo nas últimas três páginas. Imagino que lucros de sete dígitos tenham certo charme, não? E você precisa assinar uma cópia e entregar pro pessoal da receita.

Otelo levanta a cabeça e estende a mão.

– Tá. Me dá a caneta.

Suspirando, Diego tira sua caneta-tinteiro francesa do bolso interno do paletó.

– A última página. Na primeira linha.

Otelo faz sua assinatura, e depois Diego faz a sua, com cuidado, embaixo da palavra "Testemunha".

– Obrigado – diz ele. – Acabo de desviar quinhentos mil dólares da sua conta para a minha.

– Ah, sim, sim – responde Otelo, sorrindo. – E o que mais?

– A gente tem um encontro com a Shakespeare à uma e meia. Falei para o Michael te buscar quinze para uma.

Otelo se afasta da mesa e fica de pé.

– Ótimo. Temos bastante tempo, então. Vem comigo. Tem uma coisa que eu quero te mostrar.

No estacionamento no subsolo, Otelo tira uma chave de carro do bolso e aperta. A uns vinte passos de distância, uma coisa preta e reluzente do tamanho de um elefante pisca seus olhinhos luminosos.

– Meu Deus! – diz Diego, parando de andar. – O que é isso?

– Um Hummer. Uma versão de luxo do Humvee do exército americano. Um monstro, não?

Sim, sem dúvida. Mais alto que um homem, ele se estende um bom metro e meio à frente da vaga onde está estacionado. As rodas são tão grandes quanto às de um caminhão. Tem calotas cromadas e vidros escuros. A impressão é de que ele já comeu dois carros no café da manhã e está pensando em devorar o terceiro.

– Ele chegou ontem à tarde – diz Otelo. – Ainda não dei uma volta. Mal consigo esperar para ver a cara do Michael. Anda, sobe.

"Subir" é sem dúvida a palavra adequada. Diego coloca o pé no apoio brilhante e ergue o corpo até um banco de passageiro de couro branco maior do que a maioria das poltronas. O cheiro lá dentro é maravilhoso: aquele aroma limpo e confiante de dinheiro sem culpa. Atrás dele, mais duas fileiras de assentos voluptuosos. A esfera da marcha é uma miniatura de bola de futebol cromada.

Otelo se coloca atrás do volante.

– Motor 6.5 – diz ele. – Essa coisa é capaz de derrubar uma parede e passar por cima. Melhor navegação por satélite do planeta, DVD para os passageiros do banco de trás, doze caixas de som Bose, refrigerador de cerveja. E também é prático. Painéis de proteção corporal à prova de balas, vidro inquebrável, mais sistemas de segurança do que eu consigo entender. O manual é maior que a Bíblia. E então, pra onde você quer ir, amigo?

– Para onde você quiser – responde Diego. – Mas vai devagar. Esse é o primeiro carro que me deu vertigem.

★★★

Otelo fica um tempo indo para a direção nordeste, usando as estradas tranquilas mais longe da cidade. Diego responde de maneira animada aos comentários que o jogador faz sobre o carro. E então eles pegam a esquerda, a Transversal, entrando na cidade.

"Ele quer que o vejam nesse carro", pensa Diego. "Não, não que o vejam, é claro. Mas quer que as pessoas fiquem olhando e imaginando quem possa ser".

Otelo pergunta, o que surpreende Diego:

– Shakespeare é um nome esquisito. Eles são o quê, americanos?

– Você não leu o prospecto que eu te mandei?

– Prospecto? Ah, sim. Eu dei uma olhada rápida.

"Claro que sim", pensa Diego. "Tolinho". E diz:

– Eles têm filiais em Nova York e Los Angeles, mas a sede é aqui. É a melhor empresa de publicidade que existe, pode acreditar.

– É, foi o que a Dezi me contou. E disse que faz mais de um ano que estão tentando contratá-la.

– Sim, estão mesmo – respondeu Diego. – São fãs dela.

– Que legal. Mas o que a Dezi acha é que a Shakespeare quer nós dois. Eles ficam comigo, e aí fica mais fácil pegar o contrato dela. Matam-se dois coelhos. É isso mesmo?

– Na verdade, é sim.

Otelo recosta-se mais no assento, sem esconder o sorriso.

– Diego, a sua honestidade sempre me impressiona. Como é que isso não torna a sua vida impossível?

– É simples: eu só sou honesto com você.

– Rá! Então você mente pra todo mundo, menos pra mim?

– Eu represento você, capitano. O que significa, basicamente, que eu digo aos outros o que eles querem ouvir.

À direita, Diego vê, entre os prédios de escritórios, a torre marrom barroca da Catedral San Marco. Ele pede que Otelo faça a próxima curva no semáforo à frente. Enquanto esperam, a chuva para e raios de sol oblíquos penetram pelo para-brisa.

Passam pela catedral e Diego diz:

– Quer parar aqui? Tem uma coisa que eu quero te mostrar.

Otelo olha de soslaio para ele.

– O quê? O cemitério?

– É.

Otelo faz o Hummer parar no estacionamento em semicírculo em frente a uma estátua de Cristo com dez metros de altura. Atrás dos braços abertos do Redentor, túmulos até perder de vista. Antes que ele pergunte algo, Diego abre a porta, desce do carro e sai andando. Otelo tranca o carro e vai atrás dele.

Os túmulos, esculturas e mausoléus mais próximos ao Cristo são ornamentados e bem conservados. Diego passa rápido por eles. Quando Otelo consegue alcançá-lo, Diego diminui o passo e diz:

– Eu venho sempre aqui.

– Ah, é? Por quê?

– É o único lugar grande e aberto da cidade. Li em algum lugar que aqui estão trinta por cento das árvores da cidade. Eu gosto muito das árvores. As raízes são tão grandes quanto os galhos. Elas têm o mesmo vigor tanto abaixo quanto acima da terra. Sabia?

– Não.

– Elas se dão muito bem aqui, é claro. O solo é muito fértil para as raízes.

– Ah, Diego, pelo amor de Deus.

Diego sorri.

– Desculpa.

Gotas caem das árvores sobre eles enquanto caminham. Depois de um tempo, Diego diz:

– Por aqui.

E entra por um caminho estreito. Naquela parte da necrópole, os túmulos estão bem juntos e são feios e malcuidados. Ervas daninhas já tomam grande parte deles. A calçada quebrada do caminho tem mato crescendo nas rachaduras. A chuva deixa um cheiro ácido no ar.

– Aqui – diz Diego. – Eu achei por acidente há algumas semanas.

É uma lápide baixa, espremida no meio das outras, um pouco caída para trás. Otelo dá a volta para ler melhor o nome, mas as letras já estão apagadas pelo tempo e pelas intempéries. A parte interior do vidro sobre a fotografia está opaca por causa de fungos.

– "Esdras Caballo" – recita Diego, com o rosto sério. – "1944-1992". Embaixo está escrito: "Um grande jogador e grande homem". E só.

Otelo olha para ele.

– O Esdras Caballo?

– Sim. O Esdras Caballo. Morreu numa pensão em Estramura. Só foram achar o corpo uma semana depois.

– Que horror! – diz Otelo, debruçado sobre a lápide. – Ele era incrível. Quando eu era criança, todo mundo queria ser igual a ele.

– E você será, um dia. Quando estava no auge, Caballo ganhava mil dólares por semana. Na época, isso era impossível. Na moeda de hoje, isso é mais ou menos o que você ganha por minuto. Mas isso não é garantia de que você não vai acabar num buraco no chão igual a esse, esquecido.

– Ah, Diego, por favor. Relaxa. Que papo é esse?

– Desculpa. Não queria parecer mórbido. Mas, bom, tem a ver com o que você mesmo disse um tempo atrás. Sobre o pouco tempo que resta quando se atinge o topo. E depois? O mesmo com a Dezi. A música *pop* é uma área muito instável.

– Eu sei. Por isso que a Dezi não leva muito a sério.

– Certo, mas olha: agora vocês dois são o casal mais famoso do país, certo? Não são só duas pessoas famosas casadas uma com a outra; como um casal, vocês formam algo diferente, algo único. Se você não se importa que eu diga, meu amigo, suas estrelas agora brilham mais do que antes de vocês se conhecerem.

Otelo dá de ombros, meio sem graça.

– Sim, bom...

– E é por isso que a Shakespeare acha – e eu concordo com eles – que, em termos de carreira, é hora de dar um grande salto. Ir para uma área totalmente diferente.

– E o que isso significa?

– Falando em termos bem francos, ganhar mais dinheiro. Muito mais dinheiro.

– Eu já tenho muito dinheiro, Diego.

– Sim. Mas não o suficiente.

– Não?

– Não. Paga-se um alto preço pela fama, capitano. E você não pagou ainda.

Otelo franze a testa. Agora ele não sabe do que Diego está falando.

Diego se senta na lápide de Esdras Caballo e cruza os braços. Observando as lápides tortas e os anjos de pedra carcomidos, ele diz:

– Olha, capitano. Para aqueles que não têm, a fama é algo bastante desejável. É como comida para quem tem fome, sexo para quem se sente sozinho, dinheiro para os pobres. E eles não têm a menor ideia do preço a pagar por ela. Você mora numa cobertura que custa milhões de dólares. Mas o prédio é cercado por uma grade de aço com arame farpado e vigiado por guardas com cães. A entrada do prédio é protegida por guardas armados vinte e quatro horas por dia. Existem câmeras de segurança nos corredores e no elevador. É extremamente arriscado para você sair em público sem um segurança. Cada passo seu, tanto dentro quanto fora de campo, é gravado, analisado, publicado. Você não tem privacidade. Se você e a Dezi querem fazer compras, precisa ser depois do horário normal, em lojas que abrem só para vocês dois. Se querem sair para jantar, precisa ser num salão privado, com seguranças na porta. Os *paparazzi* vivem atrás de você, seguem seu carro com aquelas motocicletinhas barulhentas feito uma nuvem de mosquitos. Se não têm uma história interessante, os tabloides e revistas publicam mentiras, boatos, fofocas. Tiram uma foto da Dezi menos radiante do que de costume e pronto: o seu casamento está à beira do colapso. Ou então ela está com anorexia. Uma foto sua com outra mulher que simplesmente aparece no mesmo local que você e pronto: você está tendo um caso. Se você tropeça na calçada, é alcoólatra. Vocês saem de férias em segredo, mas milhares de homens suados em quartinhos imundos estão babando em cima de uma foto da sua mulher de biquíni. E essa droga toda se torna parte da sua vida, quer você queira ou não. Invade o seu quarto, entra na sua corrente sanguínea.

Diego faz uma pausa e olha para seu cliente, vê seu olhar confuso.

– A fama requer o sacrifício de quase tudo que as pessoas comuns acham que têm direito. Ela te deixa sem nada que você possa chamar de seu. O seu próprio corpo – as mudanças por que ele passa, o envelhecimento, o tempo – passa a ser assunto de chacota na rua. As pessoas começam a oferecer propina para o seu contador, o seu dentista, o seu porteiro. Os seus amigos se tornam fonte de informações. Qualquer coisa que você diga será gravada por escutas de longo alcance; o menor momento de indiscrição ou de humor de mau gosto acaba virando manchete. A fama tira as suas tripas como se você fosse um peixe, te deixa sobre uma tábua numa feira para ser cheirado e cutucado pelo populacho imundo. Eu acredito que não há dinheiro nenhum no mundo que compense isso. Ser apenas rico nem chega perto.

Diego olha rápido para o relógio de pulso e corrige a postura.

– Bom, já está ficando tarde, capitano. Melhor a gente voltar para aquele seu tanque de batalha.

Os dois precisam correr os últimos cinquenta metros: a chuva voltou a cair, mais forte do que antes.

Ruben trajava uma capa de chuva de plástico transparente sobre o uniforme e segurava um enorme guarda-chuva verde.

Abriu a porta de vidro quando Faustino apareceu com passos rápidos no pátio, mas o jornalista, em vez de entrar, se abrigou embaixo do guarda-chuva e olhou para trás, para a avenida.

– Você viu o menino hoje?

Ruben esticou o lábio inferior e balançou a cabeça negativamente.

– Não. Deve ser a chuva.

– Humm. Acho que não. Ele sempre vem, mesmo na chuva.

Ruben deu de ombros.

– Bom, você sabe. Esses meninos aparecem e depois somem.

O trânsito sibilava feito um espectro por trás dos véus da chuva.

– É, imagino que sim – disse Faustino, e entrou no prédio.

Da janela da cozinha do bar, Nina viu Bush voltar para o depósito. Foi correndo pelo quintal, segurando algo numa sacola plástica em cima da cabeça, como se esperasse absurdamente que aquilo fosse protegê-lo da chuva. Ela esquentou leite numa panela, acrescentou uma colherada grande de chocolate em pó e uma pitada de pimenta e colocou a mistura num jarro. Cortou o resto do pão de banana em três pedaços e os equilibrou em cima do jarro, e então, com o casaco à prova d'água de Fidel sobre a cabeça e os ombros, levou o café da manhã até o barracão do depósito.

– Pessoal? Andem, abram logo! Só sendo peixe para ficar aqui fora!

Foi Felícia quem abriu a porta e deixou Nina entrar. Além do café da manhã, seu sorriso era a única coisa boa ali. Bush, apenas de short, estava de pé, de cara feia. Fios de água escorriam de seu cabelo pelo seu corpo magro. Sobre o catre onde as meninas dormiam, Bianca estava de pé, com as mãos na cintura, demonstrando raiva feito uma atriz ruim de novela. Mesmo na luz pálida que entrava pela janela coberta de papel, Nina podia ver o brilho em seus olhos raivosos e úmidos.

Ela se virou para Nina e disse:

– O Bush diz que eu tenho que usar essa droga de agora em diante. Ele foi até o mercado e até pagou por isso aqui. Mas por quê? O que foi que eu fiz?

O agasalho enorme era feito de algum material sintético vagabundo. Talvez tivesse sido vermelho algum dia, mas agora tinha esmaecido até adotar um rosa apagado. Na fronte havia a imagem de alguma estrela de rock estrangeira que já tinha saído de moda há muito tempo. As calças, que iam só até o joelho, pareciam a cueca de um velho decrépito. As pernas de Bianca nesses trajes pareciam finas e frágeis, e não torneadas.

Ela puxou as laterais do agasalho: tinha pelo menos três vezes a largura dela. Agora, justa no tórax, a roupa deixava seus seios em indecente evidência.

– Cara, quem é que vai olhar pra mim desse jeito? – disse ela, no tom choroso de uma heroína à beira da morte.

Felícia deu um suspiro exagerado.

– Mas é exatamente por isso, menina.

Nina viu que não ia adiantar. As roupas feias só serviam para chamar a atenção para a beleza da menina, do mesmo jeito que um terreno seco chama a atenção para a única flor que resolveu desabrochar ali. A única coisa que adiantaria, pensou Nina, seria uma daquelas roupas pretas que parecem um saco só com uma fenda para os olhos, como aquelas de mulheres árabes que apareciam no noticiário. Talvez nem isso. Nina colocou o pão e o jarro de leite sobre o caixote velho que servia de mesa.

– Coma – disse ela, sorrindo para Bianca. – Você ainda tem um espaço para a barriga dentro dessa roupa.

Bianca deixou-se cair sentada com as pernas cruzadas, emburrada, o rosto apoiado nas mãos. Ao sair, Nina tocou de leve com os dedos o ombro de Bush. Ele assentiu com a cabeça, mas sem olhar para ela.

2.7

A ESTRATÉGIA DE DIEGO e da Shakespeare – nada menos que promover Otelo e Desmeralda como símbolos modernos de um casal apaixonado – funciona maravilhosamente bem. Eles se tornam, como prometeu a Shakespeare, verdadeiros ícones. Nenhuma revista de celebridade sequer sonha em sair sem ter pelo menos uma foto deles, geralmente na capa. As colunas de fofoca, mesmo aquelas nas revistas mais vagabundas, desmancham-se em elogios em vez de cuspir neles. Nem ousam tentar estourar a maravilhosa bolha de amor que cerca o casal. Porque o público adora essa bolha, suas cores prismáticas levemente berrantes, sua reconfortante fragilidade. (Paul Faustino, em um artigo para o *La Nación*, usa a palavra "uxório" para descrever Otelo. Ele sempre gostou da palavra, mas nunca havia achado oportunidade para usá-la.) Os novos anúncios da Elegante são eróticos, mas conseguem transmitir uma sensualidade mais legítima e conhecida, em vez do tipo mais perverso e perigoso. Atendendo a um gentil pedido da Shakespeare,

Otelo e Desmeralda usam roupas sofisticadas, mas levemente vulgares, sempre que aparecem em público. As coisas em comum dão um toque importante. Devem sempre estar fora de alcance, mas quase ao alcance. Devem ditar a moda, mas essa moda – ou o que quer que seja – precisa ser acessível. (A fábrica do señor Oguz começa a trabalhar dobrado.)

O casamento passa a ficar cada vez mais em moda entre as classes mais baixas, o que agrada muito à Igreja. (Mas ela continua um tanto irritada com os anúncios da Elegante.) O casal tira fotos com o arcebispo na inauguração de um novo orfanato católico ao qual Otelo deu uma contribuição significativa. Desmeralda cede entrevistas a revistas adolescentes nas quais exorta as alegrias do casamento. (Bianca acha essas revistas no lixo e observa avidamente as fotos à luz dos tocos de vela no barracão atrás do La Prensa, lamentando não saber ler.)

Mais para o fim do ano, o casal feliz compra uma segunda casa, uma mansão perto da praia, num terreno exclusivo e altamente protegido. Há uma guerra entre três revistas – *Célebre, Celebridade* e *Centelha* –, que competem pela melhor oferta para decidir quem terá o primeiro acesso exclusivo a esse ninho de amor. A *Celebridade* ganha. (E parece que isso quase pode levar a revista à falência, mas as vendas e o dinheiro revertido pelos anúncios são incríveis.) Um determinado tipo de mobília é colocado e depois retirado quando termina a sessão de fotos. A festa de inauguração é um tipo de leilão beneficente. Otelo e Desmeralda aparecem na ocasião sentados em cadeiras douradas com encosto alto. Os dois têm pequenos martelinhos de leilão, que batem em púlpitos para sinalizar o lance fechado. É um evento de *black tie*, então todas as celebridades do sexo masculino – até mesmo os mais radicais – apresentam uma estranha uniformidade. Só Otelo está vestido de branco, um *smoking* de seda salientando a beleza escultural de seu rosto. Os lances são ridiculamente altos. O astro de cinema Antonio da Rama paga oitenta mil por um par de chuteiras de Otelo assinadas (brancas, nunca usadas). Lisboa Ritz, famoso por ser rico e rico por ser famoso, despede-se de maneira estrondosa de duzentos e dez mil de seus suados dólares pelo divã pintado de dourado no qual Desmeralda deitou-se para fazer a capa de seu disco *Cleópatra*. O canal de TV por satélite Cielo paga dois milhões de dólares pelo direito de filmar o evento. Transmitido durante o Natal, o programa ganha disparado a guerra pela audiência.

Com cada vez menos paciência, Diego espera pela reviravolta, espera que os podres apareçam. Espera que o público se canse dessa mesmice de amor, doçura e fidelidade. Que os pobres percebam o quanto é idiota idolatrar os ricos. Que uma nota dissidente apareça em meio aos artigos elogiosos, à crédula cobertura da mídia, ao blá-blá-blá vazio dos locutores de rádio. Que surja uma única fotografia na qual Otelo e Desmeralda pareçam tristes, desarrumados, diferentes, talvez até um pouco impacientes.

Nada disso acontece. Um artigo no *El Guardián* havia zombado da "extrema vulgaridade" do evento de inauguração da casa, e isso deixou Diego um pouco feliz. Mas ele sabe que só intelectuais, políticos de esquerda e outras pessoas de pouca importância ou influência leem o *El Guardián*. Por mais que queira, ele não consegue ver nesse pequeno artigo nocivo os primeiros sinais da reviravolta que espera. É como se as características humanas nas quais Diego mais acredita – inveja, desprezo, ressentimento – tivessem saído de férias. É como se aquela nação, famosa por destruir estátuas e pichar muros heroicos, estivesse embriagada pela adoração a seus ídolos. É extremamente frustrante.

Diego esperava, com certo bom senso, que a extrema celebridade de Otelo fosse reacender a hostilidade entre seus colegas de time. Mas não há nem sinal dela. Talvez porque o desgraçado esteja jogando muito bem. Ele faz gols em quase todos os jogos, e o Rialto já está seis pontos à frente dos outros times. Um casamento feliz não o fez esmorecer. Na verdade, seu desempenho no último jogo antes da dispensa do Natal é destaque pela garra e força de vontade: ele faz dois gols, reduzindo a defesa do time adversário ao pânico total.

Em seus momentos de maior fraqueza, Diego contempla a possibilidade de usar veneno, de causar infelizes acidentes em escadas, desgastar freios de carros.

E ele tinha esperança de que a exposição contínua lançaria luz nas rachaduras, nas fissuras daquele casamento ridículo. Na presença do casal, ele procura avidamente por esses sinais. Ele sabe ler gestos corporais muito bem. É absurdamente atento aos pequenos olhares, aos pequenos momentos de falta de atenção, às centenas de maneiras com que a postura pode mostrar ou disfarçar os atritos. E, mesmo assim, não conseguiu detectar nada. Absolutamente nada.

Então Diego fica remoendo. Senta na poltrona de seu quarto, olhando para as inquietas luzes de neon da cidade. Emília o observa com seus adoráveis olhos, esperando que ele venha até ela, que se abra. Ela não se sente magoada nem impaciente; entende que o silêncio dele é sua maneira de comunicar sua infelicidade.

Quando ele vem até ela, acaricia-a e comenta sobre sua beleza. E isso é tudo, mas o suficiente. Mais tarde, na escuridão, ela espera que os olhos dele se fechem e então fecha os seus.

Assim, no princípio do ano novo, três homens em dois veículos tentam raptar Desmeralda Brabanta. Não fica claro se ela é ou não o alvo específico; talvez eles sejam oportunistas tentando armar uma emboscada para qualquer Mercedes-Benz grande com janelas escuras. O único homem que poderia esclarecer a situação morre com um tiro antes que a polícia possa interrogá-lo. Tudo o que se pode dizer com certeza é que os seguranças de Desmeralda não são exatamente elogiados depois.

Ela está voltando dos estúdios da Miracle, a empresa que está produzindo o clipe de seu novo *single*. Não está feliz, já que ficou grande parte do dia fazendo poses de dança em frente a telas azuis, usando uma roupa preta colante cheia de várias luzinhas, as quais, em teoria, os técnicos depois utilizarão para fazer uma constelação de estrelas no formato de Desmeralda que se movimenta pelo universo. Tudo foi muito chato. Ela teve discussões acaloradas com a Miracle, querendo saber por que eles não poderiam usar uma dublê. O pessoal da alimentação demorou para trazer o almoço. Ramona, a sua assessora, estava de licença por conta de uma enxaqueca – de novo –, então Desmeralda precisou lidar com uma porção de mensagens telefônicas e de texto do tamanho do Velho Testamento.

O caminho até a cidade leva seu carro por uma parte da estrada que atravessa um misto de áreas industriais decadentes e favelas tumultuadas. Seu motorista, que fez esse percurso nove vezes nos últimos quatro dias, não percebe que já ultrapassou o mesmo Toyota branco e enferrujado três vezes. Ele também deixa de notar o furgão marrom da Ford que volta e meia reaparece em seu retrovisor, a certa distância do carro. Pior ainda, devido a uma briga doméstica que o fez chegar atrasado naquela manhã, ele não encheu o tanque do Mercedes. Então, quando a luzinha vermelha do tanque acende, ele precisa tomar uma decisão. O que é menos embaraçoso: ficar sem combustível antes de chegarem até o cais ou fazer uma parada não planejada no decadente posto de gasolina mais à frente? Ele escolhe a segunda opção.

Há duas armas registradas no carro: duas pistolas automáticas Colt. Uma está num prendedor debaixo do volante, a outra no coldre de Enrico, debaixo de seu paletó. De acordo com as regras, ele deveria estar acompanhando Desmeralda, no banco de trás. Mas como ele percebe o humor das pessoas, está sentado no banco de passageiros da frente, já que notou que naquela noite La Brabanta gostaria de ficar sozinha.

Quando o motorista sinaliza para sair da estrada, Enrico murmura:

– O que você tá fazendo, cara?

– Tenho que por gasolina.

– Ah, pelo amor de Deus! Você tá brincando.

– Desculpa, cara.

Enrico suspira e saca seu celular.

Indicar que ia virar é outro erro. O Toyota branco, agora um pouco à frente, vê e diminui a velocidade. Quando o Mercedes para no posto de gasolina, o Toyota – sem sinalizar – dá uma volta rápida para a saída e estaciona, com o motor ligado, numa vaga pouco iluminada pelas luzes do pavilhão. Um sujeito trajando um casaco sujo de graxa e um boné vermelho sai do banco de passageiro dianteiro. O furgão marrom segue o Mercedes e estaciona do outro lado das bombas. O motorista desce e boceja com a mão sobre a boca, ao mesmo tempo que verifica se há câmeras no lugar. Depois, vai até a traseira do furgão e abre as portas, como se estivesse tirando um galão de combustível. Ou talvez ele tenha um cão lá dentro que precisa sair para fazer xixi.

– O que houve? – pergunta Desmeralda, sem tirar os olhos do celular, que por algum motivo imbecil está com a tela congelada.

– Desculpe, señora – diz Enrico. – Precisamos parar para abastecer. Quer um refrigerante ou outra coisa?

– Hã... Não sei. Talvez um suco. Se tiver natural.

O motorista diz:

– E então... Você vai abastecer ou eu?

Enrico está com a porta aberta, tentando contatar o escritório da A1 Security pelo celular.

– Hã?

– Quem vai abastecer primeiro, eu ou você?

– Espera aí, não tem sinal aqui... Droga. Mas... o quê? Aqui a gente mesmo abastece?

– Não sei. Não, tem um cara ali.

O sujeito de macacão vem até o Mercedes, sorrindo. Ele se debruça e seu olhar passa por Enrico e chega até o motorista. Não dá nenhum sinal de que reconhece a passageira no banco de trás.

– Pois não, señor?

– Encha o tanque.

Enrico imagina que precisa sair debaixo do teto do posto para conseguir sinal no celular, então ele se afasta, fazendo careta para o visor.

O homem de macacão vai até a parte de trás do carro e volta.

– Desculpe, señor, mas o tanque está trancado. Pode destrancar?

– Sim, claro, desculpe – diz o motorista, e pressiona a tranca no chaveiro. Quando ele vira a cabeça, vê o olho negro e profundo do cano de uma arma observando-o bem de perto.

– Muito bem, amigo – diz agora o rosto pouco sorridente atrás da arma. – Destranque as portas. Se você não acha que estou falando sério, olha devagar para a direita.

O motorista obedece, com cautela, e vê que o homem olhando para os preços na bomba seguinte está segurando uma grande escopeta de cano curto perto da perna. O tipo de arma capaz de fazer um buraco enorme em vidro temperado.

Desmeralda finalmente levanta o rosto e diz:

– Ai, meu Deus!

O posto de gasolina é construído de tal maneira que apenas uma das janelas do café da loja de conveniência tem vista para as bombas. (Elas podem ser vistas da janela do caixa, é claro, mas o rapaz mal pago do caixa está estressado, tendo de lidar com as luzinhas que acendem e apagam na caixa registradora, com pessoas digitando senhas erradas e problemas similares, então ele nunca olha para as bombas.) E o destino quis que as duas pessoas sentadas perto da janela do café fossem policiais armados. Não parecem policiais. A mulher, sargento Olympia Res, está usando jeans rasgado e uma jaqueta que parece ter sido feita com couro de rato. O cabelo dela parece que foi feito com os rabos de rato que não foram aproveitados para a confecção da jaqueta. Seu colega, Alessandro Scuzo, com óculos escuros em cima da cabeça, parece um cafetão pessimista.

Os dois estão ali porque o estacionamento mal iluminado atrás daquele posto de gasolina no Circular foi identificado como um lugar onde caminhões com carregamento de cocaína da fronteira fazem uma pausa para transferir a droga para veículos menores. Os policiais estão à espera de um caminhão que talvez esteja trazendo mais do que os móveis declarados na alfândega. Estão inquietos porque já estão sentados ali há mais de uma hora, tomando café ruim e fumando, e desconfiam que podem ter sido identificados por funcionários que talvez tenham algo a ver com a entrega.

É Scuzo quem dá o alarme:

– Ei, olha ali. No Mercedes preto. Parece um assalto.

– É. Droga – diz a sargento Res. Ela amassa o cigarro no cinzeiro. – Tá, vamos lá. Chama o reforço enquanto a gente vai até a porta.

***

Do lado de fora, os dois policiais vão com passos rápidos até o Mercedes. O homem de macacão está com um braço ao redor do pescoço de Desmeralda enquanto a arrasta para as portas traseiras do furgão marrom. O outro braço está nas costas dela. Quando ele vê Res e Scuzo se aproximando, puxa Desmeralda para a sua frente, mas ela perde o equilíbrio e cai de quatro. O braço do homem sobe, mas antes que ele consiga mirar com a arma, Olympia Res lhe dá um tiro no peito e ele bate contra a lateral do furgão e escorrega até o chão de concreto, sem fazer nenhum barulho. O homem do outro lado do Mercedes fica de prontidão e atira com algo que parece um canhão, mas tudo o que o tiro faz é destruir a parte de cima de uma bomba de combustível. Res e Scuzo vão para o chão, esperando uma enorme explosão, mas nada acontece. Quando levantam os olhos, o furgão já está acelerando para a parte da frente do posto.

Scuzo fica com um joelho no chão, as duas mãos segurando a arma, como nos livros, e dá três tiros, mirando nos pneus do veículo. Erra todos os três. O Toyota branco dá partida com fúria e segue atrás do furgão, os pneus cantando. Scuzo pensa em atirar mais umas duas vezes, mas a essa altura a sargento está debruçada sobre a moça no chão e fica na sua linha de fogo. Então ele fica de pé e suspira. E aí algo o faz dar meia-volta e ele vê um sujeito de jaqueta de couro marrom segurando o brilho azul de um celular em uma mão e uma enorme automática na outra.

– Não atire! – grita o homem, mas Scuzo está com tanta adrenalina que não consegue evitar. Erra o primeiro tiro, mas o segundo faz um buraco de tamanho considerável na coxa de Enrico. Pouco tempo depois, seus gemidos começam a se fundir com o ruído da sirene que se aproxima.

Uma semana se passa e, nesse meio-tempo, Nestor Brabanta mexe seus pauzinhos. Não precisa mexer muito. Seu nome e o de sua filha não aparecem em nenhuma das notícias sobre um "sequestro fracassado" nos jornais. Ele faz de tudo para que Enrico e o motorista não tenham mais nenhum futuro na carreira como seguranças, lamentando amargamente o fato de que é muito mais difícil se livrar de um genro.

2.8

DIEGO CHEGA À cobertura do cais pouco antes das oito e meia.

– Como ela está?

Otelo dá as costas à máquina de café cromada e complicada e cruza os braços.

– Bem. Já voltou ao trabalho.

– Você está brincando!

– Não. Ela ficou bem assustada durante um tempo, mas um dia acordou cedo, tomou um banho, trouxe meu café da manhã na cama e disse: "Bom, a gente só tem o estúdio reservado durante mais uma semana, tem trinta pessoas de bobeira sem saber o que fazer, então vou voltar ao trabalho".

– Estou impressionado. Ela é fantástica! – diz Diego.

– Ela é incrível. Muito forte.

Há um tom levemente desafiador e também meio ridículo, no modo como Otelo diz isso. Então Diego assente com um movimento de cabeça, feito um homem que acaba de acatar um sábio conselho. A máquina de café faz um ruído agudo e Otelo se ocupa com as xícaras.

– E quem está com ela?

– Por enquanto, o Michael. Mas estou pensando em deixá--lo como segurança permanente. Por isso eu queria falar com você.

– Está pensando em passar o Michael para a Dezi?

– É. Tem algum problema?

Não há nada na aparência de Diego que dê a impressão de que seu interior negro de repente ficou mais iluminado do que em uma autópsia. Ele dá um gole no café, pensando nas possibilidades. Finalmente, diz:

– Bom, a pergunta óbvia é: se Michael vai ser segurança da Dezi, quem vai ser o seu?

– Quando saímos juntos, o Michael já está com a gente de qualquer maneira, certo? E quando eu estou no Rialto... Bom, a segurança do clube é bem boa.

– Sim, mas...

– Sério, Diego, pense no que aconteceu lá no posto de gasolina. Você acha que, se o Michael estivesse no carro, aquilo teria acontecido? De jeito nenhum, cara.

– É, talvez. Certo, você tem razão. Tudo bem.

– Mas você não parece muito feliz. Qual o problema?

– Não, tudo bem. Acho que você está certo. De verdade.

– Não – diz Otelo, insistindo. – Qual o problema?

Diego coloca a xícara de café na mesa, devagar.

– Certo, então. Duas coisas. Primeiro: acho que ele gosta demais dela.

Otelo pisca, descrente.

– O quê?

– Bom, ele não tenta exatamente esconder o fato de que a adora, não é?

– É, mas... O que você está insinuando?

Diego bebe mais café antes de responder.

– Estou dizendo que, apesar de parecer um tanque de guerra, Dezi dobra facinho o cara. E esse não é o relacionamento ideal entre cliente e segurança. Olha, você diz que o que aconteceu na semana passada não teria ocorrido se ele estivesse no carro. Mas pensa um pouco: Dezi coloca a mão na dele e diz: "Michael, querido, a gente pode parar aqui só para pegar um café para viagem?". Ou então eles estão em algum outro lugar e ela diz: "Michael, vamos fazer um caminho diferente para ver o pôr do sol no rio?". Você acha que ele diria não? Você acha que Michael se negaria a atender qualquer pedido de Desmeralda?

Otelo faz uma cara como se um segundo nariz tivesse nascido no rosto de Diego.

– Tem a ver com disciplina, capitano. Ou autodisciplina, eu diria. Segurança é isso.

Otelo balança a cabeça de leve, como se estivesse saindo de um transe.

– Hã... Tá bem. Eu entendo o seu ponto. Mas acho que você subestima o Michael. Você sempre o subestimou. Ele é durão aqui – Otelo toca a lateral da cabeça – e também no resto. Não acho que ele vá ter algum problema de autodisciplina.

Diego faz um movimento afirmativo de cabeça.

– Certo. Você o conhece melhor do que eu.

– É, conheço. E qual a outra coisa? Você disse que eram duas coisas.

Diego hesita. Encolhe os ombros e estica o lábio inferior. Alguém que não o conhecesse muito bem diria que ele parecia sem jeito.

– O que é? – insiste Otelo, agora com um tom levemente nervoso.

– Só estou sendo franco com você, capitano.

– Sim, o quê?

– Certo, a bebida.

Otelo se senta na cadeira e fica mole feito um torcedor cujo time acaba de levar uma goleada.

Diego ergue as mãos num gesto contrito.

– Eu sei, eu sei – diz ele.

– O Michael não toca nada com álcool há três anos – diz Otelo, em tom calmo. – Sou testemunha.

– Ele ainda frequenta os Alcoólicos Anônimos.

– Sim, frequenta. Mas é só por causa...

– Do apoio, da disciplina. Sim, claro.

Otelo não diz nada durante vários segundos tensos, então Diego faz seu gesto de desculpas mais uma vez.

– Tá bem, tá bem. Fim da discussão. Não falo mais nada. Se você fica satisfeito em deixar o Michael com a Dezi, por mim, tudo bem. Acho que ela ficará muito feliz.

No caminho de volta para seu carro, Diego sorri. Falar sobre bebida com Otelo é como pisar em ovos. Diego aprecia o ruído das cascas sob seus pés.

2.9

OTELO ESTÁ DEITADO na cama, observando Desmeralda se maquiar. É um ritual que o fascina e absorve. Ele imita as mesmas caretas levemente cômicas que ela faz ao aplicar a sombra, o batom. De vez em quando, ela o pega fazendo isso pelo espelho, e em troca dá sua risada fácil que ele adora. A intimidade de tais momentos é um pouco chocante. Ele pensa: "Somos casados. Casados".

É a primeira vez em três dias que eles estão na cobertura juntos. No domingo, ele chegou de um jogo duas horas depois de ela ter pegado um avião para fazer umas fotos. E naquela noite eles seriam os convidados de honra de uma festa para os executivos americanos da gravadora de Desmeralda. Logo ele precisará vestir seu terno de seda cinza. Desmeralda gosta quando ele veste cinza.

Se ele fosse franco consigo mesmo, talvez admitisse não querer ir. Mais do que isso, ele talvez admitisse que recentemente começou a sentir um tipo de, bem, ressentimento. Impaciência,

Superexposição • **183**

talvez. Que sua vida, seu casamento, tudo é gerenciado por Diego e a Shakespeare e gente que ele mal conhece. Que ele é uma peça remendada em uma colcha de retalhos brilhante feita de eventos nos quais, de modo geral, ele se sente uma obra exposta. Ele passou a achar mais difícil ficar com a mente tranquila e se concentrar antes dos jogos. Concentrar-se nos espaços que precisa percorrer, nos caminhos até o gol, achar forças para ignorar solenemente as dores. (E evitar lesões também passou a ser mais importante: seria um transtorno para gente demais.)

Claro que ele não pode confessar nada disso. Ele não pode dizer a ela que gostaria de voltar do trabalho para casa correndo para seus braços. Não consegue admitir a tola simplicidade de suas próprias necessidades. Ela responderia imediatamente que eles não poderão nunca ser pessoas comuns. Naquela noite incrível no hotel em Cypress, ela olhou para ele e disse, muito séria: "Nós nunca poderemos fazer parte das pessoas comuns". E "Pessoas Comuns" com letras maiúsculas. E concluiu, sorrindo: "Mas quem quer isso?".

E, em outro nível completamente diferente, nada disso importa. Porque ele, e apenas ele, está casado com Desmeralda Brabanta. E ele é o único homem no planeta a observá-la enquanto ela se maquia, vestida em dois pequenos tecidos de renda branca.

– Como é que vão as coisas com o Michael? – ele pergunta.

Ela se aproxima do espelho, verificando se os olhos estão simétricos.

– Michael? O Michael é ótimo. Tudo ótimo.

– É? Então você está feliz?

– Querido, se ele é bom para você, ele é bom para mim – diz ela, examinando os cílios. – Mas, nossa, ele é tão certinho, não é? Pra onde eu vou, se alguém entra, ele já está em cima, perguntando o nome, revistando e tudo. E se houver alguma mudança nos horários, é como se uma nova guerra mundial fosse começar.

– Ótimo. É para isso que a gente paga ele.

Ela inclina a cabeça para o outro lado.

– Ele é um fofo, também. O avião da vinda foi um daqueles pequenos, sabe? Com uns trinta lugares e tal. E o Michael precisou sentar do meu lado, que é uma coisa que ele não gosta de fazer. Ele prefere sentar do outro lado, a duas fileiras de distância, no corredor. Enfim, eu estava muito cansada e, assim que a gente decolou, eu já tinha capotado. Só acordei quando o avião estava chegando. E aí eu percebi que o tempo todo dormi no ombro dele e que babei na camisa branca e bonita que ele tava usando. E como eu estava mascando chiclete pra evitar a pressão nos ouvidos, a minha baba estava rosa. Eu fiquei muito envergonhada e falei: "Michael, desculpa. A gente manda lavar a sua camisa". E ele respondeu: "Não, põe sua assinatura para autenticar a baba e a gente põe numa moldura". Fofo, né?

Ela vira para ele e faz um gesto como quem diz "Tcharan!".

– Como estou?

Com pouca dificuldade, Otelo sorri.

– Como a mulher mais linda do mundo.

Ela ergue uma sobrancelha perfeita.

– Só como a mulher mais linda do mundo?

★★★

Eles voltam à cobertura um pouco depois de duas da manhã. Otelo vai para o quarto, joga o paletó no divã e liga a TV. Ele havia gravado o jogo da Champions League entre Arsenal e Barcelona. Três de seus amigos que jogam no exterior estão em campo.

No banheiro, Desmeralda fica se observando atentamente no espelho, enquanto remove a maquiagem delicadamente. A noite foi uma maravilha. O jantar, a polidez dos americanos, a boa educação dos fotógrafos, a precisão dos planos dos seguranças. As historinhas engraçadas que Michael contou na vinda.

Ela abre as torneiras, acrescenta um pouco de óleo aromaterápico na banheira e volta para o quarto.

– Vou tomar um banho. Você vem esfregar minhas costas?
– Tente me impedir – diz ele. Está com a fala enrolada, bebeu mais do que o costume.

O óleo forma arquipélagos que se deslocam na superfície da água. Debaixo deles, pintado pelas sombras, seu corpo parece distante, desconhecido.

"As coisas estão dando errado."

"Não, as coisas estão mudando."

Ela se sente um pouco chocada por ter pensado na palavra "errado". É uma palavra que significa "infeliz".

Ela não está infeliz, mas seu novo *single*, "A noite é negra (mas as estrelas brilham)", não está fazendo tanto sucesso quanto ela imaginava. Depois da semana de lançamento, a cobertura da mídia diminui bastante. A parada de *singles* é totalmente comprada, é claro, mas mesmo assim é decepcionante que a música nova daquela moça Carmina Flor tenha chegado ao primeiro lugar, e não a dela.

O clipe de "A noite é negra" não é o mais pedido na TVQ, o canal de música 24 horas. Naquela mesma noite, ao discutir os planos da miniturnê pelos EUA com os americanos, os olhos destes pareciam menos brilhantes, como se de repente precisassem de novas lentes de contato.

Ela pensa calmamente em todas essas coisas. Ela vê exatamente o que são: o começo do fim dessa etapa de sua vida. Que é, portanto, o começo da etapa seguinte. O problema é que ela não sabe que etapa será. Ela sabe o que está causando essa mudança, essa mudança-chave, a mudança no balanço das ondas. Ser a estrela *pop* extravagante e rica é uma coisa; ser a estrela *pop* extravagante, rica e casada é outra bem diferente. Tem uma palavra sobrando. É por isso que ela não vai mais ficar no topo das paradas de sucesso. Porque ela não é mais solteira. Rá!

Ela agita a água quente, desmanchando as pequenas ilhas de óleo. Afunda um pouco mais e fecha os olhos. Ele não veio esfregar suas costas nem ficar na banheira com ela. Ela pensa em chamá-lo, mas decide que é melhor não.

Ela se sente levemente envergonhada por não ter previsto nada disso. Não previu nada disso quando foi de carro até Puerto Rio e insistiu para que aqueles dois rapazes ricos e assustados a levassem até Cypress naquela lancha luxuosa, ignorando todo e qualquer bom senso. Não previu nada disso quando se debruçou sobre o belo corpo de Otelo e o pediu em casamento.

Ou talvez tivesse previsto. Sim, talvez. Ao reviver o momento, ela lembra que a sensação era a de estar na entrada de uma sala. Uma sala escura, cheia de luminosas possibilidades. E isso traz outra memória à tona. Na noite de seu aniversário de treze anos, seu pai colocou-lhe uma venda nos olhos e a conduziu até a entrada da sala de jantar. Ela ficou ali, com a mão dele em seu ombro, durante vários segundos, ouvindo um silêncio que mal conseguia se conter. E então seu pai tirou-lhe a venda e lá estavam, enfileirados perto da mesa da festa cheia de coisas, seus parentes e amigos, sorrindo, segurando presentes, debaixo de uma nuvem de balões prateados e dourados. Mas é a sensação daqueles momentos em que ainda estava cega que ela agora relembra: a sensação de ficar ali de pé, sabendo que algo incrível estava à sua espera. Sentindo uma emoção que quase se aproximava do medo. Quase sexual.

Em breve, muito em breve, ela deixaria de ser Desmeralda Brabanta. Ela não será mais dona de sua própria fama, e muito menos poderá controlá-la. Ela deixará de ser uma estrela porque parou de ser perigosa, fora do comum. Ela está casada, tornou-se uma pessoa "certinha". Tornou-se metade, talvez menos, até, de uma constelação chamada Otelo-Dezi.

Ela sempre soube que um dia algo assim aconteceria, que a festa chegaria ao fim, que limpariam a mesa, que o bolo e os balões seriam divididos entre outras crianças. E disse a si mesma que não se importaria. Ela não é, afinal de contas, uma pessoa carente. Mas na água morna e relaxante, num banheiro decorado com mármore italiano, ela se permite ficar de luto durante alguns minutos.

Ela não quer confessar seus pensamentos a ele. Isso só o deixaria magoado, seria idiota. No cerne de um verdadeiro casamento está um silêncio compartilhado, como sua mãe divorciada costumava dizer.

Ela agora o chama, mas não há resposta. Quando vai até o quarto, enrolada numa toalha, ela o vê dormindo. Ele tirou parte das roupas e adormeceu de lado. Ela desliga a TV e fica ali de pé, admirando-o, surpresa mais uma vez com o fato de ele estar ali, com o fato de ele ser o que aconteceu com ela.

Depois de colocá-lo debaixo dos lençóis e apagar todas as luzes, ela lembra que se esqueceu de tomar o anticoncepcional. Mas como ele já se encaixou em seu corpo e ela não quer acordá-lo, decide não sair da cama para ir até o armário do banheiro. Decide que tomará na manhã seguinte.

Mas ela esquece. De alguma maneira, ela esquece na noite seguinte também. E em todas as noites que se seguem, uma após a outra.

Terceiro ato

3.1

PAUL FAUSTINO CONSEGUIU penetrar as malditas portas de vidro camuflando-se num pequeno grupo de outros funcionários e, para celebrar seu pequeno triunfo, acendeu um cigarro, protegendo a chama com seu corpo. O vento frio da noite circulava pelo estacionamento; as árvores ornamentais inclinavam e balançavam. Um saco plástico voava pelo ar, parecendo uma água-viva. Algo prendeu em seu tornozelo: um folheto de propaganda do Novo Partido Conservador, com o *slogan* "UM AMANHÃ MAIS LIMPO". Faustino desvencilhou-se, mas o folheto foi útil, porque o lembrou de que seu lavador de carro não tinha aparecido ontem. Desceu os degraus, procurando evitar o vento, e viu Bush derramando água de seu balde na sarjeta.

O menino andava aborrecido ultimamente. Faustino não conseguia saber ao certo, mas era como se uma nuvem pairasse sobre ele. Não era o mesmo desde que desaparecera por uns três dias, há algum tempo. O sorriso e a vontade de trabalhar ainda estavam presentes, mas de certa forma eram menos autênticos do que antes. E agora, ao levantar o rosto e ver Faustino, ele o cumprimentou sem alegria.

– Maestro.

– Como vai, Bush?

– Vou bem.

– É?

– É. Mas hoje tá meio frio.

– Bom, talvez fosse bom você usar algo além de só essa camiseta, não? Você não tem outra roupa para vestir?

– Não estava tão frio quando eu saí de manhã.

De certa forma era uma resposta. Mas Faustino sentia-se barrado. Bush segurava o balde, mexendo um pouco os pés, olhando para um lado e para o outro.

– Ah, Bush. Vai, fala. O que houve?

O menino encolheu os ombros.

– E não me dá só essa resposta com os ombros.

– Ah, maestro, você sabe. Problema com mulher.

Faustino riu. Não conseguia evitar.

– O que foi? Suas namoradas estão brigando por você?

– Não exatamente.

Faustino não sabia dizer, examinando a linguagem corporal do garoto, se ele estava ansioso para ir embora ou se queria dizer alguma coisa. Talvez as duas coisas e nenhuma delas. Com um tom estranhamente jocoso, perguntou:

– Então você tem namorada, Bush? Aposto que tem.

– Nada. Uma irmã e, hã, outra menina que mora com a gente. Já é bastante problema.

Faustino, obviamente, já havia pensado em como seria a vida do rapaz. Se ele morava sozinho; onde dormia à noite; o que fazia com o mísero dinheiro que ganhava. Sabia que meninos de rua se organizavam em pequenos clãs, estabeleciam territórios e protegiam-se uns aos outros, administrando um tipo rudimentar de comunismo em que partilhavam tudo o que pudessem roubar ou achar na rua. As memórias de sua própria infância – uma infância suburbana que fora solitária e muitas vezes cheia de ansiedade, mas organizada, com conforto – não o ajudavam a imaginar uma vida assim. E, na verdade, ele evitava imaginar, assim como ver, de fato. Sabia que não seria forte o suficiente para lidar com a própria impotência caso visse.

Por algum motivo, ele não havia pensado que Bush fizesse parte de um clã. O menino parecia tão... independente, seria essa a palavra? Ou seria desprotegido? Mas a menção de uma irmã e de outra menina era um vislumbre da vida que ele levava. Uma espécie de oferenda.

– Então... Hã... Você cuida delas, é isso? Da sua irmã e da outra menina?

– Mais ou menos. No geral elas cuidam uma da outra.

– Certo.

Sem saber o que dizer em seguida, Faustino jogou a bituca de cigarro no chão e esmagou-a com o pé.

– Tá na minha hora de ir – disse Bush. – Coisas pra encontrar, gente pra fazer.

Faustino sorriu.

– É. Imagino que sim.

A pele de Bush estava cinzenta e arrepiada. Faustino se deu conta de que a inquietude do garoto, o fato de ele não parar quieto, era uma maneira de ocultar a tremedeira. Faustino enfiou a mão no bolso do paletó e tirou a carteira. Achou uma nota de vinte, dobrou-a ao meio e estendeu a mão. Bush olhou para o dinheiro, mas não se moveu.

– Vai, pega. Compra uma blusa quente, um casaco com capuz, algo assim, está bem? Uma roupa quente.

Bush virou o rosto e olhou brevemente para a avenida. Uma mulher indo em direção a seu carro fez uma careta e desviou o olhar.

– Bush?
– Quer que eu entre no seu carro com você?
– O quê?

O garoto voltou a olhar para Faustino, mas sem encará-lo.

– Em troca dos vinte. Quer que eu entre no seu carro com você?

Faustino deve ter levado uns três segundos para entender a pergunta. E então ele se sentiu tão magoado, tão chocado, que, antes mesmo de pensar em algo a dizer, já tinha dado um tapa no menino. O tapa fez um estampido úmido mais alto que o burburinho do tráfego. A mão de Faustino sentiu o formato dos dentes através da pele do rosto do menino.

Bush cambaleou para trás. Deixou cair o balde de água, tentou pegá-lo, mas não pegou; o vento levou embora. E então ele se foi, correndo de um jeito estranho, uma sombra instável em frente aos faróis. A nota de vinte caída foi capturada por dedos invisíveis, pairando brevemente acima da cabeça de Faustino, e depois voou para o meio do tráfego. O grito de dor que parecia pairar no ar não era do menino; era de Faustino.

3.2

DESMERALDA ESTÁ SENTADA na cama, com o celular numa mão e o controle remoto da TV na outra. De vez em quando, solta um "Meu Deus!". Vários jornais estão espalhados sobre os lençóis. As manchetes são mais ou menos as mesmas:

SEGURANÇA DE OTELO É PRESO

SEGURANÇA DE DEZI FAZ ATAQUE

SELVAGEM À EX-ESTRELA DO RIALTO

SEGURANÇA DE OTELO TRAVA BRIGA COM

LUÍS MONTANO EM BOATE

OTELO E MONTANO: UM DUELO

Várias das fotografias são da própria Desmeralda participando de algum evento com Michael perto dela. Ou de Otelo com um Michael de semblante sério atrás dele. Outras fotos mostram um Michael desgrenhado sendo levado até um furgão da polícia por uns cinco policiais. Ou de Luís Montano, de rosto ensanguentado, sendo levado de ambulância. (Desmeralda ainda não pensou por que havia tantos fotógrafos no local para testemunhar o incidente.) A televisão vomita seus comentários em cima de uma filmagem de Michael saindo de uma delegacia do centro. Ele parece estar muito mal. Aturdido, como alguém de luto. A única coisa boa que a cantora vê é Diego, que tenta proteger Michael das câmeras, conduzindo-o até o carro. Ela ouve a voz de Diego, abafada e interrompida pelo ruído de fundo, dizendo algo como "… mal-entendido… não... de jeito nenhum. Nada a ver com isso. Não. Sem comentários". Ela troca de canal e seu próprio rosto aparece na tela. Ela aperta a tecla "Mute".

Na sala de café da manhã, Otelo deixa uma mensagem na caixa postal de Diego. Pela nona vez. Ele bate o telefone com força e vai para o banheiro. Apoia-se no batente da porta, de braços cruzados, olhando com semblante sombrio para a TV.

– E aí?

– Acabo de ver o Diego. Parece que ele pagou a fiança do Michael. Imagino que tenha levado ele para casa. Ele não atende o celular?

– Não.

O telefone toca.

– Capitano?

– Diego! O que está acontecendo? Onde você está?

– Do lado de fora da casa do Michael.

– E como ele está?

– Meio mal.

– Acredito que sim. Olha, Diego, vem para cá agora, sim? Eu ligo para ele.

– Eu nem me incomodaria com isso, capitano. Eu disse para ele ir dormir e desligar o telefone.

– Certo. Acho que faz sentido.

– E, a julgar pelo jeito como ele estava, eu ficaria surpreso se ele ainda não estivesse dormindo.

– Certo. Deixa pra lá.

– Pois é. Ele não vai sair de casa. Te vejo em dez minutos.

Em sua fazenda no subúrbio, Nestor Brabanta sorri e desliga a TV. Sua manhã acaba de ficar melhor. Antes, enquanto escovava os dentes, ele havia sentido mais uma vez aquele pequeno espasmo de dor abaixo da orelha direita. Feito o brilho distante de um relâmpago que já foi embora antes de você conseguir enxergá-lo direito. Assim como nas vezes anteriores, a dor era seguida de visão levemente turva no olho direito e um pouco de náusea. Seu médico acredita que a fonte do problema – a raiz do problema, por assim dizer – é o dente ruim em sua mandíbula superior. Brabanta não fez nada a respeito porque morre de medo de dentista. Morre de medo daquela terrível vulnerabilidade, de ficar deitado sob uma luz forte com a boca aberta enquanto um homem de máscara manipula ferramentas de metal dentro dela. Mas as imagens daquele idiota contratado por Otelo sendo arrastado pela polícia para fora de uma boate o fizeram se sentir radiante.

Ele se levanta da poltrona e vai para seu escritório. Não vai ser difícil garantir que a história continue sendo notícia.

Ele primeiro vai ligar para os dois canais de TV e os dois tabloides dos quais é acionista. E depois para aquele verme do Mateo Campos.

– Café?
– Ah, sim, sim. Sem açúcar, por favor.

Diego apoia o cotovelo na mesa e massageia a testa com a parte inferior da mão. Está visivelmente cansado, apesar de sua aparência imaculada de sempre. Quando Desmeralda entra na cozinha, com os cabelos ainda úmidos do banho, ele faz menção de se levantar, mas ela o empurra para que fique sentado e lhe dá um beijo no rosto.

– Certo – diz Otelo. – Que diabos aconteceu? O Michael te contou?

– Ele não precisou me contar. Eu estava lá.

– O quê? Você também estava no El Capricho?

Diego suspira profundamente e diz:

– Sim. Acho que talvez tudo isso seja culpa minha. Eu devia saber que o Michael... Bom...

– Espera aí. Espera aí. Você está dizendo que estava lá com o Michael?

– Sim. Foi ideia minha. E toma um gole de café, muito necessário.

– O negócio é que eu sabia que vocês dois estavam passando uma noite em casa, juntos, o que é raro. Então Michael estaria de folga. E eu também acabei sabendo que era aniversário dele.

– Ah, não – diz Desmeralda. – Ele não me disse nada. Ai, caramba! Se a gente soubesse, teria ido com vocês.

– Mas foi bom que não foram, do jeito que as coisas terminaram. Enfim, eu achei que seria legal levá-lo para jantar.

– Muito gentil da sua parte, Diego – diz ela, olhando de relance para Otelo e mordendo o lábio inferior. Ela reconhece aquela expressão do marido. E Diego também, para seu alívio.

– Então eu reservei uma mesa para duas pessoas no El Capricho. A comida não é a melhor da cidade, mas eles são discretos e a segurança é boa. Michael apareceu um pouco tarde, mas não muito. E ele parecia estar bem.

Otelo franze a testa.

– Bem como? Você acha que ele estava bebendo?

Diego encolhe os ombros.

– Não deu para perceber. Eu não tinha nenhum motivo para imaginar isso. Só percebi que ele estava falando mais do que o costume.

– Certo. E então? O que aconteceu?

– Bom, nós jantamos...

– O que Michael bebeu?

– Ah, aqueles coquetéis de frutas que servem lá. Aqueles que parecem um arco-íris no copo.

– Só isso?

– Sim. Enquanto eu estava com ele, pelo menos.

– Como assim "enquanto eu estava com ele"? Aonde você foi?

– Bom, quando a gente terminou de comer, fui ao banheiro. E lá estava ninguém menos que Luís Montano. Acho que ele tinha voltado para visitar a família e tal. Estava se divertindo com um monte de gente. Uma namorada que é atriz, cujo nome eu nunca lembro, e aquele cantor, Emílio Parez. E também alguns jogadores do Rialto.

– Que jogadores?

– Bom, o Roderigo...

– O quê? Quer dizer que o Jaco também se meteu nisso?

– Capitano, me deixa contar, está bem? E aí a gente conversa sobre os danos causados. Precisamos conversar sobre os danos causados.

– Tá bem.

– Bom, então lá estou eu com o Luís, e eu sei que ele acha que eu sou o gênio malévolo por trás da transferência dele para o Norte. Claro que não sou. Mas eu consegui fazê-lo conversar, e no fim ele disse: "Olha, por que vocês não vêm se juntar à gente lá no bar?". E eu concordei. E então, mais tarde, Michael e eu fomos para lá. E geralmente eles não ouvem nada do que a gente diz, porque ficam concentrados observando as moças dançando nas plataformas. Eu planejava ficar ali só uma meia hora, por aí, e depois levar o Michael para um lugar mais tranquilo para tomar café. Eu estava de pé, perto de Montano e da namorada dele, e de repente se formou uma grande confusão atrás da gente. Eu me virei para olhar e o Roderigo passou tropeçando pela gente, com a frente da camisa toda rasgada, e o Michael estava partindo pra cima dele.

– Ai, meu Deus! – diz Desmeralda, em voz baixa.

– Certo, mas por que eles brigaram? – pergunta Otelo.

– Eu não tinha a menor ideia até hoje de manhã, quando conversei com o Michael no carro. Ele falou que Roderigo tinha dito algo sobre a Dezi.

– O quê?

– Ele não me contou. Na verdade, ele diz que não consegue se lembrar. Mas obviamente era algo com que Michael não concordava. Não concordava de verdade. Porque ele estava tentando se enfiar no meio de todo mundo para atacar o Roderigo de novo. Então eu entrei na frente dele, segurei o cara, o que é a mesma coisa que tentar segurar um rinoceronte em disparada. Mas consegui ficar firme e, de alguma maneira, acalmá-lo um pouco. Roderigo já tinha desaparecido na multidão e eu não o vi depois disso. Os seguranças a essa altura já estavam percebendo, mas eu os despachei achando que já estava tudo sob controle. Mas, infelizmente, não estava. Porque aí o Montano, aquele idiota, resolveu pôr na cabeça que queria dar uma lição no Michael. Uma lição verbal, digo. Chamou o cara de gorila bêbado, coisas "educadas" assim. Michael aguentou firme durante alguns segundos, mas aí explodiu feito um vulcão. Deu um soco na cara de Montano e, quando o rapaz caiu contra o bar, Michael deu outro soco e ele foi parar no chão. Achei que ele fosse matá-lo. Foram necessárias umas dez pessoas para tirá-lo dali. Todo mundo estava gritando. E aí, poucos segundos depois, a polícia apareceu.

Otelo está com a testa apoiada na mão, olhando fixamente para a xícara vazia.

– E como está o Luís? Você sabe?

– Levaram-no para o Santa Theresa. Eu liguei pra lá hoje de manhã, falei com a enfermeira.

– E?

– Bom, poderia ter sido pior. Ele perdeu uns dentes e teve que levar cinco pontos no lábio superior. Ficou com vários hematomas e talvez uma costela quebrada. Uma leve concussão. Fizeram uma tomografia para ver se ele estava com fratura no crânio, mas estava tudo bem. Ele foi liberado algumas horas depois.

– Meu Deus!

– Vai levar um tempo até ele voltar a jogar. Sem dúvida o clube dele vai entrar com um processo.

– Não dá para acreditar – diz Desmeralda. – Justo o Michael...

– Então ele estava bêbado? – pergunta Otelo, interrompendo-a. É mais uma afirmação do que uma pergunta.

– Quem, o Montano?

Otelo bate com a mão aberta na mesa com tanta raiva que sua xícara dá um salto e tilinta. Desmeralda leva um susto.

– Não, o Michael, pelo amor de Deus!

Diego não responde de imediato nem levanta o olhar. É como se não pudesse encarar Otelo. Finalmente, devagar, ele diz:

– Ele acha que colocaram alguma coisa na bebida dele.

– E isso pode ser verdade?

– Bom – diz Diego, suspirando. – Talvez. Mas nós estamos falando do El Capricho, certo? Não é um buraco qualquer em Castillo nem nada do tipo.

– E você disse que ele estava bebendo coquetel de frutas? Você o viu beber mais alguma coisa?

– Bom, não, mas...

– Mas o quê?

– Nada. A resposta sincera é não, não o vi beber mais nada.

– Então... – começa a dizer Desmeralda, mas Otelo a corta.

– Olha, Diego. Eu pago o Michael para proteger a Dezi e me proteger. Eu não pago você para protegê-lo. Então me fala, sem enrolação. Em sua opinião, o Michael estava bêbado?

Diego suspira de novo, em tom mais triste do que antes.

– Sim. Acho que sim.

Há uma pausa um tanto prolongada. O olhar de Desmeralda vai de um homem para outro, e então estaciona em seu marido. Ela nunca o viu zangado. Ou, melhor dizendo, ela nunca o viu, sóbrio ou não, dar vazão à sua raiva. Como alguém que aguenta chutes, agressões, xingamentos e pancadas em campo toda semana, ele parece ser muito bom nisso de lidar com a própria raiva. Só levou dois cartões vermelhos em toda a sua carreira, e a última vez aconteceu há dois anos. Sua calma é uma das coisas que ela mais ama nele. Ele agora parece calmo, mas – e ela se dá conta disso com um choque – não está. Ela entende que essa calma de pedra é a forma que a raiva dele assume. Essa raiva, ou algo pior. Ela precisa tomar coragem para falar com ele, e isso também lhe é chocante.

– Otelo? Querido? O que você está pensando?

Em vez de responder, ele vai até o telefone. Procura os números na memória e pressiona o botão de chamada. Espera. E então diz:

– Michael? Me liga. Não importa se você está se sentindo mal.

Ele desliga o telefone, mas não volta para a mesa. Encosta na parede e coloca as mãos nos bolsos.

Desmeralda o observa, com cautela.

– O que você vai dizer pra ele?

– Vou dizer pra ele que ele está despedido. É o que ele já espera.

Ela une as mãos e fica olhando para elas. O rosto de Diego está sem expressão, mas seus olhos escuros estão mais apertados, úmidos de ansiedade. Ela diz:

– Querido, você não acha que seria melhor a gente ouvir o lado do Michael antes de tomar uma decisão séria como essa? Quer dizer, é que, bom, isso tudo é tão estranho...

– Não, não é. Infelizmente não é.

– Certo. Você o conhece melhor do que eu. Mas agora o Michael é o meu segurança, certo? E ele é bom. Eu me sinto bem com ele por perto. E eu não me sinto bem em despedi-lo sem saber exatamente o que aconteceu naquela noite, entendeu? Acho que a gente precisa discutir melhor.

Diego interrompe a conversa ficando de pé e dizendo:

– Dezi tem razão. Essas são questões que fogem da minha alçada. E eu preciso administrar essa crise. A gente conversa depois.

★★★

No elevador, descendo da cobertura, Diego olha para a câmera de segurança e dá uma piscadela. Um pequeno gesto de autoindulgência.

Desmeralda vai pegar mais café, mas, como sempre, a complexidade da máquina a frustra e ela lhe dá um tapa irritado.

Otelo vai até ela.

– Deixa que eu faço.

Ela se vira e junta os dedos atrás do pescoço dele, olhando para seu rosto ainda impassível.

– Não – diz ele. – Não tente interceder pelo Michael. Por favor.

– Mas...

– Mas nada – responde ele, tirando as mãos dela. – Olha, o Michael Cass e eu nos conhecemos há muito tempo. Eu sei o que a bebida é capaz de fazer com ele. É como se houvesse outra pessoa dentro dele, uma pessoa violenta, horrenda, que toma conta dele. Ele já foi para uma clínica de reabilitação duas vezes. E a gente fez um trato. Ele trabalha para mim o tempo que quiser, contanto que fique sóbrio. Se ele começou a beber de novo, ele não vai simplesmente pensar: "Chega. Tive uma noite de bebedeira e agora vou parar". Porque ele não vai conseguir parar. E o que isso significa é que, em vez de ele tomar conta da gente, a gente é que vai ter que ficar de olho nele. Pensa só, Dezi. Por exemplo, essa premiação que a gente tem pra ir na terça-feira. Vai ter bebida de graça, à vontade. Imagina se a gente levar o Michael e ele pirar na frente das câmeras de TV e tudo o mais? Um pesadelo.

Desmeralda admite que aquilo não seria nada bom. Ela pega uma laranja da fruteira e senta-se à mesa para descascá-la, concentrada em retirar toda a parte branca da polpa. Seu celular toca lá do quarto. Ela espera até que a pessoa desista.

– Você não acha – ela começa a dizer, com cuidado – que é meio estranho todos esses jornais conseguirem fotos do Michael, do Montano e de todo mundo saindo do El Capricho? Tipo, as pessoas ligam para a polícia porque houve uma enorme briga, os policiais chegam rapidinho, ok, mas, assim que eles saem com o Michael, tem um monte de fotógrafos? Você não acha isso meio esquisito?

– Bom, imagino que alguém tenha dado a informação para eles.

– Sim, mas como é que eles chegaram lá tão rápido? Não faz sentido.

Otelo dá de ombros.

– Não sei. Talvez não tenham chegado rápido. Talvez os *paparazzi* soubessem que o Luís e seus amigos famosos iam aparecer lá e só estavam à espreita para tirar fotos. Talvez eles fiquem lá o tempo todo. É um lugar frequentado por gente famosa, não é? É por isso que a gente não vai mais lá.

Ele serve o café. E continua:

– Ou, o que é mais provável, agora pensando melhor, é que as pessoas tiraram fotos com celular e venderam para os jornais. Acontece o tempo todo. Todo mundo com uma porcaria de *smartphone* é um *paparazzo* nos dias de hoje.

Desmeralda puxa os gomos da laranja e eles ficam parecendo pétalas de uma flor carnuda, ou uma estrela-do-mar.

– Talvez – responde ela. – Mas me pareceu estranho mesmo assim.

E é estranho. Maravilhosamente estranho. Diego, cortando todos os semáforos da Independência com seu Maserati, ri alto. Afinal, quem poderia prever que tudo daria tão certo? No táxi à sua direita, há dois jovens que estão olhando para o seu carro e para ele próprio, rindo. Eles sorriem para ele, fazendo um sinal com os polegares, um cumprimento de admiração. Ele devolve o gesto. O semáforo abre e ele enfia o pé no acelerador, ultrapassando o táxi por puro capricho.

Ele sabe que em breve Dezi começará a insistir para que Otelo readmita Michael Cass. E Otelo começará a se perguntar por que ela quer tanto isso. Sim. Mas, só para garantir, ele conversará com Cass. Mas não agora. Depois. Deixa o circo pegar fogo primeiro. E, além disso, Emília está à sua espera.

3.3

BOCEJANDO, FAUSTINO FOI cambaleante até a cozinha e pôs a chaleira no fogo. Abriu a geladeira e cheirou desconfiado o suco de abacaxi. Tinha um cheiro levemente fermentado, mas ele tomou um pouco assim mesmo.

Ele não havia dormido bem, mas não conseguia se lembrar dos sonhos que o atormentaram durante a noite. Tinham fugido para onde quer que passem seus dias à espera dele.

Enquanto o café ficava pronto, ele foi para o pequeno quarto que usava como escritório e ligou seu velho PC. Assim que apagou as confusas mensagens sobre atualizações de *firewall* e antivírus, e depois o *spam* (por que diabos essa gente sempre supunha que ele era solitário, impotente e doente?), ele descobriu que tinha um novo e-mail. Era de Diego Mendosa, sugerindo possíveis datas e horários para a próxima entrevista com Otelo. O horário da mensagem era 6h04. Ou o homem começava a trabalhar muito cedo ou não dormia.

Um pensamento lhe veio à mente: ele nada sabia sobre a vida privada de Mendosa. Assim como – ele tentou evitar o pensamento e a lembrança que este trazia junto, mas não conseguiu – ele nada sabia da vida de Bush.

Tomou seu habitual café da manhã – duas xícaras de café e dois cigarros – enquanto olhava sem pensar para o mundo lá fora entre as frestas da veneziana. E então ligou para seu escritório no *La Nación*. Uma voz robótica o informou de que a secretária daquela seção não estava à mesa naquele momento. Quando ouviu o bipe, pensou em dizer: "E por que não, aliás?", mas decidiu que era melhor não, e desligou sem deixar mensagem. E não seria nenhuma novidade se o maestro se atrasasse para o trabalho.

Faustino dirigia seu Celica o mais rápido que podia pelos andares inferiores do estacionamento. Coisas assombrosas habitavam aqueles andares, por isso ele evitava deixar seu carro ali. Havia vagas no andar de cima, então ele estacionou em uma próxima ao guichê do atendente da garagem. Caminhou pela ponte tubular de vidro que passava por cima do trânsito barulhento e levava até a área aberta acima do enorme átrio que era a Beckers, a maior e melhor loja de departamento da cidade. Daquele ponto privilegiado, a loja parecia uma colônia construída por cupins que se recusaram a usar outra coisa que não cristal ou cromo. Ali, como sempre, ele quase se sentia uma pessoa religiosa. A música calma e as vozes de milhares de consumidores misturavam-se, parecendo algo que poderia ser confundido com uma prece. Ele pegou a escada rolante e foi até a seção de roupas masculinas, tentando parecer um pouco interessado enquanto passava pelos ousados manequins que tentavam seduzi-lo para a seção de roupas íntimas femininas.

Faustino conhecia bem roupas. Seus dedos sabiam a diferença entre um artigo genuíno e um produto de alguma fábrica clandestina local ou asiática. Já estava na metade do caminho para o caixa com uma blusa sem botões, de algodão revestido, quando se deu conta de seu erro. Devolveu a peça para o cabide e foi vasculhar as peças do balcão de descontos, tentando achar algo que não parecesse tão chamativo. Tudo ali o desagradava, mas finalmente ele achou um casaco de tecido sintético, preto e cinza, que não era totalmente feio, e que provavelmente protegia do vento. Levou até o caixa. Não fazia sentido usar um cartão de crédito; pagou com o troco que tinha no bolso.

Voltou para a escada rolante e então fez uma pausa para estudar o mapa dos andares. Artigos para casa, talvez. Lá embaixo, no coração da loja, onde ele nunca havia ido. Hesitou, verificou que horas eram, e então começou a descer.

Os baldes de plástico eram coisinhas em tom pastel, de aspecto frágil, com alças pouco convincentes. Coisinhas femininas que mais pareciam acessórios para Barbies gigantes. Encontrou a seção de decoração e lá achou uma pequena torre de baldes pretos de plástico. Parecia o tronco de uma palmeira queimada. Puxou o balde de cima. A alça era feita de metal galvanizado com um revestimento de madeira. Faustino prendeu o balde entre os pés e puxou a alça, testando a firmeza. Um funcionário que organizava prateleiras fez uma pausa e ficou observando-o com certo interesse. Satisfeito – ou pelo menos tão satisfeito quanto um não especialista em baldes poderia ficar –, Faustino comprou o objeto.

Ruben viu Faustino se aproximar das portas de vidro. O repórter sênior da seção de esportes chegando ao *La Nación* com um balde preto de plástico não era algo que acontecia todo dia. Talvez aquilo indicasse problemas. O porteiro se preparou.

– Oi, Ruben.

– Señor Paul.

– Hoje está menos frio.

– Sim – disse Ruben, olhando de soslaio para o interior do balde. Havia alguma coisa lá dentro, algo dentro de uma sacola roxa.

– Você... hã... viu o menino hoje?

Aquela pergunta de novo. E o homem parecia meio nervoso. Vixe!

– Não. Ainda não.

Faustino deu meia-volta e foi até a beirada do estacionamento. Olhou para um lado e para outro da avenida. Ruben ficou olhando para as árvores, com expressão neutra. Faustino voltou.

– Olha, Ruben, me faz um favor? Se você vir o menino, dá isso para ele.

Faustino esticou a mão com o balde e, depois de hesitar por um breve segundo, Ruben pegou.

– Diz pra ele que fui eu quem deu isso, tudo bem?

– Tudo bem.

– E, olha, diz que... humm... diz que isso é um pedido de desculpas pelo mal-entendido, tá bem?

Ruben franziu a testa, parecendo não entender.

– O balde é um pedido de desculpas pelo mal-entendido?

– Sim. Bom, não, não exatamente, é...

Faustino parecia visivelmente nervoso, o que era novidade para Ruben. Isso o fez ficar com o pé atrás.

– Não é? Desculpe. Então o que está no balde é que serve como pedido de desculpas. É isso, señor Paul?

Faustino não esperava que fosse precisar se explicar. E, de fato, talvez fosse melhor não ter tentado. Um motoboy saiu cambaleando pelas portas giratórias. Um cão magro de pelagem amarela subiu os degraus do pátio, olhou em volta e depois desceu.

– Olha... hã... Esquece a coisa do mal-entendido, tá? Quando você vir o menino, basta dar isso para ele. Não precisa falar nada.

– Certo.

– Certo. Deixe-me entrar, agora.

Ruben colocou a mão no enorme puxador de latão da porta e então parou, pensativo.

– O negócio, señor Paul, é que, se eu não falar nada, o menino pode pensar que eu é que tô dando o presente. Então quer que eu diga que é seu?

Faustino ficou encurvado. Olhou para o chão, fazendo sim com a cabeça, como se de repente tivesse sido vitimado pela doença de Parkinson.

– Isso – disse ele, o mais calmamente que conseguia. – Tudo bem. Obrigado.

Ruben abriu a porta e Faustino entrou. Já na metade do saguão de entrada, ele falou "Meu Deus!" tão alto que Marta, a recepcionista, deixou cair seu batom.

3.4

FAUSTINO PASSOU A primeira hora de seu dia de trabalho vendo TV no escritório, absorvendo as novidades da Press Association que apareciam na intranet do *La Nación*. Não havia nada de novo: os personagens principais não tinham nada a dizer. Havia cenas de Otelo chegando ao centro de treinamento do Rialto, ignorando todas as perguntas dos repórteres no portão. Luís Montano não dizia nada porque, é claro, os advogados o instruíram a isso. O mesmo a respeito de Jaco Roderigo. Nada sobre Desmeralda; somente um jovem educado e de cabelos compridos, representante da Shakespeare, fez uma breve declaração à imprensa de que, "abalada" pelo caso, a estrela "continuava com seus eventos profissionais e não profissionais". Mas ninguém a tinha visto. Quanto a Cass, ele simplesmente desapareceu; por incrível que pareça, ninguém sabia dizer onde ele morava.

O *La Nación* havia dado a notícia da briga e dos acontecimentos posteriores de maneira quase relutante, na página três.

Assim, Faustino ficou surpreso ao receber uma ligação do editor, Vittorio Maragall.

– Não, Vito. Eu não tenho o telefone pessoal do Otelo. Não, nós não somos "grandes amigos". Eu o vi umas cinco vezes na vida, no máximo. E, de qualquer modo, eu não... Olha, Vito, o que é isso? Nós não vamos levar essa notícia adiante, não é? É puro combustível para tabloide... Nós vamos? A Carmem acha o quê? Pois é, no fundo ela sempre foi chegada em porcaria. Certo. Vou ver o que eu posso fazer. Talvez um artigo sobre como tudo isso é pura bestei... É, e se ela não gostar, ela pode enfiar... Ok. Você também, Vito. Melhoras.

Faustino já estava trabalhando em dois textos: um obituário sobre Pablo Laval, ex-goleiro de carreira internacional e jogador do Deportivo San Juan; e um texto maior para o suplemento de fim de semana sobre as últimas notícias do escândalo de corrupção no futebol italiano. Tirou uma pasta sobre Laval de sua famosa Biblioteca de Conhecimento Inútil, um depósito lotado e organizado de maneira excêntrica embutido em seu escritório, e ficou sentado durante alguns minutos, folheando. Depois, começou sua longa jornada até a máquina de bebidas. Chegou até os elevadores e fez uma pausa, tilintando as moedas no bolso da calça. Estalou os lábios num gesto pensativo, como alguém que acaba de se lembrar de algo, e aí apertou o botão do térreo.

Ruben não estava à vista atrás das portas de vidro, então Faustino foi para o lado direito do saguão e espiou através do vidro por outro ângulo. Lá estava o porteiro, com cara de entediado, perto da parede próxima à porta oposta. O balde estava no chão, logo atrás de seus pés. Faustino varreu o estacionamento com o olhar e depois voltou ao escritório.

Na cobertura do cais. Logo depois do meio-dia. O telefone toca.

OTELO: Michael?

CASS: Isso.

OTELO: Como vai?

CASS: Nem queira saber.

OTELO: Cara, eu nem sei o que te dizer.

CASS: Sim, sabe sim. Eu digo "Me desculpe" e depois você diz "Você está despedido", certo?

OTELO: Michael, cara, eu te amo. Mas...

CASS: Mas eu estou despedido.

OTELO: Estou te liberando das suas obrigações.

CASS [*dá uma risada rouca, que parece um latido*]: Você está me liberando das minhas obrigações? De onde diabos você tirou isso? Não precisa falar assim comigo, cara. Deixa essas merdas para os comunicados à imprensa.

OTELO: Talvez não seja a melhor hora para a gente conversar. Que tal eu te ligar daqui uns dias? Quando você estiver se sentindo melhor.

CASS: É. Olha, como vai a Dezi?

OTELO: Eu te ligo, Michael. Prometo. Se cuida. Entendeu?

CASS: Colocaram alguma coisa na minha bebida, cara. Essa é a verdade. Pensa um pouco. Quero que você cuide bem da Dezi, está bem?

OTELO: Eu te ligo.

A cabeça de Bush estava confusa. Ele não achava que o baseado que estava fumando fosse ajudar, mas, por enquanto, ah, dane-se! Conseguiu com o Rocco, que vendia copinhos para café e cigarros avulsos (e baseados para os clientes de confiança e para os amigos que precisavam de um) em um pequeno carrinho de supermercado enfeitado para parecer uma locomotiva a vapor. Rocco alugava seu pequeno negócio ambulante, e comprava os cigarros e os copinhos de café de um homem que tinha vários desses carrinhos. Esse homem não era um sujeito para se arrumar confusão, e assim Rocco nunca era assaltado, por mais que sempre andasse com dinheiro. Bush escondia seu dinheiro na latinha enterrada no barraco porque queria ingressar no mesmo tipo de trabalho. Mas não era o tipo de trabalho que dava para ter na avenida San Cristobal, em frente ao *La Nación*.

Gemeu soltando fumaça, lembrando-se do tapa que levara. Explorou o interior da bochecha com a língua: ainda parecia estar meio inchada.

Com maestro ou sem maestro, ele precisaria voltar ou então perderia o lugar. Tentaria arranjar outro balde com Nina no dia seguinte e voltaria. Mas não queria pedir desculpas para o cara. Nem sabia como. Nem mesmo deveria, pelo amor de Deus! Afinal, quem bateu em quem? O homem estende uma nota de vinte dólares, o que qualquer um pensaria? Ele sempre foi gentil, então ele podia muito bem ser veado, certo? Os caras gentis geralmente eram.

Mas nada daquilo consolava Bush. Porque ele só estava conversando consigo mesmo, em silêncio. O que ele sentia, a coisa que doía em outro lugar além de sua boca – bom, isso era algo completamente diferente.

Estava sentado com as costas apoiadas no murinho baixo da fonte seca de Los Jardines, na extremidade sul do Triângulo. Fidel lhe contara que, há cem anos, aquele local de fato fora um jardim: um jardim fabuloso, com papagaios nas árvores. O enorme palácio ao qual ele originalmente pertencia tinha sido demolido para construir a universidade, cujas torres, que pareciam feitas de concreto bruto, avultavam sobre o trânsito barulhento à esquerda. Agora Los Jardines era uma enorme área com grama crescendo aqui e ali e terra vermelha, interrompida de modo aleatório por calçadas, árvores mais teimosas e cercas de arame sem sentido. Meninos iam ali para dormir ao sol, em pequenos grupos, com alguém de vigia, ou para jogos de futebol sem regras, que duravam o dia todo. As meninas iam para torcer, zombar, fofocar e passear. Havia certa sensação de segurança na amplidão do espaço, pois dava para ver algo acontecendo de uma longa distância. Seria necessário um exército de Pega-ratos para cercar o lugar. Bianca e Felícia estavam em um grupo de meninas reunidas perto de alguns bancos a cinquenta metros de onde Bush estava sentado, fumando.

Felícia. Essa outra coisa mexendo com sua cabeça.

Noite passada. Ele estava sentado há mais ou menos uma hora no local onde dormia, com os joelhos encolhidos debaixo do velho cobertor bordado, relembrando a cena desastrosa com o maestro, tentando imaginar o dia seguinte, como as coisas seriam. Tinha dormido sem perceber, e aí viu que algo se mexia perto dele. Ele se virou, pensando: "O que é isso?", e provavelmente deve ter dito também, porque Felícia encostou os dedos em sua boca e fez: "Shhh".

– Felícia? O que foi?

– Shhh. A Bianca tá dormindo.

Os olhos de Felícia, apenas dois círculos pálidos na escuridão, muito próximos. Ficou olhando para eles, ouvindo o som da respiração abafada de Bianca.

– O que você quer, menina? – ele sussurrou. – Algum problema?

– Preciso falar com você, Bush.

– Bom, você escolheu uma hora péssima. Não dá pra esperar? Eu preciso dormir.

– Não, não dá. Preciso falar com você quando a Bianca não estiver ouvindo.

Ele reclamou baixinho.

– Bush, você precisa encarar os fatos. Eu não posso mais tomar conta dela.

– Ah, Felícia...

– Não, escuta. Isso não é uma reclamação, tá? Eu só tô dividindo as preocupações com você. E você precisa tomar conta da sua parte. Eu sei, eu sei. Você tem outras coisas para fazer. Mas ela é sua irmã, cara. Eu não mando nela como você manda.

Ele virou, ficou deitado de costas e fechou os olhos. Não sabia como, mas se forçou a dizer:

– Tá. O que tá acontecendo?

– Não sei. Talvez nada. Tudo o que eu sei é que ela passa o tempo todo querendo fugir de mim. Tá me deixando louca. Tipo, hoje, lá no mercado, a velha que faz o churrasco falou: "Felícia, quer fazer um servicinho para mim? Eu te dou algo legal de comer em troca". E eu tive que dizer não. Porque eu sei que, assim que eu for, a Bianca vai sumir e eu vou passar o resto do dia morrendo de medo, procurando por ela.

Os olhos dela. Mais brilhantes do que antes. Lágrimas, talvez. Ele não precisa disso.

– Então o que você acha que ela tá aprontando? Você sabe de alguma coisa?

Felícia agora estava deitada ao lado dele. O ombro dela, quente, perto do dele.

– Não – murmurou ela, depois de uma pausa. – É só que... é como se ela visse o mundo diferente, sabe? Como se ela visse o mundo cheio de... de... sei lá, promessas. Ela parece não ter medo de nada.

Ele queria segurar a mão de alguém, mas a única mão perto dele era a de Felícia. Bianca remexeu-se, murmurou algo não muito inteligível. Quando sua respiração voltou ao ritmo normal, Bush viu-se olhando no fundo dos olhos de Felícia mais uma vez.

– Então o que você acha que eu preciso fazer?

– Não sei. Conversar com ela, talvez. Tudo o que eu sei é que eu tô com medo.

– De quê?

– De tomar conta dela. De, se alguma coisa acontecer, você me culpar.

O cansaço então o atingiu feito uma onda suave, pela qual ele queria ser levado. Talvez fosse o cansaço que o fizesse ser mais paciente com Felícia.

– Não, tudo bem. Eu sei como é difícil pra você, menina. As coisas vão ficar bem. Vai dormir.

Ele tocou o rosto dela com a parte de trás dos dedos e depois virou-se, dispensando-a. Mas ela não se moveu.

– O que aconteceu com você hoje, Bush?
– O quê?
– O seu rosto tá inchado.
– Ah, bom... Nada demais. Tô bem.

E então ela se debruçou, tirou o cabelo da frente do rosto dele e colocou os dedos de leve no ponto onde Faustino havia lhe dado um tapa. Ao mesmo tempo, ele sentiu algo encostando em seu ombro. Eram os seios dela. Ele sentiu algo parecido com uma descarga elétrica. A coxa dela contra a parte de trás da coxa dele. Ela beijou o pescoço de Bush.

– Nossa, Felícia! – disse ele, as palavras engasgadas na garganta. Ele se virou, mas ela já tinha saído antes mesmo que a mão dele a alcançasse. Ele ouviu os passos de Felícia indo dormir com Bianca, que murmurou algo antes de a escuridão voltar ao silêncio. Seu corpo solitário e estúpido enviando-lhe mensagens famintas que ele não queria ouvir.

"O que você tá fazendo?", perguntou a si mesmo. "Essa é a Felícia, cara".

Agora, em Los Jardines, quase como se soubesse o que ele estava pensando, ela estava de pé, olhando para ele, abraçando a si própria, fazendo o gesto de quem está com frio. Com vinte dólares, ele poderia ter comprado casacos para os três. Bush apagou o baseado e ergueu uma mão para ela. Ela sorriu e virou a atenção de volta para o futebol. Ele olhou para o céu. Nuvens achatadas com enormes picos passavam da esquerda para a direita. Ele se deu o luxo de um pensamento meio chapado de ordená-las em uma parada regular e geométrica.

Quando ele havia dito às meninas que todos iriam a Los Jardines, Bianca ficou de mau humor, dizendo que ninguém legal ia para lá. Ele respondeu que sim, era verdade, que era um lugar chato, mas que ali o céu era maior do que em qualquer outro lugar na cidade. Felícia estava feliz. Ao contrário de Bianca, ela entendia que Bush estava dando um tempo do trabalho. Quase todas as vezes em que atravessaram a rua, ela ficou de braços dados com ele, fingindo estar com medo do trânsito. E ele não a afastou.

Sim, a cabeça dele estava confusa. Portanto, era uma surpresa o fato de não se sentir infeliz. Quando se levantou, o efeito do baseado o atingiu em cheio, e ele foi em direção às meninas com as pernas bambas.

Quando Faustino saiu para o almoço ao meio-dia e quarenta e cinco, Ruben havia sido substituído por um sujeito usando uniforme de zelador. O balde que continha a blusa de frio havia desaparecido de seu lugar.

– O Ruben tá fazendo um intervalo?

– Sim, señor. Disse que voltaria em dez, quinze minutos.

– Certo. Ele... hã... te deu alguma coisa pra você tomar conta?

O zelador pareceu incomodado, como se aquela fosse uma pegadinha de entrevista.

– Não, señor. Ele devia ter deixado?

– Não – disse Faustino. – Não se preocupe.

Quando voltou, às duas e quinze, Faustino encontrou Ruben envolvido numa acalorada discussão com o motorista de um furgão que estava estacionado em fila dupla na frente do prédio. Ficou esperando um tempo, mas parecia que a discussão ia para a prorrogação e talvez até para os pênaltis, então lutou sozinho para chegar ao saguão e foi andando para os elevadores. No caminho, deu uma olhadela na direção de Marta, já que Marta sempre merecia uma olhadela. E ela estava olhando para ele. Estava com o celular preso entre o queixo e o ombro, e com a mão direita segurava o balde de Faustino. A expressão divertida no rosto dela era uma grande interrogação. Três mulheres que estavam assinando o livro de visitas viraram para olhar para Faustino, e depois para o balde, e depois para Faustino de novo. Ele fez um gesto com a mão para baixo, indicando que ela o guardasse, e continuou andando para os elevadores, de cara amarrada.

Passou o resto da tarde pesquisando sem muita vontade as intrigas financeiras e políticas de um pequeno bilionário italiano eternamente bronzeado, chamado Silvio Berlusconi.

3.5

ANOITECE. O CANTO das cigarras e dos pássaros voltando aos ninhos mistura-se aos gritos dos meninos que jogam futebol no campinho de terra batida abaixo do apartamento de Michael Cass. Atrás da extremidade irregular formada pelas árvores que escureciam, o céu tinha se tornado da cor de um pêssego maduro. O primeiro morcego da noite passa rápido pela varanda onde Michael e Diego estão sentados.

– Eu falei com os advogados do Espírito – diz Diego. – Eles querem ser recompensados pelos danos, é claro. Reclamaram um pouco, mas tenho quase certeza de que vão fazer um acordo fora dos tribunais, no fim.

Michael faz que sim, mas não diz nada. Ele fora mancando para a varanda, e agora Diego percebe que há arranhões em seu pescoço e sangue ressecado nas dobras de sua orelha. A polícia não fora gentil com ele.

– Como você está se sentindo?

– Mal.

– Não acha que deveria ir ao médico, fazer uns exames?

– Não. Além disso, o maior dano não é físico.

– Não, imagino que não – diz Diego, compreensivo. – Olha, Michael, você e o Otelo se conhecem há muito tempo. Talvez você seja o melhor amigo dele. Por que você não dá um tempo, um ou dois dias para ele se acalmar, e aí você liga? Imagino que ele vai te aceitar de volta.

– Acho que não. Ele não é o tipo de pessoa que muda de ideia. E sabe de uma coisa? Eu, no lugar dele, também não mudaria. A minha reputação foi para a lata de lixo. Eu me comportei de maneira não profissional, cara. Afinal, que tipo de segurança não fica de olho no próprio drinque? Que dirá os de seus clientes? Hein?

Diego faz um gesto afirmativo, como se não tivesse pensado naquilo. Ele deixa que meio minuto se passe e então diz:

– O que eu acho estranho é: por que alguém ia querer te dopar, afinal? Olha, me perdoa por dizer isso, meu amigo, mas você nem famoso é. Não é nenhuma celebridade que alguém queira fazer passar por idiota, alguém de quem tirar vantagem. Então, por que você? Você acha que a pessoa que fez isso havia pensado que o seu drinque fosse de outra pessoa?

– Eu andei cogitando isso. E não, não acho que tenha sido um engano. A única coisa que eu consigo imaginar é que tem a ver com a Dezi.

– A Dezi?

– É. Talvez alguém me queira fora da jogada. Quer me ver fora de cena para que eu seja substituído por gente menos cuidadosa. Ou até mesmo por gente que possa ser subornada.

Diego esfrega o queixo, pensando na hipótese.

– Bom, pode ser. Mas...

– Olha, Diego – interrompe Michael, chegando mais perto. – Diga ao Otelo para tomar muito, muito cuidado mesmo com a segurança a partir de agora, tá? É sério. Principalmente com a Dezi.

– Claro. Pode deixar.

– Mas não diz nada para ela. Não quero que ela fique paranoica.

– Certo. Tudo bem.

– E como ela vai, aliás?

Diego suspira.

– Bom, ela está meio chateada, como você pode imaginar.

– Sinto muito por isso – diz Michael, desviando o olhar para baixo. – Mais do que poderia dizer.

– Eu sei, mas não foi isso que eu quis dizer. Ela está chateada por Otelo ter te despedido. Ela foi totalmente contrária à ideia.

Michael levanta a cabeça. Algo levemente parecido com um sorriso movimenta a parte por barbear de seu rosto.

– Ah, é? Que legal. Ela é uma ótima menina. Ótima mesmo – diz ele, e ri, mais um ruído curto e incrédulo do que uma risada. – E eu jamais pensei que fosse dizer isso sobre alguém com o sobrenome Brabanta.

Diego se levanta e se recosta na grade da varanda. Lá embaixo, os meninos continuam a jogar, ignorando teimosamente o anoitecer. A bola é uma pequena lua fantasmagórica que assume uma rota errática pela, cada vez maior, escuridão.

– Michael, sabe o que eu faria se estivesse no seu lugar? Para resolver essa situação? Eu conversaria com a Dezi. Em particular.

Eu explicaria o que aconteceu. Pediria desculpas, o que fosse. Ela ouviria o que você tem a dizer. E aí pediria que ela intercedesse em seu favor. Pode ser que leve um tempo, mas ela acabaria dobrando o Otelo. Você consegue imaginar o Otelo negando alguma coisa a ela?

– Ah, cara. Não sei...

Diego se vira.

– Qual o problema?

Cass encolhe os ombros, olhando para o vão entre seus pés.

– Ah! – diz Diego. – Uma questão de orgulho, não é? Você e o Otelo são mesmo parecidos, hein? Dois nortenhos desgraçados e orgulhosos.

– Ei, señor Mendosa, é melhor você dizer esse tipo de coisa com um sorriso na cara.

– E estou – responde Diego. E, claro, ele está. – Olha, se você estiver certo sobre o que aconteceu, a gente precisa que você volte a trabalhar para ela. Estamos falando dos interesses dela.

– Talvez.

– Eu acho que sim. Liga para ela. Marca um encontro. E não deixe passar muito tempo. Pode ser que ela precise montar uma baita de uma ofensiva.

3.6

O TRÂNSITO DA MANHÃ estava ainda mais infernal do que de costume, então, quando Faustino chegou à sua vaga no estacionamento no subsolo, ficou dentro do Celica ouvindo o leve ruído do carro que esfriava, tentando imitar o processo. Ao descer, como sempre, divertiu-se de maneira um tanto infantil ao usar a chave para fazer a trava das portas apitar. De repente, percebeu o barulho de água escorrendo. As pessoas da rua às vezes iam ali para urinar – às vistas das câmeras –, mas aquele ruído era mais forte.

Na sombra, embaixo da rampa, Bush estava enchendo um balde com uma torneira que Faustino nem sabia que existia. Até mesmo no escuro do subterrâneo era possível distinguir os cabelos insanos do menino. Era meio vergonhoso o quanto Faustino se sentiu nervoso. Por um segundo, ele cogitou voltar para o carro até Bush ir embora. Mas havia algo no garoto, em sua concentração na tarefa, que indicava que ele estava plenamente ciente da presença de Faustino. Então ele caminhou até lá, consciente do barulho absurdamente alto de seus passos naquele espaço cheio de eco.

– Ficou boa em você, a blusa – disse Faustino. – Tive que adivinhar o tamanho. Acertei?

Bush deixou a torneira aberta mais alguns segundos e depois a fechou e se virou.

– É, acertou.

– Gostou da cor?

Bush deu de ombros.

– É, é boa. Não aparece muito, sabe? No escuro.

– Bom – disse Faustino, assentindo. – Que bom. E o balde serve? Me pareceu ser benfeito e tal.

– Ele fica pesado quando tá cheio. Mas a alça é legal.

– Certo.

Faustino esperou que Bush dissesse mais alguma coisa. Ele não disse, mas pelo menos agora o olhava nos olhos e exibiu algo próximo de um sorriso – um leve brilho de dentes brancos.

– Bom – disse Faustino. – Imagino que nós dois tenhamos trabalho a fazer.

E como nenhum dos dois estava preparado para dar o primeiro passo, viram-se andando juntos para a rampa, em direção à luz e ao movimento do trânsito.

Por sugestão de Desmeralda, ela e Michael Cass foram almoçar em um lugar chamado Tako, escondido num bairro popularmente conhecido como Nova Tóquio. Michael gosta de sushi. O restaurante é dividido em baias discretas, e Desmeralda garantiu que a deles só seria visível de outra mesa. E, nessa mesa, um de seus seguranças está agora sentado, beliscando coisinhas crocantes que ele acha levemente nojentas, mas interessantes. Ele tem um aparelho encaixado na lateral da cabeça que parece uma barata prateada alimentando-se de sua orelha. O segundo segurança está do lado de fora, num carro da agência. Ele já ligou para o señor Mendosa, como foi instruído, para informar do paradeiro de ambos.

– Olha, Michael – diz Desmeralda. – Ele vai voltar atrás. Sei que vai. É igual na política, sabe? Ele vai precisar ficar um pouco distante porque, bem, porque tem muita coisa envolvida.

– É. Eu prejudico a imagem.

Ela quer negar isso, mas não tem como; em vez disso, remexe a comida com um pauzinho. Por fim, diz:

– Ele vai sentir mais a sua falta do que você a falta dele.

– Dezi, vamos parar com o sentimentalismo. Vocês dois são bastante ocupados. Eu não sou idiota. Sei que em um mês, duas semanas, vai acontecer tanta coisa que, se alguém disser: "Michael Cass", vocês vão falar: "Quem?".

– Michael, não é verdade. Por favor, não diga isso – diz ela, esticando o braço e colocando a mão por um instante sobre a mão dele.

– Quero você de volta – ela murmura. – Esses dois patetas que eu tenho hoje... Fala sério, dá para imaginar? O outro, o que está no carro, é totalmente obeso. Eu falo com eles, e é meio "dãã", sabe como é?

Cass sorri pela primeira vez.

– Michael, seja paciente e espere um pouco. Eu vou te trazer de volta, prometo.

Uma garçonete belíssima aparece para retirar a tigela dos dois. Um garçom igualmente bonito coloca sobre a mesa pratos brancos quadrados e uma obra de arte feita de comida que os dois hesitam em destruir.

– Não quero faltar com o respeito, mas ele é um baita de um cabeça-dura – diz Michael.

Desmeralda segura o riso.

– Olha, sabe o que acho? Não comigo, pelo menos. É tudo uma questão de ocasião. Uma palavra ou duas durante um jantar, um pequeno pedido no momento certo, sabe? Mas não deixe de pensar no assunto. Eu estou cuidando disso, Michael. Não se preocupe.

Otelo está fazendo alongamento depois do treino quando um dos juniores traz seu celular.

– Capitano? Liguei em má hora?

– Diego. Não, não. Está tudo bem?

– Tudo. Só queria conversar sobre algumas coisinhas. Fiquei pensando se você não gostaria de almoçar.

– Ah, tudo bem. Onde?

– Tem um lugar tranquilo em Nova Tóquio, já fui lá uma ou duas vezes. O sushi é bom. A carne também é excelente. Te pego daqui uns quinze minutos?

★★★

O serviço na hora do almoço no estacionamento do *La Nación* andava devagar, e o maestro ainda não tinha aparecido. Bush estava prestes a desistir, encher de novo o balde e se posicionar na sarjeta quando Faustino saiu do prédio. Em cinco minutos, Bush estava de volta, com dois maços de Presidente para ele.

Bush aguardou de modo solene, mas meio sem jeito, enquanto o homem lutava com o celofane e acendia o cigarro.

E então disse:

— Maestro, eu estava pensando se não dava para o señor me fazer um favor.

Faustino ergueu uma sobrancelha.

— Bom, acho que depende do favor.

Bush tirou do bolso páginas impressas enroladas e estendeu a mão.

— O que é isso?

O menino encolheu os ombros.

— Um negócio que eu achei.

As páginas insistiam em se enrolar de volta. Faustino teve dificuldade para abri-las segurando o cigarro ao mesmo tempo. As margens estavam amareladas, e as poucas ilustrações eram mal impressas, com as cores fora de registro. Pareciam ser parte de um capítulo de um livro – de todas as coisas – sobre siris. Ele olhou para Bush, perplexo.

— Eu tava pensando se o señor não podia me dizer o que tá escrito aí – disse o menino, apontando.

— Hã... tá bem. Aqui diz "Regeneração dos membros na espécie *Callinectes exasperatus*".

O rosto do menino estava ao mesmo tempo inexpressivo e ansioso.

— Essa parte no final é latim – acrescentou Faustino, tentando ajudar.

— Tipo... um mexicano?

— Ah, não. É uma língua. Uma língua antiga. É o nome científico desse siri.

Bush balançou a cabeça, impressionado.

– É um baita nome prum siri, hein?

– Bom, não serve só para... É, imagino que sim. Por que você quer saber, Bush?

Ele deu de ombros novamente.

– Sei lá. Fiquei com isso martelando na cabeça, acho.

– Bom, deve ser por isso que ele se chama *Exasperatus* – disse Faustino, sorrindo, mas depois sentiu vergonha, ao ver a expressão séria e confusa no rosto do menino.

– Pelo que eu entendi – disse Bush, apontando de novo –, essas figuras mostram que a perna desse siri pode crescer de novo. E ela foi comida, talvez.

– Sim, é isso mesmo. Os siris podem fazer isso. E também as estrelas-do-mar e, se não me engano, alguns lagartos.

– Ah, é? É uma coisa bem boa de saber, né?

– Sem dúvida. Seria legal se a gente pudesse fazer isso também, não é?

– Seria mesmo – respondeu Bush, sério. – E o que dizem as palavras embaixo das figuras, maestro?

– Vamos ver... A primeira diz: "Formação da perna"; as outras dizem: "Primeira muda. Segunda muda. Terceira muda. Quarta muda".

– Arrã. O que é muda?

– Bom – disse Faustino, tomando tempo enquanto passava os olhos pelo estilo entusiasmado, mas cheio de floreios do professor Fuentes. – Acontece que, quando um filhote de siri cresce, uma hora ele fica grande demais para a carapaça. Então ele precisa... como se diz... jogar fora... Bom, basicamente, ele sai da carapaça. Isso é a muda. E aí ele faz crescer outra. Uma carapaça maior.

E, depois de um tempo, ele também fica grande demais para ela. Então ele faz a coisa da muda de novo, e cria uma carapaça ainda maior. E precisa fazer isso até ficar no tamanho adulto, entendeu? E aí ele fica com uma carapaça que não precisa trocar.

E isso, pensou Faustino, era uma coisa que a gente pode fazer. Que precisamos fazer. Mas talvez não fosse uma ideia que ele pudesse partilhar com o menino.

– Então o que eu acho que as figuras estão dizendo, Bush, é que o nosso camarada *Exasperatus* aqui precisa de umas quatro mudas para voltar a ter a perna. Imagino que leve um bom tempo.

Bush ficou em silêncio por alguns instantes, enquanto observava as figuras, fazendo um gesto afirmativo com a cabeça, pensativo. E então arregalou os olhos e disse:

– Mas no fim ele consegue.

– É – concordou Faustino, sorrindo. – É fantástico o que a gente consegue fazer se tiver...

– Ambição, talvez?

Agora Faustino riu alto e, como resposta, um enorme sorriso apagou o ar sério do rosto do menino. E então os olhos dele voltaram-se para a rua. Tomou as páginas das mãos de Faustino e voltou a enrolá-las.

– Tem carro chegando – disse ele. – Preciso ir. Valeu, maestro!

– Bush, me diz...

Mas o menino já tinha descido metade dos degraus. Então ele parou e virou-se.

– Maestro? Me desculpa pelo... aquilo lá, sabe?

– Foi só um mal-entendido – respondeu Faustino.

– É.

O cabelo seguiu saltitando até ir embora.

– Ei, señora! Quer que eu olhe o seu carro? Tem gente por aí que pode trazer problemas, sabe como é?

O segurança com o inseto prateado na orelha fica de pé quando vê Otelo e Diego. Ele não acredita que aquilo esteja no *script*. Parece mais uma situação problemática...

Ele dá alguns passos na direção de Desmeralda.

– Señora?

Ela levanta os olhos do visor do celular e ele faz um gesto com a cabeça na direção da porta.

– O seu marido, señora.

Ela se debruça e olha pela lateral da baia. Um garçom está conduzindo Otelo e Diego até uma mesa, mas Otelo passa direto e vem na direção dela. Ela fica de pé. Sente o rosto ficando quente, o que é horrível.

– Querido! Meu Deus! O que você está fazendo aqui? Oi, Diego. Nossa, nem dá para acreditar. Por que vocês dois não me disseram que viriam para cá? Ah, eu acabo de pagar a conta. Preciso encontrar a Ramona em vinte minutos. Se eu soubesse...

– Foi coisa de última hora – disse Diego, sorrindo. – Não pensei em te ligar. Peço desculpas.

Otelo olha de soslaio para a mesa, para as duas xícaras de chá, os dois copos vazios, e diz:

– O cara que eu acabei de ver descendo a rua era o Michael?

3.7

AEROPORTO. OS JOGADORES do Rialto estão indo para Dos Santos para a segunda fase do mata-mata. Metade do time e Tresor já foram no voo da tarde. Ninguém coloca um time inteiro de jogadores de futebol valendo bilhões de dólares em um avião só. Otelo vai para um canto da sala VIP, aonde a música dos alto-falantes não chega, e digita o número de Diego em seu celular. Enquanto aguarda, ele olha para baixo, através do vidro escuro, para as pessoas de coletes luminosos que fazem todas aquelas coisas esquisitas de que sua vida provavelmente depende.

DIEGO: Oi. Já fez o *check-in*?

OTELO: Sim. Enfim, como estávamos falando...

DIEGO: Bom, eu não sei bem se tenho mais o que falar sobre esse assunto. Para falar a verdade, não é da minha conta. Quer dizer, é, mas no fundo é algo que você e a Dezi têm de resolver.

OTELO: Diego, não preciso nem estar aí para ver que você está fazendo aquela coisa.

DIEGO: Que coisa?

OTELO: Aquela coisa de franzir a testa que você sempre faz quando pensa em coisas que acha que eu não preciso saber.

DIEGO: Você me assusta, capitano. Assim eu me sinto completamente vulnerável. E não sei se gosto disso.

OTELO: Eu sei que você viu o Michael. Você viu, não viu?

DIEGO: Tá bem. Eu vi.

OTELO: E ele parecia se sentir culpado ou algo assim?

DIEGO: Bom, não sei. Meio furtivo, talvez. Envergonhado... Eu sinto muito, capitano. Não tinha a menor ideia de que eles estariam lá. É meio que minha culpa. Eu tinha falado para a Dezi que era um lugar legal, mas... Olha, ele precisava se desculpar pessoalmente com a Dezi, certo? Se bobear, não é nada além disso.

OTELO: Você está fazendo de novo.

DIEGO: O quê? Caramba, você colocou uma câmera aqui?

OTELO [*rindo um pouco*]: Não. É fácil te interpretar, é só isso. Então, me diz o que você acha de verdade.

DIEGO: Você não deveria se basear no que eu acho. De verdade. Eu sou um empresário. É da natureza do meu trabalho pensar no pior das pessoas.

É a minha doença. E isso serve para mim, capitano, mas não para você. Ciúme, desconfiança e paranoia não são coisas boas para um jogador. Sugiro de verdade que você esqueça tudo isso e se concentre no jogo de amanhã.

OTELO: Bom, ela não negou exatamente, certo? Ela admitiu na hora que Michael estava lá.

DIEGO: Admitiu. Mas, veja, não havia muito motivo para negar.

OTELO: E assim que a gente chegou em casa, ela começou tudo de novo. A falar sobre trazer o Michael de volta.

DIEGO: E o que você disse?

OTELO: Eu disse que pensaria a respeito. Mas ainda não. Olha, acabaram de anunciar o nosso voo. Preciso ir. Falo com você amanhã, talvez.

DIEGO: Você e a Dezi vão passar a quinta e a sexta na casa da praia, certo?

OTELO: Isso. A Dezi vai antes de mim, amanhã à noite.

DIEGO: Ela te disse alguma coisa sobre o Michael levá-la?

OTELO: Como? Não, por quê?

DIEGO: Só fiquei pensando. Olha, capitano, não deixa isso te afetar, ok? Desconta tudo no Dos Santos amanhã. Faça uma boa viagem! Tchau.

Naquela noite, com Emília, Diego estava mais brincalhão.

Na noite seguinte, a disputa entre Rialto e Dos Santos terminou em empate, sem gols. Foi um jogo sem forma ou ritmo. E sem alegria. O resultado, no entanto, foi bom para o Rialto. O time passou para a próxima fase, já que fez dois gols na primeira partida. Otelo foi substituído aos dezoito minutos do segundo tempo.

No La Prensa, os convivas assistem ao jogo com algazarra e deboche. Fidel está feliz. Ele, é claro, não é fã do Rialto. Torce pelo Gimnasia, um time fora de moda e decadente, mas a verdade é que ele só faz isso para variar; ele não se interessa por futebol. Além disso, quando o jogo é ruim, seus clientes bebem mais. Quando o bar começa a esvaziar, ele vai para os fundos fumar um pouco de maconha – algo que Nina finge não saber que ele ainda faz. O céu está nublado, tão indiscernível que não parece estar ali. Não há nenhuma luz acesa nas janelas da fábrica de Oguz. Talvez suas funcionárias tenham entrado em greve. Um pensamento animador, mas improvável. O quintal está escuro, exceto pelos retângulos tortos e de um amarelo encardido da luz da rua que penetra pelas fendas da casa velha em frente. Ele espia o barracão, imaginando como estão Bush e as duas meninas.

Nas últimas semanas, Fidel andou olhando os jornais, procurando histórias sobre crianças desaparecidas, corpos. E não encontrou nada. Não que ele esperasse encontrar alguma coisa. Agora que a data da eleição foi anunciada, o jornal socialista que ele compra toda semana está cada vez mais violento e radical, mas é como se tivesse parado de trazer notícias, parado de vasculhar a sujeira, de buscar a fonte da podridão. Já os outros jornais... Minha nossa!

É como se para eles o país não estivesse prestes a eleger um ditador. Tudo o que eles noticiam é Otelo e Dezi isso, Otelo e Dezi aquilo. A fama é o ópio das massas. Otelo parecia um cara legal, um homem do povo, com todas as coisas que fez no Norte. E aí ele aparece no Sul e, num piscar de olhos, já está casado com a filha famosa daquele porco fascista, o Brabanta, e no minuto seguinte os dois são praticamente José e Maria, Evita e Perón, o príncipe e a princesa de um conto de fadas. Para distrair todo mundo enquanto o pai dela e seus comparsas tomam conta do país. Teoria da conspiração? Pode apostar que sim. O papai dela é que armou tudo, sem dúvida. Mas é triste quando caras negros e inteligentes são enganados desse jeito.

Ele apaga o baseado e coloca a bituca em seu bolso. Está prestes a entrar quando ouve algo se movendo e um murmúrio. São as crianças voltando. Primeiro Bianca, depois Bush e a outra menina, Felícia. Dá para distingui-los pelos cabelos, mesmo no escuro. Ele se senta no banco sem fazer barulho até ouvir a porta do barracão fechar.

O nervosismo fermenta em sua barriga feito um caldeirão de lava e gases. Como muitas vezes antes, a frase "Eles não podem ficar aqui para sempre." surge em sua mente. E, como sempre, ela não leva a lugar algum.

Felícia está acordada, deitada de olhos fechados. Está pensando se Bush gostaria que ela fosse para perto dele. Seu desejo é como uma deliciosa coceira que ocupa o centro de seu corpo. Mas ela não vai. Quando ela quiser que algo de fato aconteça, não vai ser de um jeito furtivo e apressado, na escuridão de um barracão velho cheirando a mijo. Ela se apega, como a menina boba que é, à sua visão da cama de lençóis brancos, no quarto de cortinas claras agitando-se suavemente com a brisa que entra pela janela aberta.

E nada de Bianca.

3.8

A ALEGRIA DE DIEGO dura pouco. Depois de duas semanas, Michael Cass volta a ser o segurança de Desmeralda. Na verdade, os três – Cass e o feliz casal – parecem mais próximos do que nunca. Quase a ponto de Diego se sentir excluído.

Ele anda de um lado para o outro no quarto.

– É inacreditável – diz a Emília. – O sujeito é tapado demais para sentir ciúmes. Dá para acreditar? Idiota demais, burro demais para sentir ciúmes. Afinal, eu o conduzi feito uma mula, enfiei o nariz dele na coisa toda, disse: "Está bem aí, olha". Pelo amor de Deus, quase que eu mesmo passei a acreditar que ela estava tendo um caso com o Cass. Havia motivo – desculpe-me, minha querida, mas quem é que não gostaria de traçar La Brabanta? – e também havia oportunidade. Oportunidade infinita. Qualquer juiz em sua sanidade acusaria o crime. Mas não o Santo Otelo. Ah, não. Ele está em um planeta completamente diferente. O Planeta Idiota, na Constelação Imbecil. Qualquer homem normal e inteligente que ouvisse a mulher falando "Michael isso" e "Michael aquilo", e "Querido, será que a gente não pode ter o Michael de volta", qualquer homem com metade do cérebro funcionando pensaria: "Sei". Mas não. Em vez disso, os dois têm uma "conversa sensata sobre os problemas". Rá! Não é preciso muita imaginação para saber no que constitui uma "conversa sensata" entre aqueles dois. A culpa é minha. Ele acredita em tudo o que falo. Então eu deveria ter dito "Capitano, Cass está dormindo com a sua mulher quando você está longe". Soletrando tudo, talvez escrevendo em letras maiúsculas num papel bem grande. Mas sabe de uma coisa? Isso também não teria adiantado. Porque ele teria me olhado com aqueles olhões idiotas dele e dito: "Ah, é? Bom, pois a Dezi diz que o Michael leva o trabalho dele muito a sério".

Ele fica de pé, observando, através de seu próprio reflexo, as luzes da cidade.

– Sabe, é nessas horas que eu queria que você não tivesse insistido para eu parar de fumar – diz ele, e se vira para ela. – Acho que vou tomar um drinque. Só um, não se preocupe.

Quando ele volta para o quarto, está trazendo uma dose generosa de uísque importado em um copo baixo e pesado de cristal. Novamente de pé perto da janela, toma um gole grande e estremece quando a bebida desce queimando. Toma mais um gole para amaciar o primeiro.

– Lembra quando os heróis eram pessoas melhores que nós? Generais, líderes políticos libertadores montados em cavalos enormes. Gente que escrevia a História. Homens que conduziam os outros pelas montanhas inexploradas, inventavam países, davam nomes às coisas. Que morriam por causas nobres, tornavam-se imortais. Agora, os heróis são meras celebridades. Estilistas. Jogadores de futebol. Cantoras *pop*. Gente que talvez nós pudéssemos ser, se tivéssemos a oportunidade, a sorte certa. Patético, não? Não, é mais do que patético. É ofensivo. Isso diminui a todos nós, me diminui. E eu não vou aceitar uma coisa dessas. Não posso aceitar.

Ele toma mais um gole e continua:

– Estou ficando impaciente, Emília. E isso me perturba. Sou um homem paciente, você sabe. Um amante das sutilezas, de estratagemas elegantes. De jogadas demoradas. Alguém que usa veneno, não explosivos. Antes eu achava que tinha séculos de paciência, um poço infinito de paciência. Mas agora eu percebo que estou ficando inquieto. Quero que eles caiam logo. Quero que as torres caiam por terra, desmoronem. Quero saborear o choque das pessoas nas ruas. Ouvir a lamentação. "Por que nós acreditamos? Por que a gente prestou atenção neles?". Muito embora eu saiba que logo depois elas vão esquecer que quiseram respostas. Que vão seguir engatinhando por cima dos escombros para dar boas-vindas ao próximo mentiroso que disser que pode fazer tudo voltar ao normal novamente. Que disser que pode trazer os sonhos de volta.

Ele esvazia o copo.

– Nunca ficarei sem trabalho.

Mais tarde, na cama, ele fica em silêncio durante algum tempo.

Depois olha para ela e diz:

– Não havia nada de errado com a minha abordagem. Ele se tornou tão grande, tão absurdo, que ele vai – e deve – ruir com seu próprio peso. Mas eu calculei mal. Quando ele a conheceu, quando eu vi o todo bobo ficar de pernas bambas, pensei: "Arrá, meu amigo, agora você está em minhas mãos. Agora você entrou no poço dos crocodilos". Mas os dois juntos são mais fortes do que eu imaginava. Sim, eu subestimei os dois. Agora vou precisar me empenhar mais.

3.9

NA DÉCIMA MANHÃ depois da data em que deveria menstruar, Desmeralda vai escovar os dentes, mas, assim que a escova elétrica zumbe dentro de sua boca, ela vira de lado e vomita no vaso sanitário. É um processo tranquilo, não muito desagradável, mas ela se sente grata por Otelo não estar ali para testemunhar o fato. Quando tem certeza de que acabou, volta a escovar os dentes – e agora é realmente necessário –, mas percebe que o gosto conhecido da pasta de dente está diferente, ruim. Feito camarão podre, ou algo assim.

A caminho da cozinha, percebe que a luz da secretária eletrônica do telefone fixo está piscando e seu celular está tocando. Ignora os dois. A cozinha é grande – bem grande –, mas, naquela manhã, parece maior do que nunca. Leva um bom tempo até chegar à geladeira, que é bem mais alta do que ela. Experimenta o suco com um gole, direto da caixinha. Gosto normal. O gosto esperado.

Volta para a cama. Sente a cabeça pulsando quando não deveria estar, mas se acalma e começa a pensar. A fazer o inventário. É como um luxo a que ela se recusou.

A turnê americana foi cancelada. Bom, graças a Deus.

O contrato do livro continua. O *ghostwriter* é caro, mas não dá para brincar quando tudo estiver impresso. Ele não vai escrever coisas que depois você não terá como explicar. Ela queria lembrar o nome dele, mas não consegue.

Ela está grávida.

Não vai haver mais nenhum *single* de sucesso do novo disco. No primeiro, eram cinco. Três no segundo. Agora, só um do terceiro. Não é preciso fazer um gráfico para entender.

Ela está definitivamente grávida.

E, ontem, alguém ligou para Ramona e perguntou se Desmeralda Brabanta gostaria de aparecer no programa *Celebridade Lock-In*.

Não, claro que ela não vai. Aparecer em alguma coisa com "celebridade" no nome é praticamente como assinar o próprio atestado de óbito. Mas isso já é outro sinal. Essa parte de sua vida chegou ao fim, sem dúvida.

Ela consegue sentir que está grávida. É claro que é apenas sua imaginação, mas ela consegue sentir coisas se juntando lá dentro.

Ela põe as mãos sobre a barriga e imagina diversas maneiras de contar a Otelo. E como vai dar a notícia a seu pai, distante e amargo, que não atende mais seus telefonemas nem responde a seus e-mails? E, assim que pensa nisso, salta da cama e corre de volta para o banheiro.

★★★

Por fim, Desmeralda decide não contar para ninguém. Não por enquanto. Nunca se sabe. Melhor não provocar o destino.

E acontece que a primeira pessoa a saber é Diego. E ela nem precisou contar.

Ele liga para ela e a convida para almoçar no Parisino. Diz que precisa discutir um assunto. Ela já está lá quando Diego chega. Michael Cass, que já assumiu seu posto na poltrona em frente às portas, o cumprimenta. Diego percebe que Cass anda bem mais arrumado ultimamente. Ele está usando um terno azul-marinho de linho, bem cortado, com uma camisa azul clara, e sapatos impecáveis. Talvez Dezi agora esteja comprando roupas para ele. Maravilha.

Diego olha para seu relógio e diz:

– Não estou atrasado, estou?

– Que nada. Chegou cedo. Dezi disse que estava morrendo de fome.

– Certo. Você está bem? Precisa de um drinque, algo assim?

Cass levanta uma garrafinha de água do chão, perto da poltrona.

– Não, estou bem – diz ele, com um ar meio irônico.

Desmeralda parece encantadoramente sem graça ao ver Diego. Já está beliscando uma entrada de abacate e frango defumado.

– Desculpe, sei que sou mal-educada. É que eu não aguentei esperar. Não tomei café da manhã.

– Sem problemas – diz ele, sorridente. – Todo mundo precisa comer.

Ela ergue o rosto para ele e ele a cumprimenta com dois beijinhos no rosto.

Superexposição • 249

Quando o garçom aparece, Diego diz:

– Vou pedir o mesmo prato da señora. Parece maravilhoso. Depois... não sei. Depois eu decido.

Volta-se para Desmeralda:

– Vinho?

– Não. Vou de água mineral.

Quando o garçom vai embora, Diego observa Desmeralda, com ar de admiração.

– Você está particularmente bonita hoje, se me permite.

– Acho que permito.

– Que bom que você estava com horário livre.

– Que bom que você ligou. Eu estava meio... Bom, você sabe. Antes eu não ligava quando Otelo viajava para jogos internacionais. Não muito, pelo menos. Mas agora eu percebo que eu ligo. Bastante, aliás.

– Não tenho como condená-la. Algumas daquelas moças do Rio são simplesmente maravilhosas.

Ela ri.

– É, pois é.

Ele inclina a cabeça bem de leve. Seu rosto agora adota um ar preocupado.

– Vocês dois estão bem?

– Muito bem – diz ela, e come um pedacinho de frango para encerrar o assunto. – E então, você tem mesmo uma coisa para discutir comigo ou só achava que precisava treinar um pouco a simpatia?

– Não. Estou com uma ideia que queria discutir com você.

– Umm-humm. Certo. Pode continuar. Eu consigo comer e ouvir ao mesmo tempo.

– Certo. Bom, há umas semanas eu estava negociando um novo contrato sobre as franquias de roupas esportivas do Otelo. Apesar de toda a pirataria, o valor é bastante significativo. Como você já deve saber. Enfim, como eu estava pensando no assunto, acho que comecei a perceber quanta gente – jovens, principalmente – anda por aí com roupas do Otelo, as camisas de futebol, os agasalhos, coisas assim. E comecei a pensar que ficar só com uma porcentagem de tudo isso não era a melhor opção.

– Nossa, isso é muito interessante, Diego.

– Calma, espera um pouco. Porque aí eu comecei a pensar em moda. Em moda infantil, para ser preciso.

– Você começou a pensar em moda infantil? O que foi, ficou com febre?

– Ou talvez tenha sofrido um violento ataque de inspiração. Olha, Dezi, milhares – centenas de milhares – de meninos andam por aí usando as roupas do Otelo. E centenas de milhares de meninas andam por aí usando roupas que você usa. Ou imitações baratas do que você usa, certo? Em um sentido bem forte, vocês dois ditam a moda neste país. Por que não dar o próximo passo?

– Que passo?

– Produzir moda.

Ela ergue as sobrancelhas.

– O quê? Você está falando de entrar para o ramo de confecções?

– Exatamente. Olha, estou falando o que me vem à cabeça, obviamente. Você sabe mais sobre o assunto do que eu poderia aprender, mesmo que levasse a vida inteira. Mas estou pensando em algo moderno, roupas esportivas e ao mesmo tempo casuais, sabe? Atléticas, mas descoladas. Para meninos e meninas. Quer dizer, já é o que eles costumam usar de qualquer modo, mas no geral são coisas de pouca qualidade, vagabundas. Já isso seria diferente. Roupas de qualidade, mas acessíveis. E seria a marca de vocês. D&O, sei lá. Vocês teriam controle sobre a marca. E controle é o que importa.

Desmeralda apoia o rosto na mão direita, mas não diz nada. Diego continua:

— Tá, talvez a minha, hã, visão esteja errada. Em relação ao tipo de roupas, acessórios etc. Como vou saber? Mas eu tomei a liberdade de discutir com a Shakespeare sobre a ideia antes de falar com você.

Ele se recosta na cadeira e aguarda. Está com os olhos baixos, fazendo desenhos com o garfo nas manchas de abacate do prato.

— Dezi? Fala comigo.

Ela finalmente olha para ele e diz:

— Você deve me achar bem tola mesmo.

— Como?

— Eu sei qual é o objetivo disso tudo. O que você está tramando.

Ele tem a sensação de que tem um verme se mexendo perto do seu coração, mas continua com o olhar firme.

— Ah, é?

— Sim. Você chegou à conclusão de que a minha gloriosa carreira musical já era.

— Isso nem passou pela minha cabeça! – diz ele, com genuína surpresa.

— Ah, sim. Pensou nisso, sim. E, aliás, eu também. Eu teria de ser surda, cega e muda para não perceber. E essa sua ideia brilhante é só para resgatar a minha autoestima. Para me dar algo capaz de preencher o horrível vazio pós-fama que você imagina que vai ser o meu futuro. Não precisa negar. E não faz essa cara. Eu não estou chateada. Estou comovida.

Diego esboçou um sorriso corajoso, mas ferido, como um homem que ouve seu analista falar.

— E, além disso – continua ela, agora sorrindo –, isso aí é uma ideia ótima. Vamos pedir mais alguma coisa para comer e continuar conversando?

Mais tarde, eles pedem café. Desmeralda pede para servirem uma xícara para Michael.

— E então? Marco uma reunião com nós três e a Shakespeare para daqui, digamos, umas duas semanas? – pergunta Diego.

— Claro.

— E você prefere falar da ideia com o Otelo ou...

— Não, não, pode deixar que eu falo.

— E você acha que ele vai topar?

— Não vejo por que não. Mas não imagino que ele vá se envolver muito, não acha?

Diego se permite dar uma risadinha.

— É, não muito. Acho que ele vai contribuir mais com a promoção da marca.

— Ele sem dúvida vai querer se empenhar em alguma caridade relativa à marca.

— Sem dúvida. Aliás, isso me lembrou uma coisa. Tive uma ideia sobre como apresentar a marca. Os modelos e tal. Claro que isso é para daqui alguns meses, mas, quando começarmos a fazer as campanhas publicitárias, acho que deveríamos usar crianças de verdade. Não modelos tradicionais e típicos de agência. Jovens de verdade, da rua. Com atitude. Jovens com que os outros jovens possam se identificar. Entende aonde quero chegar?

– Ah, Diego, isso é bem legal. Gostei da ideia. Gostei muito.

– Obrigado.

Ela descansa a xícara.

– Acho que não consigo mais tomar isso aqui – diz ela, e verifica as horas. – Bom...

Ele está olhando para ela de um jeito um pouco estranho.

– O que foi?

Ele fica sem graça, fala mais baixo.

– Dezi, será que eu posso perguntar... Desculpe. É uma pergunta íntima demais, mas eu não posso...

– Ah, vai, Diego, fala logo. O que foi?

– Dezi, você está grávida?

Ela não consegue responder. E nem precisa. É como se o sangue sumisse de seu rosto e voltasse com força total, como uma onda.

– Me desculpe – diz ele.

Ela fica olhando para ele, balançando a cabeça.

– Como é que você soube?

– A água mineral. E você antes não comia abacate. E não conseguiu terminar o café. E tem, sei lá, algo de diferente no seu rosto. O seu tom de pele. Eu percebi.

– Deus do céu, Diego!

– Me desculpe. Acho que percebo fácil essas coisas. Ele já sabe?

– Não. Ainda não. E não ouse contar isso para ninguém.

– Claro que não. Eu prometo – responde ele, e depois toma a mão dela gentilmente nas suas. – Meus parabéns, Desmeralda. Fico muito, muito feliz por vocês dois.

3.10

O RIALTO TERMINA a temporada como campeão da liga, sete pontos acima do time que ficou em segundo lugar. Otelo, o artilheiro, ganha a taça Bola de Ouro, embora tenha perdido três jogos devido a um problema no joelho e tenha tido dificuldade para voltar à forma nos últimos cinco jogos, conseguindo fazer apenas dois gols.

O sucesso do clube fica abalado quando perde de quatro a três para o Grêmio, na soma do placar dos dois jogos, na semifinal da Libertadores. Os tabloides, que tinham ficado excessivamente animados com a perspectiva de um raro empate, não são nada gentis. Obviamente, é Mateo Campos, do *El Sol*, que lidera o coro. Utilizando seu repertório de terminologia neorracista, ele acusa Otelo (mais uma vez) de estar mais interessado na fama do que no futebol. O bordão é adotado, entre outros, pela *Gol!*, revista de futebol de grande circulação, que justapõe uma foto de moda de Otelo, trajando um uniforme branco, a uma de Roderigo, encorajando seus jogadores, suado, humilhado, com ar desafiador.

O *La Nación* publica um relatório sobre o fim da temporada, redigido por Paul Faustino, apresentando uma visão diferente, mais sóbria. O texto lembra aos leitores que aquela é a primeira temporada de Otelo no Rialto, que sua média de gols é superior à de qualquer outro jogador na história do clube, com exceção do grande Esdras Caballo, em 1968. Que, apesar da saída do time nas semifinais, Otelo é o primeiro jogador do Rialto a fazer três gols em duas partidas do torneio. Faustino também ignora, com desdém olímpico, as tentativas dos tabloides de sujar a reputação do jogador. Ele menciona Mateo Campos diretamente, descrevendo-o como "ofídio". (Faustino sorriu ao digitar a palavra, sabendo que Campos teria de procurá-la no dicionário, se é que tinha um.) Salienta que é irônico (para colocar em termos polidos) que os jornais, cuja circulação depende da promoção incansável do culto de celebridades, pudessem atacar de maneira tão selvagem um homem que alcançou a fama justamente por causa dessas mesmas publicações. Na noite em que o artigo é publicado, Faustino vai ao programa *Sportsview* e reitera energicamente suas opiniões.

O jornalista também é convidado para a celebração do campeonato, quando o troféu será formalmente entregue ao clube. O evento acontece no enorme salão do Hotel Real. O bufê é absurdo. Faustino o examina, tentando imaginar se existe algo comestível sobre a face da Terra que não esteja ali. Ele também fica pensando se seria o único convidado que não é multimilionário. Ou acompanhante de multimilionário. A reunião de tanto dinheiro em forma humana não é a única razão para a presença de inúmeros grandalhões com volumes embaixo dos paletós, fones nos ouvidos e olhos atentos. O vice-presidente Lazar e aquele abutre do Hernan Galego também estão ali, assim como vários outros membros do governo e do Senado. Garçons e garçonetes esquivam-se pela multidão, equilibrando bandejas com taças de champanhe que parecem flutuar feito sonhos dourados acima das cabeças dos sedentos sonhadores. Em três das quatro paredes, telões mostram repetidamente vídeos com os gols do Rialto. O rosto alegre de Otelo aparece repetidas vezes acima das cabeças dos plutocratas reunidos. O jogador aparece um pouco mais tarde, quando Ramon Tresor conduz o time até o palco.

Faustino aguenta dois dos discursos e depois leva sua taça para passear no jardim do terraço do Real. Lá havia as plantas mais bonitas das florestas do mundo, admirando a vista da cidade. Árvores grandes cutucam umas às outras e sussurram. Um riachinho artificial desemboca em laguinhos rasos onde flamingos posam sobre uma única perna, entre flores de lótus e peixes dourados. Ele vai até a beirada do terraço, desafiando sua sensação de vertigem. Seu pé escorrega sobre o piso de fibra de vidro onde há uma camada de excremento; olha para cima e depara com os olhos âmbar de uma arara presa pelo pé.

Ele chega até o parapeito de cromo e fuma um cigarro, resistindo ao nauseante desejo de olhar para baixo. Vozes humanas chilreiam atrás dele e depois somem. Ele apaga o cigarro, vira e depara com Desmeralda Brabanta. Ela está a alguns passos de distância, sob a sombra de uma figueira frondosa, sorrindo para ele. Está usando um vestido que desafia a gravidade, feito do que parece ser a pele de uma cobra prateada.

– Oi, Paul.

Ele faz uma pequena reverência em direção a ela, sem pensar direito.

– Señora.

Ela ri, vai até ele e o cumprimenta com dois beijinhos no rosto.

– Deixa disso de "señora", Faustino. É Dezi. Nós dois nos tratamos pelo primeiro nome.

– Ah, é?

– Claro. Temos um fato romântico entre nós. Talvez você não se lembre, mas eu te conheci no mesmo dia em que conheci o meu marido. Na casa do meu pai.

– Sim, eu me lembro, sim. Uma ocasião histórica. Diego Mendosa apresentou você para nós dois. Infelizmente, você se apaixonou pelo outro cara. E desde então eu amaldiçoo a minha falta de sorte.

Desmeralda ri de novo, e se recosta no parapeito ao lado dele. Ela estica os braços e pousa sua taça. Mas ela erra o alvo: a taça cambaleia e desaparece. Transtornado, Faustino imagina a demorada queda, a taça estilhaçando sobre a cabeça de algum pedestre inocente. Mas ele não tem coragem de olhar para baixo para ver o que aconteceu, se há algum pequeno amontoado com sangue no mundo lá embaixo, tão distante dele.

Desmeralda nem percebe. Ela observa as plantas bem cuidadas do jardim. Ela é, provavelmente, a mulher mais atraente que Faustino já conheceu. Ele fica pensando se sua beleza não acaba sendo um fardo. Se não acaba obliterando o que quer que ela seja. Ou não seja. É bastante surpreendente o fato de ele estar sozinho com ela. Onde estão as pessoas que a acompanham? Ela parece estar um pouco... o quê? Bêbada, talvez? Claro que não. Não, outra coisa. Ele não tem muita experiência com o comportamento de mulheres grávidas.

– Esse lugar é incrível, você não acha? Você viu os flamingos?

– Sim – ele responde. – É estranho eles ficarem aqui, não? A gente imagina que eles acabariam voando e indo embora.

– Acho que cortaram as asas deles.

– Ah. Sim, deve ser isso. Não tinha pensado nisso. Aliás, meus parabéns.

– Obrigada. Pelo quê?

– Ora, pelo bebê. E por estar, se me permite dizer, ainda mais bela do que da última vez que nos vimos.

A reação lenta de Desmeralda a esse galanteio não é o que Faustino espera.

– Sim – diz ela, séria. – Estou radiante. Maravilhosa. Esplendorosa de tanta saúde. Ou até mesmo com um ar sereno e bonito. Depende da revista que você ler.

Faustino ri, sem graça.

Ela vira a cabeça e sorri para ele.

– Enfim, estou feliz por termos nos encontrado. Vi você na TV outro dia. Estava ótimo, de verdade. Sempre leio o que você escreve sobre Otelo. Nós dois lemos.

– Obrigado.

– Não, sério. De verdade. Se você precisar de alguma coisa, é só falar.

– Obrigado. É muito gentil da parte dos dois.

Os dois fazem companhia um ao outro em silêncio durante alguns instantes. Algo coaxa entre o verde.

– Certo – diz ela, movimentando a cabeça como se estivesse tentando se livrar de um torcicolo. – Preciso voltar para a orgia antes que Michael perceba que eu desapareci e tenha um ataque de pânico. Hã... Eu não trouxe uma taça comigo quando vim para cá?

– Acho que caiu – Faustino responde, relutante. – Lá embaixo.

– O quê? Ai, meu Deus!

Ela se debruça no parapeito para olhar para baixo. Debruça-se demais, com o pé direito esticado, longe do chão. Faustino não se contém: ele grita, aterrorizado, e agarra o antebraço dela, puxando-a a para trás. Ela quase perde o equilíbrio nos seus sapatos de salto alto.

– Desculpe – diz Faustino, soltando seu braço. – Desculpe, é que eu não suporto alturas.

Está bem evidente que ele não suporta. Ele agora está com a cara de alguém que por pouco evitou um acidente enorme numa rodovia.

– Ei... – diz Desmeralda, suavemente.

– Não, tudo bem. Estou bem. Me perdoe.

– Tudo bem – ela responde, e sorri. – Os lugares altos são uma das poucas coisas que não me dão medo. Cobras, sanguessugas, aranhas, tubarões... Tenho uma lista enorme de coisas que me deixam morrendo de medo. Mas não tenho medo de altura. O truque é não se imaginar caindo.

– Não é a queda que me preocupa – responde Faustino. – É a parada repentina.

Ela ri. "Ela tem uma risada legal", pensa Faustino.

Depois que ela se vai e ele para de observá-la indo embora, ele acende outro cigarro com a mão trêmula.

3.11

UMA LIMUSINE BLINDADA do governo, acompanhada de quatro homens em motocicletas, está passando rápido pela Circular, indo para o escritório do Partido Neoconservador. Um helicóptero amarelo e preto paira no céu, acima dessa comitiva, feito uma vespa gorda. No compartimento acolchoado do carro estão HERNAN GALEGO, *Ministro da Segurança, e o senador* NESTOR BRABANTA.

GALEGO: Eu ainda acho que é arriscado demais. Se a ralé aparecer em grande número para votar, pode ser que a gente perca a Assembleia Nacional.

BRABANTA: E daí? Nós vamos ganhar no Senado, e é isso que importa. A Assembleia vai conter, como sempre, um bando de socialistas, ecologistas, veganos malditos, gente que venera os ancestrais, sabe-se lá o que mais. Eles vão ficar o tempo todo discutindo sobre quem vai pra cama com quem para formar o que eles tolamente chamam de "coalizão popular", e enquanto isso a gente manda no país. Como temos feito nos últimos cinco anos.

GALEGO [*em tom mais ou menos paciente*]: Claro. Mas não é esse o ponto, certo? O ponto é que, pela primeira vez, temos uma oportunidade real de ganhar o Senado e a Assembleia, e governar sem oposição. Fazer coisas. Não ter de fazer malditos acordos. Estou de saco cheio de ter de negociar o orçamento do meu departamento com um comitê de idiotas progressistas da Assembleia Nacional. No ano passado fui obrigado a aceitar metade – metade – dos esquadrões especiais de que eu precisava. Fui obrigado a ir até as pessoas a quem eu tinha prometido empregos e dizer "Sinto muito". Uma expressão que faz meu sangue ferver.

[BRABANTA *não responde. Ele continua a olhar melancólico pela janela.* GALEGO *fica triste – e profundamente irritado – com o fato de que seu velho amigo e aliado tenha se afastado um pouco da realidade política. Tudo por causa do casamento ridículo de sua filha, é claro. E agora o fato de que em breve ele vai ter um neto mestiço. Horrível, sim, mas também incômodo, porque cedo ou tarde* GALEGO *precisará tocar no assunto do odiado genro. Ele fica um pouco surpreso por* BRABANTA *lhe dar a deixa.*]

BRABANTA: E o que te faz pensar que o povão vai votar em massa? Eles nunca fizeram isso antes.

GALEGO: Bom, as pesquisas...

BRABANTA: Ah, vai, Hernan! As pesquisas não valem nada.

GALEGO: Não sei se é bem assim. Todas mostram uma grande reviravolta e, se algo acontecer nas próximas três semanas...

BRABANTA: Como o quê?

GALEGO: Bom... [*Ele pigarreia.*] Bom, digamos que, por exemplo, o Otelo apoie o Partido Reformista...

BRABANTA: O sujeito é um idiota. Ele é um jogador de futebol. Em termos políticos, ele não consegue distinguir o próprio traseiro de seu cotovelo. Quem é que prestaria atenção nele?

GALEGO: Na verdade, muita gente, de acordo com o nosso departamento de pesquisas. Toda vez que ele dá uma entrevista, a imprensa de esquerda dá um jeito de transformá-la num ataque a nós. O presidente quer muito que a gente pense em maneiras de garantir que ele fique com aquela beiçola fechada.

[BRABANTA *finalmente para de olhar pela janela e olha para* GALEGO *com algo parecido com um sorriso.*]

BRABANTA: Você está pensando em assassinato? Diga-me, por favor, que é isso.

GALEGO [*rindo*]: Sinto desapontá-lo, Nestor, mas não. Pensamos em algo mais modesto. Queimar o filme dele. Algum escândalo, algo do tipo, sabe?

Flagrado de calças arriadas num bordel. Ou descobrir que ele gosta de meninas menores de idade. Ou um jornal descobrir que as doações dele para a caridade na verdade acabam parando numa conta no exterior. Tais coisas... hã... infelizes já aconteceram com outras pessoas antes. Muitas vezes, como costuma acontecer, a pessoas que nos são inconvenientes.

[BRABANTA *reflete sobre o assunto com ar solene. E então balança a cabeça.*]

BRABANTA: Não. Mesmo deixando de lado os sentimentos da minha filha, é arriscado demais. Óbvio demais. Eu proíbo.

[GALEGO *dá de ombros e suspira.* BRABANTA *volta a olhar pela janela. Um minuto se passa.*]

BRABANTA: Desmeralda vai fazer com que o negro dela fique de boca fechada. Ela me deve isso, pelo menos.

GALEGO: Você anda falando com ela?

BRABANTA: De cara feia.

GALEGO: Que bom! Isso é ótimo, Nestor. Faça com que ela te ouça.

E Desmeralda ouve. Ela precisou de vários meses para voltar a ter algum tipo de contato com o pai, o avô de seu filho não nascido. Vários meses de telefonemas que ela manteve em segredo, sem contar para Otelo. Aquelas conversas tensas e difíceis não chegam nem perto de ser uma reconciliação. Não ainda. Mas a última coisa que ela deseja é que seu marido faça algum gesto político impaciente que possa fechar a porta do relacionamento mais uma vez.

E então a sorte lhe sorri. Oito dias antes da eleição, Otelo distende um músculo da coxa num amistoso pré-temporada. Na quarta-feira seguinte, começa a parecer que ele não poderá jogar na primeira partida do Rialto. O fisiologista do clube recomenda descanso.

Desmeralda percorre seus dedos hesitantes sobre a coxa lesionada do marido e diz:

– Querido, por que a gente não vai passar uns dias na casa da praia, relaxar de verdade? Fugir de tudo isso?

– O quê? Agora?

– É. Por que não?

Seus olhos parecem estar cheios de motivos. Em primeiro lugar, ele acaba de ler um e-mail de Angélica Sansón, que administra seus projetos de caridade no Espírito. Desmeralda o lera antes de Otelo voltar de seu *checkup*. Como todos os e-mails de Angélica, esse tinha um tom otimista, favorável. Mas, no fim, ela escreveu:

> Podem me despedir por dizer isso, se quiserem, mas muitos de nós aqui estamos esperando que vocês saiam de cima do muro e façam alguma coisa para que esses malditos do PNC não fiquem mais cinco anos no poder. Eu entendo a situação, mas fico lendo os jornais e vendo TV na esperança de que vocês apareçam e liderem as tropas, por assim dizer.

A

PS.: Olhem as fotos que mandei anexas. O menino sorridente com orelhas de abano é o Ronaldo, lembram dele? A irmã mais velha dele, que ficava com a gente, desapareceu na semana passada, depois de ter ajudado a organizar uma manifestação contra a pobreza.

– Qual o problema? – Desmeralda pergunta.
– Bom, não sei. Você sabe, pode parecer meio estranho se a gente...
– O quê?

Ele responde com um encolher de ombros. Ele também lera os e-mails encaminhados por Diego, redigidos por jornalistas mal-intencionados. Ele reflete sobre eles de um jeito indeciso, transtornado. Ela também sabe disso.

– Eu te conheço – ela diz. – Se a gente ficar aqui, você vai começar a ficar inquieto e vai querer fazer coisas que não são legais. Você não é muito bom nessa coisa de descansar. A não ser que a gente vá para a casa da praia. E, para falar a verdade, eu ando me sentindo meio cansada também ultimamente.

– Ah, é? Você não disse nada.
– Não quis te deixar preocupado. Enfim, não deve ser nada demais. Mas acho que fazer uma pausa me faria bem. Respirar um pouco de ar fresco, ter um pouco de paz e tranquilidade, sabe? – diz ela, e pega as mãos dele e coloca sobre sua barriga. – Acho que o bebê precisa disso também.

★★★

Na sexta, três dias antes da eleição, Otelo, Desmeralda e Michael Cass embarcam em um avião particular até a praia. Ninguém fica sabendo da viagem, e os três saem do pequeno aeroporto e entram no 4 x 4 com chofer em menos de dez minutos.

Na manhã seguinte, no entanto, a novidade já se espalha. Um pequeno, mas barulhento, grupo de repórteres e fotógrafos, além de alguns câmeras, já se instalou do lado de fora dos portões da casa. Trouxeram cadeiras dobradiças, guarda-sóis, geladeiras de isopor. Sem dúvida planejam ficar ali um bom tempo. Das sombras da guarita, dois seguranças, um homem e uma mulher, observam o cerco com um leve ar hostil. O Dobermann ofega debaixo do sol, a língua comprida pendurada feito uma bandeirola mole e vermelha.

No quarto principal, onde as cortinas brancas estremecem e se agitam com a brisa do mar, Desmeralda coloca seu biquíni. Ela se examina no espelho de corpo inteiro e tenta não ficar chateada, pois está feliz. Vai ter um filho, o filho deles. Ela se tornou outra pessoa, porque é isso que queria. E, depois, vai ficar bonita de novo. Está bonita agora.

Mas não gosta das coisas que seu corpo está fazendo. Obviamente, há muitos anos ela tem bastante consciência, o tempo todo, da própria aparência. E seu corpo nunca a deixou chateada, nunca a traiu; nunca, nem mesmo na época ansiosa da adolescência, sem a mãe, seu corpo a desapontou. Sempre foi uma máquina graciosa que a transportou sem quase nenhum esforço pela estrada magnífica da vida, não precisando de nada mais para sustentá-la do que prazeres frequentes. Agora, seu corpo é outra coisa. De vez em quando parece um laboratório sinistro, cheio de alambiques de carne e tubos glandulares através dos quais misteriosas substâncias químicas borbulham e avançam. Essa alquimia obscura às vezes a machuca: seus seios queimam sob a pele; cordas amargas apertam suas entranhas. À noite, ela tem sonhos melodramáticos e fantásticos, e acorda chocada, transpirando. O paladar e o olfato ficaram alterados. Ultimamente, a chuva caindo no asfalto quente tem cheiro de abacaxi.

Ela sabe, de um modo meio escolar, por que essas coisas estão acontecendo. Adquiriu uma pequena biblioteca de livros sobre gravidez e parto. Infelizmente, as ilustrações – mulheres parrudas e calmas, com a lateral do útero removida para mostrar os bonequinhos arroxeados e encurvados presos lá dentro – a assustam. As úteis informações deixam-na ansiosa, pensando em tornozelos inchados, varizes, gengivas moles, anemia, estrias. Os armários de seu banheiro agora têm um grande acervo de loções, cremes, suplementos alimentares, vitaminas. E a criaturinha crescendo dentro dela, transformando seu corpo desse jeito, faz com que sinta um amor cheio de medo, mais intenso que tudo o que já sentiu na vida.

Ela tira o biquíni e coloca um maiô branco-prateado. Depois, enrola-se num sarongue e vai para a piscina.

★★★

Os dois entraram num acordo: nada de atender o telefone. O número da casa de praia não está na lista e poucos sabem qual é, mas Cass tira o telefone do gancho mesmo assim. Os celulares estão desligados; vão reservar no máximo uma hora por noite para ler as mensagens e e-mails. Deram férias pagas para os funcionários de meio-período. Eles mesmos prepararão no micro-ondas ou na churrasqueira a comida dos freezers. Otelo e Desmeralda nadam de vez em quando, ou ficam deitados ouvindo seus iPods. Cass mergulha num livro grosso sobre a Guerra Civil Americana, ou, quando fica inquieto, vigia a casa e a praia particular, com seu chapéu de palha e a arma no coldre de ombro, debaixo de uma camisa de algodão leve.

Na terça de manhã, Otelo deixa Desmeralda dormindo e desce. Está meio tonto ainda da bebida que tomou na noite anterior. Na cozinha, ele bebe um copo d'água e descobre que a jarra da cafeteira está quente, cheia pela metade. Serve-se de uma xícara e carrega-a pela sala até a sala de estar, onde está a TV. Cass está sentado numa cadeira, encurvado, olhando de cara feia para a tela. O som está bem baixo. Uma mulher agitada está mostrando gráficos: gráficos em pizza, mapas, colunas em vermelho, azul e amarelo, coisinhas semelhantes a pinos que representam os políticos lentamente preenchendo os assentos da Assembleia Nacional. A maioria dos pinos é azul, a cor do PNC.

Sem olhar para cima, Cass diz:

– Parece que os desgraçados conseguiram.

A imagem corta para um estúdio. Quatro homens e os apresentadores estão sentados perto de uma mesa recurva. Um deles é Nestor Brabanta, sorrindo.

Cass aperta o botão de "Mute" no controle remoto e vira-se para olhar para Otelo. Otelo não gosta da expressão no rosto de Michael.

– O que foi?

– Nada.

Hora do almoço. Paul Faustino parou de fazer mais ou menos nada e desceu para o estacionamento. Ele se senta perto de Nola Levy, em um dos bancos de aço. Ele gosta de Nola. Nem todo mundo gosta. Oficialmente, ela é a correspondente sênior para assuntos internacionais. Não oficialmente, e pelas costas, ela é chamada de La Conciencia. Ela escreve o tipo de histórias que certas pessoas importantes e organizações como a polícia e o Ministério de Segurança Interior não queriam ver publicadas. E, de fato, muitas vezes Faustino ficava surpreso por Carmem d'Andrade publicá-las, já que elas quase sempre causavam problemas. Mas eram boas histórias, com conteúdo, e bem escritas. Nola Levy estava na lista negra de pelo menos dois órgãos do governo; havia coletivas de imprensa oficiais às quais ela nunca era convidada. Isso não parecia limitar nem um pouco seu estilo. Ela sempre tinha outras fontes. Não que as coletivas de imprensa oficiais fossem dar muitas informações. "Bufês de mentiras" era o nome que Nola dava a elas, e Faustino até gostava da expressão. Ela representava os sindicatos no Executivo e ajudava a manter um site voltado para ajudar a encontrar pessoas desaparecidas. Principalmente crianças. (Na verdade, ela mesma financiava o site, mas Faustino não sabia disso.) Ela talvez tivesse uns cinquenta anos de idade, usava os cabelos pesados e encaracolados cortados na altura do queixo e era solteira; então, seus colegas homens – inclusive Faustino – supunham, entre risos, que era lésbica. Ela fumava, e isso era um dos motivos por que Faustino apreciava sua companhia; e também debatia ferozmente, o que era outro motivo.

Ele ficou ali sentado, sem falar muito, enquanto ela lamentava, previsivelmente, o resultado da eleição. Ele não estava prestando muita atenção.

E então ela disse:

– E o seu amigo Otelo, Paul? Onde é que ele estava?

– Como assim?

– Ele passa essa impressão de ser um cara que se importa, preocupado com os pobres, com crianças marginalizadas, tudo isso. As pessoas ouvem o que ele tem a dizer, mesmo quando o que ele tem a dizer é idiota. E geralmente é. E, por mais que eu odeie admitir, se ele tivesse falado alguma coisa, poderia ter feito diferença.

– O quê? Para a eleição?

– Claro! Ele deve ser o homem mais famoso do país, certo? Poderia ter se posicionado. Declarado o voto. Afinal, pelo amor de Deus, se ele acredita nas coisas em que diz acreditar, não pode apoiar o PNC, não é? Ah, mas esquece. O sogrinho dele é aquela criatura dos infernos, o Nestor Brabanta. Foi por isso que ele não se manifestou, Paul? Ou é só porque ele é burro?

Faustino soltou um profundo suspiro. Ele e Nola já tinham discutido a respeito de Otelo antes.

– Nola, por favor... O cara é um jogador de futebol, tá? Ele...

Nola levanta a mão em protesto.

– Não, Paul. Isso aí não cola. Sim, ele é jogador de futebol. Ele também é o nome escrito em centenas de milhares de camisas que a gente vê na rua. Ele tem aquele tipo de fama que os políticos invejam. Se ele solta um pum, tem manchetes sobre ele. Ele vale milhões. Para mim, tudo isso acarreta certa responsabilidade.

– Como a responsabilidade por decidir quem comanda o governo? Ah, vai, Nola! Vou repetir: o cara é jogador de futebol. Independentemente das outras coisas que ele faça, é no futebol que a gente o avalia. No trabalho dele. No qual, como eu disse diversas vezes nos meus artigos, ele é um gênio. Acho extremamente injusto esperar que ele seja algo que não é. Fazer coisas que ele não faz.

Levy acendeu outro cigarro e disse, através da fumaça:

– Ou escolhe não fazer. O que você acha disso, Paul? E quanto à ideia de que as coisas que não fazemos importam mais do que aquelas que fazemos? Já imaginou se esse pensamento pode ter ocorrido ao seu querido Otelo?

– Talvez não – respondeu Faustino. Depois de um silêncio triste, ele colocou o braço em volta dos ombros de Nola. Ela relaxou e recostou nele.

– Desculpe.

– Pelo quê? – perguntou Faustino.

Bush subiu saltitante os degraus do outro lado do estacionamento, carregando um saco manchado de óleo com sanduíches em uma mão e na outra três garrafas de Pepsi, que tilintavam umas contra as outras.

– Duvido que ele saiba, mas hoje o futuro daquele menino ficou bem pior.

Bush fez suas entregas, olhou para o outro lado e viu Faustino olhando para ele. Deu um enorme sorriso, soprou de leve as pontas dos dedos e balançou a mão no ar. Um gesto que queria dizer: "Nossa! Que gata, cara!".

Apesar de tudo, Faustino riu.

Diego toma café sem açúcar enquanto analisa os jornais. A maioria, é claro, é de propriedade da direita e simplesmente celebra a vitória do PNC. Ele os descarta e se concentra no *La Nación*, no *El Guardián* e em outros jornais de viés progressista. Para sua alegria, todos têm colunas de artigos que fazem mais ou menos a mesma pergunta: o silêncio de Otelo favoreceu o PNC? Ele vai até seu escritório e verifica os sites dos jornais do Norte. Eles vão mais direto ao ponto; são brutais, até. O tabloide *El Norte* tem um editorial com a manchete "ONDE ESTAVA OTELO QUANDO PRECISÁVAMOS DELE?". O *Voz de San Juan*, um pouco mais sofisticado, queria saber "POR QUE O NOSSO EMBAIXADOR NO SUL FICOU EM SILÊNCIO?".

Ele leva sua felicidade para o banheiro e abre as cortinas devagar. Emília se agita, abre seus adoráveis olhos. Ele se vira e sorri para ela.

– Admito que a minha fé na desconfiança do povão fraquejou de uns tempos pra cá – diz ele –, mas tenho a sensação de que algo de bom virá. Afinal, eles já se decepcionaram muitas vezes. "Ei", eles vão dizer, "talvez o nosso herói seja mesmo um pateta dominado pelo Brabanta, no fim das contas. Talvez tenhamos sido enganados". Porque é assim que eles gostam de pensar, Emília. Em termos simples. Em manchetes de tabloide. E assim que começarem a duvidar da sua integridade, vão começar a duvidar de outras coisas também. Como da moralidade dele. E então, se Deus quiser, vou dar a eles algo bem suculento.

Ele fica em silêncio durante alguns instantes e então esfrega as mãos.

– Por falar nisso, estou com fome. Você também, meu amor?

Quarto ato

4.1

PLOFT! DEPOIS DE muita pesquisa e diversas reuniões acaloradas – além de duzentos mil dólares –, chegou-se a esse nome com cinco letras e um ponto de exclamação. E ele deveria permanecer totalmente em segredo até o dia em que a marca fosse lançada.

O *design* do logo em si não foi decidido. E é para isso que está sendo feita esta reunião. A *designer* gráfica preparou várias versões: em maiúsculas modernas, como se fosse um estêncil apagado ou um carimbo de borracha; em fonte bem definida, com o *f* e o *t* invertidos ou de cabeça para baixo; em letra de mão, como se fosse uma assinatura; em balões de quadrinhos. Ainda há outras decisões importantes a tomar, por exemplo, se a palavra vai ter cores diferentes para as roupas de meninas e para as de meninos. Mas, hoje, Ricardo, o responsável pelo *design*, está encarregado da tarefa de vender a palavra em si.

— É tipo uma onomatopeia, certo? Talvez um pingo bem grande de chuva caindo no chão. Caindo na terra. Uma imagem bonita. Uma ideia de viço, frescor, de algo jovem, tudo isso. Entendem o que quero dizer?

Sim, eles entendem.

— Mas o que eu adoro, o que eu simplesmente adoro, é que também é um som meio irreverente que os jovens podem fazer, sacaram? Tipo, o pai diz: "Que diabo é isso que você está vestindo?". E o jovem responde: "*Ploft!*", que soa meio como: "O que você sabe da vida?". Ou então "*Ploft!* com isso", sabem? Ou outras palavras com que a gente possa brincar. Então é meio que um xingamento sem ser um palavrão. Só uma coisa legal de se dizer.

Desmeralda e os outros sorriem.

Isabel, da Shakespeare, diz, com rosto sério.

— *Ploft!* também pode soar como o barulho de um peido. Isso passou pela sua cabeça, aliás?

Ricardo sorri, um sorriso que desarma.

— Não posso negar, señora. Sem dúvida é algo que tem a ver, sim.

— E que também ajuda nesse aspecto jovem e irreverente da palavra.

— Exatamente, señora.

Nos dias bons, Desmeralda fica animada e cheia de energia ao ver a velocidade do projeto. Nos outros dias, ela sente algo próximo do pânico. O pânico de um sonhador que não consegue acompanhar a narrativa enlouquecida do sonho. Durante os rápidos meses desde que Diego apresentou a ideia, a marca de moda se tornou realidade. Já há um escritório, funcionários, uma confusão de contratos, papéis que precisam ser assinados. O site está sendo desenvolvido. Investimento entrando. Planos de negócios. Contadores fumando seus cigarros. Tudo secreto.

O próprio Diego tem sido maravilhoso, passando para ela e para Otelo (muitas vezes em separado, porque eles não ficam mais tanto tempo juntos quanto ela precisaria) detalhes sobre o andamento do projeto. É comovente, até. Ele – Diego – está tão animado com a ideia. Quer tanto que dê certo. Porque ele teve a ideia, é claro; é cria dele. Ao mesmo tempo, é bom vê-lo sorrindo tanto, com a alegria de uma criança quando as coisas dão certo. É surpreendente. E muito comovente. Ela gosta mais dele por causa disso. E ele está ali. Está ali com ela.

Ao mesmo tempo, a gravidez tornou-a presa de ataques de solidão desagradáveis, e bastante severos. Agora que a nova temporada começou, Otelo está cada vez mais ausente. Dorme em aviões e depois entra de fininho no apartamento, tira a roupa e deita com cuidado na cama, colocando a mão ao redor da barriga dela. E então – é a impressão que ela tem – desaparece mais uma vez, e ela acorda com a voz fantasma dele ao telefone. E às vezes ela sente saudade ao se lembrar dele trazendo café na cama, naquelas manhãs preguiçosas. O café esfriando enquanto faziam amor. Quando ela ainda gostava de tomar café. E, por falar nisso, quando eles ainda faziam amor.

Mas não são simplesmente as ausências de seu marido que fazem com que ela tenha esses ataques de solidão ou medo. É a sensação repentina e irracional de que o mundo diminuiu e está dentro dela, que ela o contém, que só ela pode nutri-lo. Essa sensação de ser o centro do universo, é claro, não é nenhuma novidade para ela. Mas agora, pela primeira vez, ela vem com o fardo de uma responsabilidade, e isso às vezes a assusta. De vez em quando, isso a deixa com raiva. Com raiva dele. Com raiva do homem ao mesmo tempo calmo e impetuoso que colocou o bebê dentro dela. Ela sabe que isso também é irracional, mas somente saber não lhe traz conforto algum.

Então é bom que Diego exista. E Michael, que dirige como se ela fosse uma garrafa de vidro veneziano de valor inestimável, cheia até a rolha com o mais raro dos vinhos.

Quem ganhou a acirrada competição pelo contrato da *Ploft!* foi Dário Puig e sua esposa japonesa, Harumi. A empresa dos dois, Reki, fez o *design* da maioria das marcas nacionais, e também para várias internacionais. Seu estúdio e galeria de exposição ficam no último andar de um depósito redecorado da década de 1930, no velho distrito comercial. Na manhã em que apresentam os projetos, a maioria das principais personagens está ali: Desmeralda, Ramona e Diego; algumas pessoas da Shakespeare; o gerente de projetos da *Ploft!* e dois funcionários; três pessoas ansiosas (uma mulher de terno elegante e dois homens que parecem piratas ou algo assim) da empresa que faz o *design* das roupas; uns seis funcionários da Reki que parecem ter em média uns dezesseis anos de idade; e Ricardo, com outro jovem *designer* gráfico. Ah, e Michael Cass, que está de pé, meio sem jeito, recostado na parede dos fundos, perto de um manequim de mulher nu, pintado de roxo escuro (com exceção dos lábios e dos cabelos, que são dourados). Ele e o manequim formam um belo casal, por mais que, dos dois, o manequim é quem parece mais disposto a iniciar uma conversa.

Harumi fez os desenhos. Eles estão espalhados, com cuidadoso desleixo, sobre a superfície da mesa. Os rostos são assexuados, desenhados – de modo previsível – no estilo dos mangás, com enormes olhos úmidos, feito bonecas que choram. Não é de jeito nenhum o estilo que procuram. Desmeralda olha de relance para Diego, do outro lado da mesa, que arregala os olhos, com ar irônico.

Mas os desenhos das roupas são bons. Muito bons. Para a maioria deles – as parcas leves, os agasalhos, os casacos com capuz, as camisetas, as roupas de praia –, Dário e Harumi usaram um espectro bastante limitado de cores: preto, três tons de cinza, creme e branco. De um jeito totalmente mágico, essas cores neutras chamam atenção para o corte, para o estilo, para o quanto as roupas são desejáveis.

Dário explica os princípios por trás do trabalho de ambos. Para ajudar, eles escreveram tudo, com caligrafia casual e elegante, em folhas de papel que estão grudadas nas paredes. As frases expressam, esperam ele e Harumi, os "sentimentos cruciais" dos adolescentes que inspiraram suas criações.

> Não repare em mim. OLHE pra mim.
> Eu não tenho nada: de especial.
> Tédio é sexy.
> Cá estou eu: me escondendo.
> Sou exatamente como você: único(a).
> Proteção é o que me assusta.
> Núcleo familiar me lembra bomba nuclear.
> Tome conta de mim: deixe-me em paz.

– Há um grande atrativo em todas as formas de contradição – acrescenta Harumi, como forma de esclarecimento.

Além disso, Dário e Harumi reinventaram por completo a camisa de futebol. Os desenhos estão expostos em outra mesa. Dário tira da mesa o papel finíssimo que a cobre, feito um toureiro puxando a capa na frente de um touro. As imagens não são parecidas com os desenhos estilizados das roupas esportivas. São imagens impressas em papel brilhante, tratadas no Photoshop, iluminadas e cheias de setas com caneta marca-texto: obras de arte por si sós. As cores são absurdas, extravagantes. Sugerem o quanto o futebol poderia ser maravilhoso se pudesse escapar dos limites da tradição e da história. A única coisa que une os temas dessas camisas é o número de Otelo: 23. Em muitos dos desenhos, os numerais são molduras para impressões coloridas do rosto do jogador. Numa camisa preta, ele sorri através dos números, em roxo e cinza. Numa vermelha, celebra um gol em amarelo e azul. Em outra, os números são formados por pequenas imagens de Otelo, como os retratos múltiplos que Andy Warhol fez de Marilyn Monroe. As únicas cores que faltam são as do Rialto.

Olhando em direção a Desmeralda, Harumi diz:

– Nossa ideia era libertar o seu marido. Subverter a ideia de que ele pertence ao clube. Que ele pode ter um dono. Confirmar que ele pertence a todos nós, principalmente aos jovens. Que usar uma camiseta dessas é como afirmar: "Este é o meu Otelo; é isso que ele significa para mim". Entende?

Com todos os olhares sobre ela, Desmeralda responde:

– Sim, entendo.

– E é por isso que fizemos isso na parte da frente das camisas também – diz Harumi, apontando.

Eles substituíram o brasão do Rialto por inúmeras coisas: um punho cerrado, uma arma flexível com o cano amarrado em nó, Fidel Castro fumando um charuto, a Estátua da Liberdade, um pirulito, uma camisinha numa embalagem laminada cor-de-rosa, a Virgem Maria. O nome do patrocinador do Rialto, a empresa de eletrônicos e armamentos ESP, foi substituído por palavras como "amor", "toque", "sucesso", "desejo", "dinheiro", "respeito". E as palavras estão em árabe, inglês, chinês, francês.

Os estagiários da Reki trazem as bebidas. Há discussão de datas, orçamentos, fotógrafos, custos de produção. Diego diversas vezes lidera a conversa, interrompendo o blá-blá-blá artístico para se concentrar no lado prático, a fim de definir datas e prazos.

Mais tarde, no carro, rumo à consulta semanal de Desmeralda na caríssima clínica de obstetrícia (um fator que lhe dá mais segurança), Cass diz:

– O Diego ficou realmente animado com esse negócio, não? Meio surpreendente, não acha?

Ela está sentindo um cansaço repentino cada vez maior, e ainda está levemente perturbada por todos aqueles olhos inocentes e sinistros nos desenhos de Harumi que a ficaram encarando. Sente-se à beira das lágrimas, o que é ridículo, então é bom que Michael tenha puxado conversa.

– Sim – diz ela, tentando ficar alerta. – Acho que isso atrai o lado criativo dele. Acho bem legal.

– Arrã – concorda Cass. – Mas ele estalou o chicote naquele pessoal, não? Como se estivesse com pressa.

– Bom, a ideia do Diego é que a gente lance a marca antes de eu ter o bebê. Faz sentido. Acho que eu vou ficar meio ocupada depois.

– É, imagino que sim.

O celular conectado ao painel vibra.

– Não atende – diz Desmeralda. – A não ser que seja o Otelo.

Ele aperta os olhos e espia o visor.

– Não é.

– O que você achou das coisas? Das roupas?

Cass encolhe os ombros enormes.

– Não é muito minha área. Mas as camisas de futebol estavam bem malucas. Imagino que vão vender feito água. Não tem nada parecido com elas nas lojas, pode ter certeza.

Eles chegam ao primeiro semáforo da Circular. Cass puxa o freio de mão, verifica os espelhos, olha em todas as direções. E diz:

– E o que você acha que o próprio homenageado vai achar delas? Das camisas?

A Reki dera a Desmeralda um lindo portfólio cheio de *designs*. Ela os mostrará a Otelo à noite. Na verdade, ela não tem a menor ideia do que ele achará. E o fato de não saber é horrível. Ela se sente desolada, e também meio ressentida. Ele poderia ter aparecido, poderia ter sido convencido. Não deveria ser obrigação dela persuadi-lo, sendo que já está ocupada com o filho deles, crescendo em seu ventre.

– Ele vai adorar.

★★★

No centro de treinamento do Rialto, o time terminou de assistir aos vídeos dos últimos jogos de seu próximo adversário, o Cruz Azul. Agora, os jogadores estão em campo para um treino individual e informal, ou então nas salas dos fisioterapeutas.

Otelo está recebendo bolas de três juniores e chutando-as de volta para eles. O goleiro reserva, Mellor, está defendendo. Ele tenta uma bicicleta depois de um cruzamento perfeito e erra bisonhamente. O chute passa tão longe que quase pega a bandeirinha de escanteio. Ele cai de costas no chão, com os braços abertos, olhando para o céu branco, enquanto Mellor e os três jovens caem na gargalhada. Depois dá uma cambalhota para trás e fica de pé.

– Valeu, pessoal – diz ele. – Acho que por hoje já está bom para mim.

Sozinho debaixo do chuveiro, ele se apoia nos azulejos brancos e frios e deixa a água percorrer seu corpo. Todo mundo erra um chute. Ele viu uma vez Ronaldinho acertar a bandeirinha de escanteio, errando por uns quinze metros um chute. Mas não é isso. Ele está perdendo sua garra. Ainda está fazendo gols, mas cada jogo agora parece durar dez minutos a mais. Ele precisa de um descanso. De tudo. Em campo, o time trabalha com ele, passa-lhe a bola, o protege. Fora de campo, um pouco daquela sua antiga frieza voltou. Ele não consegue explicar que não é o que pensam que ele é, a pessoa em que a mídia o transformou. Que ele não tem controle sobre isso. Doeu quando Roderigo, em uma entrevista, o descrevera "como Jesus, mas mais bem vestido". E como vai ser quando esse negócio da marca de moda decolar? Roupas jovens. Não, *roupaz jovenz*. Deus do céu. Ele será crucificado.

Ele fecha o registro e se enrola numa toalha. O relógio na parede do vestiário informa que são quatro e quinze. Dezi deve estar a caminho de sua consulta na clínica. Esta é a outra coisa: o bebê. A obsessão.

Durante um vergonhoso instante, ele se permite se sentir solitário e abandonado. Um homem famoso, abandonado, solitário. Ele se seca e coloca as roupas rapidamente. Com sorte, chegará em casa a tempo de tomar um ou dois drinques com calma, antes de Dezi voltar.

A enfermeira aplica gel na sonda do aparelho de ultrassom e começa a lenta viagem pela parte inferior da barriga de Desmeralda. Ela precisa forçar a vista para enxergar o monitor e se envergonha disso, mas as imagens mutantes e granuladas deixam-na confusa, perturbada.

– A cabeça – diz a enfermeira, apontando. – Aqui, está vendo? O olho do bebê.

Mas o que Desmeralda vê poderiam muito bem ser imagens tremidas e incertas transmitidas por um satélite de previsão do tempo: uma grande depressão, um furacão se contorcendo. Algo grande demais, instável demais, para estar dentro dela.

– Arrá – murmura a enfermeira. Ela é sueca, talvez.

– O quê? – assusta-se Desmeralda.

A enfermeira não tira os olhos da tela.

– Acho que é hora da decisão, señora.

Ai, meu Deus.

Então a enfermeira se vira para Desmeralda e sorri.

– Eu posso te dizer o sexo desse danadinho agora mesmo. A questão é: você quer saber?

Deixando a si mesma muito surpresa, Desmeralda responde:

– É um menino.

4.2

NA EXTREMIDADE NORDESTE do Triângulo, quase à sombra da parte elevada da avenida Buendia, há uma rua estreita chamada Castana. Ela antes levava a outra rua, chamada Palmera, mas a Palmera desapareceu quando a área foi reformulada na década de 1960. Então agora a Castana desemboca num beco sem saída, num muro marrom de um estacionamento de quatro andares. O estacionamento não é mais utilizado, e a data de sua demolição já foi marcada; suas entradas foram lacradas grosseiramente com blocos de concreto. Muitas pessoas moram e dormem ali, apesar das festas – na falta de palavra melhor – que ocorrem no andar superior, quase toda noite. O número 9 da Castana tem uma tela de metal na janela e uma placa na porta: "SWIFT EMPRÉSTIMOS FINANCEIROS". Seu proprietário, Juicy Montoya, estava lendo uma revista chamada *Rich* quando o telefone tocou, perto de seu cotovelo.

– Ei! Ei, Lucky! Atende! Pode ser importante.

Lucky Lampadusa não foi tão rápido para atravessar a sala quanto gostaria, porque sua perna esquerda, abaixo do joelho até o calcanhar, estava engessada. E, além disso, ele estava comendo um bolinho de feijão e não sabia onde deixar o prato.

– Alô – disse ele, com voz rouca. – Aqui é da Swift. Pois não? – ele ficou alguns instantes ouvindo, engolindo a comida. – É. Ele está, mas está em outra ligação. Certo. Só um momento – interrompeu ele, tapando o bocal com a mão. – É um cara.

– Nossa, Lucky, isso é bem descritivo. Então não é aquele canguru maldito que costuma sempre ligar a essa hora do dia, né?

– Não. É um cara aí.

Juicy suspirou e fechou a revista sobre a mesa.

– Tá. Me dá aqui. E, olha, não coma enquanto estiver no telefone. Isso dá uma má impressão. Alô. Sim, é ele. Aaah, sim. Eu me lembro. Mas faz um bom tempo, hein? O quê? Desculpa, a ligação está ruim. Sim, agora está melhor.

Ele ficou em silêncio durante um bom tempo. E então disse:

– Bom, não é exatamente com isso que trabalhamos. Não, não estou dizendo isso. É só que... Não, esse é um bom valor. Além das despesas, claro. Sim, podemos fazer desse jeito. Não, o que eu quero dizer é... Como é que a gente vai saber que tipo de criança estamos procurando? Ah, entendi. E esse cara vai estar conosco o tempo todo? Certo. Espere um instante.

Juicy puxou uma esferográfica do bolso da camisa e escreveu um nome e um número de telefone na capa da *Rich*.

– E você quer que eu entre em contato com ele, é isso? E eu vou dizer... hã... Certo. Sem problema. Tudo bem. Vou ter de verificar algumas coisas primeiro, está bem? Conversar com algumas pessoas. Claro que sim. Totalmente. O señor ligou para as pessoas certas, sem dúvida. O quê? Era o meu assistente, o Lucky. Certo. Obrigado por ligar. Agradecemos o seu interesse.

Juicy colocou o telefone no gancho. E então, com o auxílio de um bastão de beisebol, começou a empurrar para a frente e para trás a caríssima cadeira ortopédica que havia penhorado de um vidente que não conseguiu prever suas próprias dívidas aumentando.

Lucky, que havia apoiado a perna engessada sobre o estreito parapeito da janela, ficou observando-o, comendo o resto do bolinho. Depois de um tempo, disse:

– Juicy, desculpa, mas eu não quero fazer mais nada com criança. Eu ouvi você falar em criança. Desculpa. Não deu pra não ouvir.

– Quem te perguntou? – disse Juicy, e depois fez um gesto com a cabeça na direção do telefone. – Quem ligou talvez tenha sido um anjo. Talvez alguém com a resposta para todos os meus problemas. Ele falou em uma quantidade de dinheiro que ninguém fala há muito tempo. Ele talvez seja a pessoa que evite que nós passemos pela maior vergonha de todas: a indignidade de sermos pessoas que trabalham com empréstimos financeiros e que acabam tendo que pedir dinheiro emprestado. Então cala a boca e me deixe pensar.

Lucky calou a boca. Ficou ouvindo os barulhos e as buzinas da rodovia.

Juicy não acreditou nem por um segundo que o trabalho proposto tinha algo a ver com moda. Garotas de rua como modelos? Ah, tá. Me engana que eu gosto. E esse "assistente de fotografia" que ia junto para fazer a seleção? Bom, Juicy tinha de admitir que era um nome original para um cafetão. Nada disso o deixava transtornado, é claro. Não, o único problema era o de sempre: como se aproximar dos pirralhos. O cara do telefonema achava que bastava chegar num bando de crianças de rua e falar: "Ei, algum de vocês tá a fim de trabalhar como modelo?", e eles responderiam: "Claro, señor, muito obrigado" e entrariam no carro? Na verdade, eles desapareceriam mais rápido que baratas ao acender a luz. Deixariam você ali de pé com um ferimento à faca na perna para evitar que você corresse atrás deles. Não, a única maneira era recrutar alguém que já vivesse nas ruas para ajudar. Assistência barata.

– Lucky, refresca a minha memória. Qual era o nome daquele bando com quem você costumava andar? Os Irmãos Hermanos, algo assim?

– Hernandez. Os Irmãos Hernandez, Juicy...

– É. Hernandez. Você acha que sabe onde eles estão, acha que pode conversar com eles?

– Sei lá.

Juicy se virou na cadeira e ficou observando seu assistente com expressão séria.

– Sabe, às vezes eu me pergunto se não haveria uma maneira melhor de gastar os meus suados dólares do que empregar um bobalhão com o péssimo hábito de responder "Sei lá" toda vez que eu faço uma simples pergunta. Entende o que eu estou dizendo?

– Sim – respondeu Lucky, melancólico.

– E então?

Lucky enxugou o nariz com a parte de trás do dedo indicador e disse:

– Sabe aquelas irmãs, que dão café da manhã nos dias da semana?

– Que irmãs?

– Aquelas freiras. Irmãs da Misericórdia.

– Ah, sim. Que Deus as abençoe.

– Às vezes os Hernandez vão pra lá, pra ver o que tá rolando.

Juicy fez um movimento afirmativo de cabeça.

– Excelente, Lucky. Que bom que consegui arrancar essa informação de você – respondeu ele, girando de volta a cadeira e pegando a revista. – Um dia desses talvez a gente precise acordar cedo pra ver se você consegue tomar aquele café da manhã divino.

4.3

NENHUM DOS IRMÃOS Hernandez era realmente irmão um do outro, e só dois deles tinham Hernandez no nome: Segundo, que por um bom motivo era mais conhecido como Facada; e seu primo Angel, que parecia o aprendiz da Morte. O bando tinha grande rotatividade de membros, mas uma hierarquia severa. Com apenas quinze e dezesseis anos respectivamente, Facada e Angel não eram os mais velhos, mas ninguém questionava a autoridade deles. Ninguém que quisesse ficar com as duas orelhas intactas, pelo menos. O território deles era um ZOMEE (uma zona de medidas econômicas especiais, em linguagem do governo; na verdade, uma favela) que descia pela encosta ao oeste da Circular. (E era uma primeira impressão chocante da cidade, se vista através dos enormes arcos amarelos do McDonald's, caso você estivesse vindo do aeroporto.) Várias vezes por semana, no entanto, o bando descia para a cidade, embarcando sem pagar nos metrôs, pulando catracas com impunidade, ocupando vagões que logo ficavam vazios. Um dos passatempos favoritos do bando era ficar pendurado de cabeça pra baixo nos suportes do teto assim que o trem chegava numa estação, para que os passageiros que esperavam deparassem com a visão tenebrosa de morcegos humanoides sorridentes e maltrapilhos.

Assim como outros bandos, os Irmãos Hernandez de vez em quando perdiam seus membros por meio daquilo que se poderia chamar de saída natural. Ao contrário de outros bandos, eles não perdiam seus membros para os *Rataneros*. As pessoas especulavam sobre o porquê disso. Os boatos eram que eles tinham algum pacto com os Pega-ratos, que trocavam informações por proteção ou por dinheiro, ou ambos.

Em uma manhã em que já cheirava a suor, o bando chegou ao abrigo onde as Irmãs da Misericórdia montaram sua cozinha para servir café da manhã. Eram orgulhosos demais para ficar na fila da comida; tiravam dos outros jovens e faziam questão de jogar fora quase tudo sem comer, proclamando que a comida era de má qualidade.

Estavam agachados perto da sombra de um muro quando um menino de onze anos, chamado Chilli, tirou o cigarro da boca e disse:

– Ei, Facada, olha só quem apareceu.

Facada desviou o olhar de Bianca e da irmã dela ou sabe-se lá o que ela fosse. O bando ficou olhando enquanto Lucky Lampadusa avançava desengonçado pela rua, mas a maioria desviou o olhar, como se ele não estivesse ali, quando ele parou na frente deles. Era um menino grande e gordo, com manchas na camiseta amarela embaixo dos braços e na frente. O gesso em sua perna estava sujo e desmanchando-se no ponto onde os dedos ficavam de fora.

– Facada. Angel. Oi, pessoal.

– Olha só – disse Facada, finalmente. – Lucky Lampadusa. Não me diga que você está precisando de café da manhã de graça. Está passando por dificuldades de novo?

– Não. Estou bem.

– Não, não tá não – disse Angel, sem abrir os olhos cansados. – Quem foi que quebrou sua perna?

– Ninguém.

– Ah, é? Você quebrou sozinho? Talvez quando subiu na rede pra tentar transar de pé com a sua irmã?

Chilli tossiu, tentando fumar e rir ao mesmo tempo.

Lucky transferiu o peso para a perna boa e disse:

– Olha, eu tenho uma proposta para vocês.

Angel abriu os olhos. Lucky não podia olhar para ele. Meu Deus, aquele brilho cinzento na pele dele, feito a barriga de um peixe morto.

– Você tem uma proposta para a gente? – repetiu Facada.

– Bom, eu não, Facada. O cara pra quem eu trabalho.

– É o cara que faz empréstimos financeiros, né, Lucky? Qual é o nome dele?

– Ele se chama Montoya. Mas todo mundo chama ele de Juicy.

– E por que chamam ele de Juicy? – perguntou Angel.

– Sei lá – respondeu Lucky, e ficou ali parado, enquanto o bando sorria para ele. E então disse: – Ele vai pagar.

– Vai pagar pelo quê?

– Pelo trabalho de caça-talentos.

4.4

O SUPOSTO ASSISTENTE de fotografia estava sentado no bar, olhando ao redor, admirando a velha prensa, os pôsteres da Revolução de Junho de trinta anos antes, os jornais emoldurados mostrando estudantes revolucionários nas barricadas. Uma das fotos, pelo jeito, era da velha que preparava os almoços baratos do bar, na época em que ela era bonita e não tinha medo de mostrar isso por aí. Juicy Montoya apostava que, quando ele voltasse para perto dos seus, o suposto assistente de fotografia descreveria o local como "espelunca". Era um cara branco, o que não era nem um pouco surpreendente. O que surpreendeu, no entanto, era o fato de que ele era jovem, de boa aparência, com uma cabeleira loira, feito um astro de rock americano ou algo assim. E usava roupas bonitas. E tudo isso era um problema.

– Olha, hã... Marco. O negócio é o seguinte: não é legal alguém feito você entrar nas áreas em que a gente vai, entendeu? Você ia chamar atenção feito... – Juicy hesitou, pois seu talento para comparações não era muito bom. – Além disso, você está com essa câmera cara pendurada no pescoço. Eu não posso garantir sua segurança.

A câmera era uma Nikon digital com controle manual e uma teleobjetiva que parecia a boca de um lança-foguetes. Nas duas horas anteriores, Juicy e Lucky, apreensivos, tinham ficado vigiando o sujeito enquanto ele tirava fotos de "possíveis locações", que, na maioria, eram os lugares mais imundos que ele encontrava. Coisas como muros pichados com assinaturas de gangues, lojas lacradas com chapas de aço, becos com varais cheios de roupas que pareciam bandeirolas em um triste festival, a casa abandonada perto do bar onde estavam. Talvez aquele negócio não fosse exatamente o que Juicy achava. Talvez fosse algo ainda mais estranho.

– Entendi – disse Marco. – Isso seria um grande problema. Acho melhor trocar de roupa.

"É. E também talvez morar na rua durante uns seis meses e virar um viciado em crack", pensou Juicy.

– Acho que isso não adiantaria, para falar a verdade – disse Juicy.

– Bom, señor Montoya, a gente precisa encontrar um jeito. Temos menos de uma semana antes da sessão de fotos. Preciso juntar várias fotos de crianças e adolescentes até o fim da quinta-feira, no máximo.

– Sem dúvida. Sem dúvida. Só acho melhor a gente tirar as fotos de dentro do carro.

Marco demonstrou seu desânimo curvando-se feito alguém que acabou de ser atingido por um franco-atirador.

– Não, me escuta, Marco – disse Juicy. – Eu e o meu assistente levamos um tempo para conseguir isso. O que você precisa entender é que os tipos de jovem que você tá procurando são bem espertos. Eles não confiam em ninguém, e eles têm bons motivos pra isso. Então o que eu e o Luciano fizemos foi estabelecer um contato mais diplomático, digamos, com certos jovens mais influentes que a gente conhece. Essa é a nossa área de ação. Conhecimento local. Os garotos desse bando, que são os nossos contatos, vão recrutar as crianças que você está procurando em três locais. Um fica aqui no Triângulo, os outros dois ficam em Castillo. Mas o negócio é que precisam ser lugares públicos, entendeu? Locais de onde esses jovens possam fugir caso se assustem. E eles vão estar completamente desconfiados de tudo. Se eu e você saímos do carro, há 99% de chance de que eles achem que somos da polícia – ou algo pior.

– Mas eu não vejo por que precisa ser assim – respondeu Marco. – Eles vão saber do que se trata, não? A gente vai dar para eles cartões explicando o que queremos que façam, onde devem ir, quanto vão ganhar, tudo isso.

Lucky parecia agora ter certa dificuldade para engolir sua Pepsi.

Juicy ficou olhando sua cerveja de modo solene por alguns segundos antes de responder:

– Acho que muitos deles não vão saber ler os cartões.

Marco ficou olhando para ele e disse:

– Entendi.

– Quase nenhum, eu diria.

Marco enrubesceu.

– Mas então qual é o propósito desses cartões?

Juicy tinha a resposta:

– O objetivo é que o Lucky vai dar os cartões para aqueles que você escolher. Então, quando eles aparecerem para ser levados pro trabalho, eles vão estar com os cartões, e aí você vai ter certeza de que são os jovens certos.

Marco pensou e perguntou:

– Mas e se eles trocarem por alguma coisa, sei lá?

"Humm", pensou Juicy, "O gringo não é tão burro quanto parece". Sorriu e disse:

– Até certo ponto, meu amigo, estamos nas mãos de Deus. Agora, Marco, me explica qual é o problema de tirar as fotos de dentro do carro. Como a gente pode facilitar para você? Quer beber mais alguma coisa?

Algum tempo depois, Marco perguntou:

– Tem um banheiro aqui?

– Tem uma cabine lá nos fundos – respondeu Juicy. – Se já estiver ocupada, use o quintal. Quase todo mundo usa.

Marco foi e encontrou a cabine trancada. Ele virou e gostou da vista da parte de trás da casa que havia fotografado antes. Os troncos velhos servindo de apoio para a fachada destroçada. Conseguia imaginar uma bela sequência, usando os dois ângulos. Irônico. Tirou várias fotos, e mais algumas do barracão torto com janela coberta de papel nos fundos do quintal. E então, como sua bexiga não aguentava mais, urinou na parede do barracão.

Felícia voltou com os cigarros do vendedor de café e Bianca não estava mais lá. Quase não importava, ela já estava acostumada, até que tentou sair do mercado e percebeu que estava sendo seguida e cercada por metade do bando dos Irmãos Hernandez. Mas não pelo sujeito que parecia a morte nem pelo Facada.

– E aí, menina, tudo bem? – perguntou o menino chapado com o rosto manchado de varíola.

– Ei, relaxa, irmã. A gente não tem nenhum problema com você.

– Pelo menos não por enquanto.

As vozes soavam como dedos apontando-lhe na cara. Ela deu meia-volta.

Três ruas mais à frente, um grupo barulhento de jovens era conduzido por Lucky e uns dois caras do bando. Facada parou um pouco distante deles e encurralou Bianca contra um muro.

– O negócio é o seguinte. Tá vendo o cara com gesso na perna? Viu? Daqui a pouco ele vai te levar ali pra esquina e você vai ficar onde ele te mandar ficar. E aí um cara num carro vai aparecer e tirar a sua foto. É só isso, sacou? E vê se não tenta fugir. Se você fugir, vai se ver comigo.

– Que cara é esse?

– Não importa. Só um cara que quer tirar uma foto sua. Basta olhar pra ele de um jeito legal.

– Tá bem.

Facada sorriu, deixando o rosto mais próximo do dela.

– Não. Olha pra ele de um jeito bem legal, entendeu? – disse ele, deslizando os dedos da mão direita pelo braço dela e parando em seu quadril, apertando-a de modo sôfrego.

– Isso – disse ele. – Assim. Olha pra ele desse jeito.

"Era estranho", pensou Marco, "tirar fotos dos jovens parados perto do muro. Por que nenhum deles estava andando pela rua?".

– Aquela ali – disse ele para Lucky, que estava encostado na lateral do carro. – A de camiseta azul. E o terceiro menino, o de *dreadlocks* curtos.

Tirou o olho da câmera e exclamou:

– Uau!

Voltou a usar a câmera.

– Ela. Não, aquela ali. A que está mais pro fim da fila, a de cabelo comprido.

Ficou segurando o botão da câmera, tirando talvez umas dez, quinze fotos dela.

Bianca podia ver que ele tinha cabelos loiros e era bonito, e era o primeiro homem a tirar uma foto sua na vida. Recostou-se na parede imunda, fechou os olhos, deixou os lábios entreabertos e levantou os cabelos com as duas mãos, igual Desmeralda na foto de que a menina mais gostava. Quando terminou, o garoto gordo com gesso na perna deu a ela um cartão azul com um monte de coisas escritas.

– O que é isso?

Lucky começou a explicar, mas aí Facada voltou a ficar perto dela.

– Não se preocupe, Lucky. Ela vai aparecer, pode ter certeza.

4.5

BIANCA ESPEROU ATÉ Bush sair sem fazer barulho, e depois mais uns cinco minutos: aquela espera era uma agonia. Pela primeira vez em sua vida, era de extrema importância saber que horas eram, e era horrível não saber.

Ela saiu cuidadosamente da cama e já estava na metade do caminho até a porta quando Felícia, a desgraçada, murmurou:

– Bianca?

– Tá tudo bem. Eu só preciso fazer xixi.

E então ela estava no quintal e não havia ninguém lá. Tirou o cartão dobrado de dentro do sutiã e, segurando-o com força, saiu pelos destroços do muro e para a rua. A manhã estava alegre, cheia de luz e promessas. Começou a correr.

A música que enchia o Maserati de Diego era a abertura de *Oklahoma!* Quando seu celular tocou, ele xingou em voz baixa e abaixou o volume.

— Oi, Diego.

— Dezi. Está tudo bem?

— Não, na verdade, não. Olha, acho que eu não vou conseguir.

— O quê? O que houve? Espera, deixa eu parar o carro. Não desliga.

Ele vai fazendo o caminho até a parte da frente de um shopping center a uns dois quarteirões de distância da praça da República.

— O que houve?

— Tive uma noite horrível. O bebê anda fazendo umas coisas esquisitas. Estou péssima.

— Meu Deus, Dezi. É grave? Quer que eu vá até aí?

— Não. Eu liguei pro Michael. Ele vai me levar ao médico.

— Certo.

— Então, olha, talvez eu não consiga ir para a sessão de fotos. Ou talvez eu possa aparecer mais tarde, se não tiver problema.

Ele olha para o céu num gesto de gratidão e resolve arriscar.

— Ah, então esquece. A gente cancela.

— Não. De jeito nenhum, Diego. Não depois de tudo o que a gente passou para levar isso adiante. Olha, me liga no meu celular hoje à tarde, tá? Para me dizer como está indo.

— Eu ligo, claro que sim. Mas como eu vou saber se está indo tudo bem? Você que é a especialista nesse tipo de coisa, Dezi. Sem você, não sei...

— Vai dar tudo certo. Todo mundo é ótimo ali.

— Bom, isso é. Imagino. Mas mesmo assim...

— Olha, eu preciso desligar. O Michael acaba de tocar a campainha.

– Tá. Vê se se cuida, está bem?

Parado no semáforo, Diego vê que os prédios de escritórios à sua esquerda estão completamente na sombra, enquanto aqueles à sua direita cintilam com diagonais douradas sob a luz do sol. A faixa de céu acima daquele cânion de vidro é de um azul virginal. Ele volta a ouvir a música, e depois de um tempo começa a cantar junto, primeiro só murmurando, depois elevando a voz. "*Oh, what a beautiful mornin'…*"

Facada a ajudou a subir no micro-ônibus – bom, na verdade era tipo um furgão, mas com assentos – colocando a mão em seu traseiro. Bianca não conhecia nenhum dos outros jovens ali, todos espremidos, mas estava alegre demais para se preocupar com isso. O furgão deu a partida.

Na esquina, ela viu Angel de pé. Ele olhou para ela com aqueles olhos mortos e deu o seu sorriso de rato.

"É impressionante", admite Diego. É uma velha quadra de basquete na periferia, mas ninguém nem imaginaria. Uma das extremidades está tapada com enormes fotos ampliadas de fachadas de lojas lacradas, muros pichados, a fachada sem janelas de uma casa em estilo colonial. Também há peças de cenário, como a carcaça de um carro antigo, um esqueleto usando fantasia de carnaval, bolas de futebol, tambores de metal em estilo caribenho. A alguns metros disso tudo, dois tripés de câmera, lâmpadas, refletores, escadas de alumínio. No centro da quadra se encontra uma pequena estrutura de metal com luzes presas nas barras. Lá em cima, uma moça usando macacão fala desesperadamente em seu *headset*.

Na outra extremidade, a segunda grande tela é uma cena de praia, estilizada com grafite. No chão, uma espreguiçadeira que foi cuidadosamente destruída estava banhada por luz artificial, debaixo de um guarda-sol de palha. Mais aparelhos fotográficos variados e um grupo de pessoas debatendo animadamente ao redor de um homem alto e magro. Diego o reconhece: é o fotógrafo, David Bilbao. Um homem loiro que parece estrangeiro vê Diego e vem em sua direção.

– O señor deve ser o Mendosa – diz ele, estendendo a mão. – Eu sou o Marco, assistente do David.

– Prazer, Diego.

Marco olha atrás de Diego como se alguém estivesse se escondendo ali.

– Pensei que a Desmeralda Brabanta viria junto.

– Hã... não. Sinto muito, mas ela não estava se sentindo bem. Acho que ela não vai se juntar a nós hoje.

O efeito dessa notícia sobre Marco é notável. É como se alguém tivesse acabado de informá-lo de que toda a sua família havia morrido num desastre de avião.

– Ai, meu Deus! – ele lamenta por trás de seus dedos compridos – Era só o que faltava.

Diego fica preocupado:

– Por quê? Vocês estão tendo problemas?

Marco dirige um olhar assustado para o cenário da praia e depois pega Diego pelo braço e o leva para a fileira da frente das cadeiras dos espectadores. Eles se sentam. Diego vê que, no outro lado da quadra, perto do espaço entre as cadeiras que deve levar até os vestiários, Dário Puig e Harumi estão examinando araras com rodas cheias de roupas seladas em plástico. Os funcionários deles estão trajando roupas pretas que parecem de ninja, com a palavra "REKI" impressa atrás em verde fosforescente.

– Bom – diz Marco, depois de respirar fundo. – Digamos que as coisas até agora não saíram tão bem assim. Em primeiro lugar, só metade das crianças apareceu onde a gente ia pegá-las. E algumas não eram as que a gente estava esperando. Elas eram... Como posso dizer de modo mais educado? Bom, eram uns trombadinhas. Um deles conseguiu passar com uma faca pela segurança. O resultado é que um dos meninos que queríamos usar está com um ferimento no braço. Mas, graças a Deus, David viu nisso algo positivo. Ele acha que o curativo que a gente colocou no menino vai ficar legal para as fotos. Talvez a gente tenha que retocar o sangue um pouco, mas tudo bem.

– Ótimo – diz Diego. – Mas vocês estão com modelos suficientes? Não me diga que a gente vai precisar recrutar mais.

– Não. Tem quinze que o David gosta, o que já é o bastante. Mais do que suficiente, se você quer saber. Aqueles que o David não escolheu não levaram numa boa. As meninas, em particular, ficaram possessas. Mesmo assim, a gente conseguiu colocá-los de volta nos furgões com trinta dólares entre as mãozinhas pegajosas. Tomara que gastem o dinheiro com coisas boas.

Diego pisca, incrédulo, ao ouvir isso, mas consegue manter o rosto inerte.

– Enfim, eles já se foram – continua Marco. – Os outros estão nos vestiários. A gente saiu e conseguiu uns baldes de frango frito de um lugar que fica aberto vinte e quatro horas, e isso parece que deixou todo mundo satisfeito. E aí tem os problemas técnicos. Mas não vou te chatear com eles.

– Obrigado – agradece Diego. – Eu gostei dos cenários, aliás. Dos panos de fundo.

Marco fica radiante. Na verdade, ele enrubesce um pouquinho.

Diego percebe e diz:

– Foi ideia sua, por acaso?

– Sim, foi, na verdade. Fiquei bem satisfeito com o cenário da praia, foi bem problemático. Por razões óbvias, a gente não podia levar esses... jovens para o local de verdade, até a praia. Você consegue imaginar? E a gente não queria de jeito nenhum fazer um negócio artificial, com um monte de areia branca e palmeiras de plástico cafonas. Então eu tive a ideia do grafite. A gente tem esses jovens bonitos de aparência mais sofrida usando shorts e biquínis e roupas lindas, e aí tiramos fotos deles em frente a um sonho, uma fantasia, uma praia que foi pintada num muro de uma favela. É irônico, entende? E se encaixa no conceito do Dário e da Harumi. As contradições de ser um adolescente, essa coisa toda.

Diego assente, pensativo. Marco aguarda, ansioso.

– Excelente – diz Diego por fim. – Perfeito, na verdade. Muito bem.

Duas horas depois, Diego chega à conclusão de que fotos de moda devem estar entre as coisas mais entediantes já inventadas. Até jogar golfe é mais emocionante. Ele se afastou até um lugar mais alto nos assentos da quadra e ficou ali sentado, meditando, calculando. E percebe que aquilo ali vai se arrastar noite adentro. Talvez isso torne as coisas mais difíceis. Durante uma das discussões intensas que pontuam as fotografias de fato, ele vê Marco sair para o banheiro e vai falar com ele.

— Marco, com licença. Olha, eu tenho que ir porque preciso cuidar de umas coisas. Talvez só volte no fim da tarde. E eu estava pensando: será que eu podia dar uma olhada nas fotos que você tirou? A señora Brabanta espera que eu fale com ela sobre como as coisas estão saindo, então...

Marco reflete sobre o que ele disse com ar sério, tentando não se demorar nos olhos belos e brilhantes de Diego.

— Bom — diz ele, finalmente. — O que eu posso fazer é baixar as fotos para um CD. A gente vai fazer isso de qualquer maneira, é claro. Então você pode dar uma olhada nelas no meu *laptop*.

— Seria ótimo, Marco. Obrigado.

— Mas teríamos de fazer isso com muita discrição. O David me mata se descobrir que eu te deixei olhar as fotos sem editar primeiro. Ele é muito perfeccionista.

— Eu entendo — responde Diego, solene. Dá um tapinha afetuoso no antebraço de Marco, em sinal de agradecimento.

A emoção daquilo tudo, o estranhamento da alegria, é quase de dar medo. É como se seu coração tivesse ido parar num lugar mais alto do seu corpo. Ela sente as batidas na base da garganta, de tal forma que precisa respirar meio rápido, arfando aos poucos. Mas ela não está com medo. Está tão feliz, tão, tão feliz com o fato de que finalmente foi encontrada. É surpreendente que antes ela não podia ver no espelho a aura cintilante que certamente deve circundá-la agora. Um jovem, sério feito um padre, usando luvas de látex brancas, dera volume a seu cabelo com o cabo comprido de um pente de metal. Ela imaginou que seria maquiada com tudo a que tinha direito: os olhos, os lábios, tudo. Mas, em vez disso, ele só passou um pincel em seu nariz e nas maçãs do rosto com um pó que não aparecia. Foi meio decepcionante. Mas mesmo assim aquele pincel era a coisa mais macia que já tocara seu corpo. Ela até ficou de olhos fechados, levantando mais o rosto.

Ela é levada para um espaço atrás de umas cortinas, e duas moças meio esquisitas, mas sorridentes, completamente vestidas de preto, vestem-na com roupas lindas e novas, roupas que nunca ninguém usou antes, bermudas que iam até os joelhos, justas, mas muito macias, macias feito creme e da cor de creme, e com um agasalho de capuz na mesma cor, mas com listrinhas escuras e finas. É tão lindo que ela acha que vai sair voando, e elas dizem que ela pode ficar para sempre com aquelas roupas (porque, afinal, o que mais poderiam fazer com as roupas depois de serem usadas por meninas como ela? Mas isso não é algo que elas dizem). Depois a levam para as luzes fortes e coloridas que parecem brilhar através da chuva, e ela espera que esse efeito não seja porque ela está chorando, e aí todas as pessoas olham para ela e algumas batem palmas – sim, elas batem palmas – e sorriem para ela, e é como se algo maravilhoso se desdobrasse dentro dela, abrisse as asas e sussurrasse: "Sim, você. Você, finalmente".

E elas tiram fotos, muitas fotos, não apenas uma, e dizem:
– Maravilha, Bianca. Assim mesmo. Mas não sorria, tá? Tenta não sorrir. Tenta pensar em alguma coisa triste.

E essa é a única parte difícil, tentar não sorrir. Lembrar de alguma coisa triste.

★★★

– Essa aí é uma maravilha – murmura David Bilbao, trocando de câmera. – Você fez bem em encontrá-la. Quantos anos ela tem? Você sabe?

Marco encolhe os ombros, com ar de modéstia.

– Nem ideia. Jovens assim podem ter qualquer idade, sabe-se lá.

Bilbao vira e exclama para a arquibancada:

– Harumi! Harumi, eu quero ver essa menina em outras coisas, tá? Talvez em outros agasalhos. Ou nas camisas de futebol.

E depois diz para a mulher perto dele, que segura uma prancheta:

– Escale ela para as roupas de banho também, por favor.

Eles tiram mais fotos dela à tarde. Na espreguiçadeira, sob a sombra do guarda-sol, fingindo ler uma revista. Depois, com as mãos nos quadris e uma bola de vôlei entre os pés. Depois, com as costas para a câmera, olhando por cima do ombro, como se alguém que não fosse bem-vindo tivesse acabado de aparecer em sua praia particular de grafite.

Marco fica nervoso.

– Ela está posando. É como se o que a gente dissesse entrasse por um ouvido e saísse pelo outro, pelo amor de Deus.

Bilbao responde, olhando através da câmera:

– Não se preocupe. A gente conseguiu alguns cliques ótimos quando ela não estava vendo. Além disso, acho que essa coisa de fazer pose é bonitinha. Exatamente porque ela não é boa nisso. Tem um quê de falta de jeito meio comovente. Acho até que a gente devia usar algumas dessas fotos.

– Bom, tudo bem. Mas você não acha que algumas são, sei lá...
– Óbvias? Obscenas?
– Sim, para falar a verdade.
– Tudo isso está nos olhos de quem vê, Marco. Nos olhos de quem vê.

Diego está sentado fora do alcance da luz, olhando para baixo, para a bela criança seminua banhada em luz. Completamente focado nela.

Mais tarde, sozinho no escritório vazio atrás da bilheteria, ele copia os CDs de Marco para um *pen drive*, certificando-se de incluir todas as fotos da menina.

De seu carro, ele tenta ligar para Desmeralda mais uma vez. Dessa vez, ela atende.
– Oi, Diego – ela diz, com voz cansada.
– Dezi, estou preocupado com você. Tentei te ligar, mas...
– É, eu sei. Tive de desligar o telefone.
– Está tudo bem?
– Tudo. A minha pressão aumentou e o bebê escolheu essa hora para mudar de posição. É normal, aparentemente. E então? Como foi a sessão de fotos?
– Olha, nem em sonhos eu conseguiria imaginar algo tão chato.

Ela ri.
– Imaginei mesmo que você fosse virgem no assunto fotos de moda. Você achava que ia ser divertido?

– Creio que sim.

– Bom, agora você já sabe. É como trabalho, mas pior. Mas foi tudo bem?

– Acho que sim – responde ele, deixando espaço para dúvida. – Houve alguns problemas com as crianças, como esperado. Mas Bilbao e o pessoal dele estão felizes com os resultados.

– Você conseguiu ver alguma foto?

– Não. Eles estão mantendo tudo em segredo. Acho que querem editar e tal antes que a gente veja. Acho que deve levar algum tempo.

– É. Olha, o pessoal aqui quer que eu passe a noite na clínica. Só para ficar sob observação.

– Quer dizer que você ainda está na clínica? Dezi, tem certeza de que está tudo bem?

– Sim, eu estou bem, já disse. Mas o negócio é que o Otelo não sabe que eu estou aqui. Eu não liguei para ele porque o jogo começou às seis e meia, certo? E imaginei que a última coisa que ele precisaria antes de entrar em campo é que eu o deixasse preocupado. Então, Diego, será que você pode me fazer um favor? Liga para ele, ou manda uma mensagem, depois que o jogo acabar, para avisar onde estou? E diga que ele não precisa se preocupar?

– Pode deixar. Prometo.

– Você é um anjo. E avise que eu ligo para ele assim que acordar, antes de ele viajar.

– Pode deixar, Dezi.

– Obrigada. Falo com você amanhã. E obrigada por tudo.

Ele fica sentado no escuro, avaliando as possibilidades. A cobertura de Otelo e Desmeralda vai ficar vazia naquela noite.

Ele sabe o código de cinco números para poder entrar, conhece os seguranças de nome, e eles não vão achar que uma visita dele àquela hora vai ser algo estranho, nem digno de nota. Eles saberão que Otelo não está em casa, é claro. O sujeito que fica na recepção vai estar assistindo ao jogo. Será que foram avisados que Desmeralda também não está em casa? Talvez não, mas "talvez" não é bom o bastante. A coisa mais importante é o circuito interno das câmeras. Quanto tempo eles ficam com as fitas antes de apagar? Uma semana? Um mês? Ele se amaldiçoa, pois deveria ter tentado descobrir.

Não, decide ele. É arriscado demais. Mas tudo bem. Ele está com sorte. Nem é sorte mais: o universo está a seu lado. Uma oportunidade surgirá.

O relógio do painel indica que faltam dez minutos para as oito. Ainda faltam uns vinte e cinco, trinta minutos até o jogo terminar. As crianças devem sair da quadra de basquete a qualquer minuto. Precisam sair, por Deus.

Ele liga para o celular de Otelo, espera o toque, transmite a mensagem de Dezi, colocando certa carga de ansiedade, só para se divertir um pouco. Depois, desliga o telefone e, embora seja meio arriscado, atravessa com o carro o estacionamento até ficar mais próximo de onde os furgões estão estacionados sob uma luz fraca. Aguarda mais uns quinze minutos antes de os funcionários saírem com as crianças. A menina entra no segundo furgão, e, quando o veículo sai pelo portão, Diego o segue.

Mais tarde, bem mais tarde, ele entra em seu apartamento e bebe um copo grande de água da torneira da cozinha. Decide não falar com Emília até se acalmar, caso ela esteja acordada. Segura o copo numa mão e verifica o celular com a outra. Impressionante a variedade de coisas que as mãos conseguem fazer. Cirurgia. Bordado. Assassinato. Ele cheira a que segura o telefone. Um cheiro meio azedo, almiscarado – ou será que ele está imaginando coisas?

No celular, um recado de Otelo: "Obrigado pelo telefonema, Diego. Consegui ligar para a clínica e eles disseram que a Dezi está bem e que vai voltar para casa amanhã de manhã. Vou voltar hoje à noite para poder ir buscá-la amanhã. Tem um voo mais tarde. Eu estou no táxi a caminho do aeroporto. Você viu o jogo? Ou tinha algo mais interessante a fazer?".

Diego apoia o corpo contra a pia, pensando se deveria tomar uísque. E pensando a que horas uma clínica particular de pré-natal poderia liberar sua cliente famosa e rica. Não deve ser cedo, sem dúvida.

Ele entra no quarto sem fazer barulho. Emília está dormindo. Ele decide não tomar uísque e segue pelo corredor, vai até seu escritório e liga o computador. Encaixa o pequeno *pen drive* preto na entrada USB. Quando a tela se enche de pequenas imagens, ele as analisa durante um bom tempo. E então começa a editar.

4.6

ÀS NOVE HORAS da manhã seguinte, Otelo está saindo do chuveiro, usando um roupão de banho e esfregando uma toalha no cabelo quando a campainha toca. Ele resmunga, então Michael Cass atravessa o corredor e olha pelo olho mágico.

– É o Diego – anuncia para Otelo. – E ele está parecendo uma floricultura ambulante.

– Oi – diz Diego por trás do extravagante buquê de flores brancas e amarelas. Parece agitado, consternado, e há um pouco de pólen laranja em seu nariz.

– Ah, não precisava ser tão gentil. Não sabia que você se preocupava assim – diz Cass, com um sorriso.

Diego olha para ele sem dizer nada durante uns três segundos e depois sorri.

– Você sabe que sim, Michael. Mas essas flores não são para você. Desculpe desapontá-lo. Como ela está?

– Bem, que a gente saiba.

– Ela ainda não voltou?

Otelo entra na sala, terminando de fechar o zíper da calça jeans, e diz:

– Não. Eu e o Michael estamos indo buscá-la. Flores bonitas, cara. Muito gentil.

– Bom... é – diz Diego. – Eu imaginei que você não fosse ter tempo de... Enfim, ela está bem, não está?

– Ela está ótima. Falei com ela tem uns quinze minutos. Olha, a gente precisa ir andando.

– Certo – diz Diego. – Pensei que a Dezi já estaria de volta a essa hora. Que pena que não vou encontrá-la – completa, com ar desolado.

E então Otelo responde:

– Olha, que tal você esperar aqui? Encontra alguma coisa para colocar as flores, faz um café na máquina... Sei que a Dezi vai querer te ver de qualquer modo. Para falar sobre as fotos e tal. E eu também estou curioso. Daqui a quanto tempo a gente volta, Michael? Uns quarenta e cinco, cinquenta minutos?

– É, por aí – responde Cass.

– Ah, não sei... – diz Diego. – Não quero atrapalhar vocês. Além disso, eu tenho umas reuniões das onze em diante.

– Tempo de sobra, cara. Faz o que eu falei. Fica aí. A gente celebra com um café da manhã legal. A Dezi vai adorar. Aliás, liga para aquela *delicatessen* bacana. O número está no quadro da cozinha. Pede para eles mandarem umas coisas gostosas. Eles já sabem do que a gente gosta.

– Está bem, então. Mas se a Dezi precisar, sei lá, descansar quando chegar, não tem problema, eu posso ir embora.

– Sem problema. Vamos lá, Michael?

★★★

Quando eles saem, Diego vai até o quarto e olha ao redor. Cheira alguns potes e garrafas sobre a penteadeira. Depois, vai até o *closet* e percorre as mãos pelas roupas de Dezi penduradas. Urina no banheiro da suíte e não dá a descarga. Depois, vai até o escritório e se senta ao computador. O descanso de tela está ativo: fotos de vídeos de Desmeralda. Ele tira um par de luvas de látex de um dos bolsos do paletó e as coloca, e depois toca a barra de espaço do teclado. Por mera curiosidade, lê os primeiros seis e-mails na caixa de entrada e depois pega o *pen drive* preto no bolso interno. Clica em "Iniciar".

4.7

FAUSTINO HAVIA PASSADO dois dias no Brasil, onde o trabalho e a umidade o mantiveram longe das tentações de praxe. Quando voltou, surpreendeu Marta e seus colegas ao aparecer no escritório antes das nove da manhã. Ele tinha muita coisa a escrever, mas vários e-mails acumulados e inúmeros telefonemas o impediram. Quando chegou a hora do almoço, ele estava irritado. Teria sido melhor trabalhar na pausa para o almoço, mas ele precisava respirar ar fresco – na verdade, fumar alguns cigarros. Ele iria sentar no estacionamento e pedir que Bush lhe comprasse um sanduíche na chapa e um suco. Além disso, o dia estava lindo.

E como era um dia bonito, o pátio do estacionamento estava bem cheio. Todos os bancos estavam ocupados, então Faustino apoiou o traseiro na beirada de uma das caixas de concreto das árvores. Olhou em volta em busca da visão corriqueira dos cabelos e do sorriso do menino. Depois de um tempo, foi até Ruben.

– Ele não aparece desde o dia em que o señor viajou, señor Paul.

Como se houvesse uma ligação entre as duas coisas.

Faustino tinha acabado de voltar para sua mesa quando o telefone tocou de novo.
– Sim?
– Paul? É a Marta.
– Oi, Marta. Diga.
– Bom... Sabe aquele menino de rua com aquele cabelão?
Faustino clicou no ícone de "Salvar" em sua tela.
– Sim. O que tem ele?
– Paul, ele está aqui na recepção. Disse que quer falar com você.
– Ele está na recepção?
– Eu disse para ele ir para a área de espera. Ele está com uma menina e um homem de meia-idade.
– E o que ele disse?
– Só que queria falar com você. Quer que eu diga que você está ocupado?
– Não, não. Diz para ele esperar. Eu já estou descendo.
– Ele não pode ficar aqui, Paul.
– Eu sei. Mas diz para ele esperar.

Faustino saiu do elevador e olhou para a área de espera, um arranjo de cadeiras e sofás parcialmente isolado do saguão por vasos de plantas quadrados de mármore. Bush estava agachado em um dos sofás, os antebraços apoiados nos joelhos e a cabeça baixa de modo que seu rosto ficava invisível sob a maçaroca de *dreadlocks*. A menina sentada ao lado dele tinha um rosto comprido, bem bonito e bastante preocupado. O braço dela estava nas costas de Bush, os dedos descansando em seu ombro. O homem que os acompanhava usava um terno frouxo de algodão que já deve ter tido dias melhores. A impressão que Faustino teve do grupo era de duas crianças que foram presas pelo segurança à paisana de alguma loja, à espera de algum policial.

Bush ergueu a cabeça quando Faustino se aproximou, mas não ficou de pé. Nem a menina. O sujeito devia ter uns cinquenta anos, talvez. Barrigudo. Seu cabelo grisalho estava puxado para trás num rabo de cavalo. Um bigode comprido caía pelas laterais de sua boca. Parecia um músico que havia participado de alguma banda na década de 1970 e depois caído no esquecimento.

– Señor Faustino? Meu nome é Fidel Ramirez.

Faustino cumprimentou o homem e depois olhou para Bush. O menino parecia extremamente cansado. Não, pior: doente.

– Bush? O que houve? Por que você queria me ver?

– Desculpe, maestro. Eu não queria incomodar o señor. Foi ideia da Felícia.

Faustino olhou para a menina.

– Você é a Felícia?

Ela fez que sim.

– Hã, olha, que tal a gente ir conversar lá fora? Aqui às vezes tem muita gente – disse Faustino.

Bush e Felícia ficaram sentados em um dos bancos de aço, adotando exatamente as mesmas posições de antes. Fidel sentou do outro lado de Bush. Faustino não achou que cabia formar uma fileira de quatro pessoas, então, como antes, ele se encostou na caixa de concreto de uma das árvores, de onde podia ver o rosto de todos. Acendeu um cigarro e ofereceu um para Ramirez, que recusou.

– A Bianca sumiu – disse Bush, sem olhar para cima.

– Bianca?

– A minha irmã.

– Ah. E há quanto tempo ela está fora?

– Faz três noites que ela não volta pra casa. Ela saiu segunda de manhã. Eu, a Felícia e o Fidel procuramos em tudo quanto é canto, cara. Todos os lugares. Meu Deus!

Ele balançou a cabeça e fungou, um som úmido. Os dedos de Felícia ficaram mais apertados em seu ombro. Faustino também gostaria de ter abraçado o ombro do menino, mas achou melhor não.

– Então, señor Ramirez, o señor é... parente?

– Não – disse Fidel. Ele pareceu ficar meio sem graça. – Eu e a minha mulher Nina, a gente tem um bar. Na Trinidad, perto do Triângulo. E a gente... Bom...

– Ele ofereceu um lugar pra gente ficar – disse Felícia, em voz baixa. – Quando a gente não tinha pra onde ir.

– Entendi.

– Bom, não é um lugar muito legal – apressou-se Fidel em explicar. – Tem um barracão nos fundos e... Olha, señor Faustino, o negócio é que a gente não pode ir até a polícia pra falar da Bianca. Por diversos motivos. O señor entende?

– Sim. Entendo, sim.

– Pois é. E o Bush diz que você é um cara legal. Que ele confia em você. E a gente achou que você pudesse ajudar. De alguma maneira.

Bush estava balançando as pernas para cima e para baixo, feito alguém que ouve uma música.

– Desculpe de verdade, maestro – disse ele, ainda sem coragem de olhar para Faustino. – Eu não sabia mais o que fazer.

– Não, tudo bem. Fico feliz que você... Me diz, Bush, quantos anos a Bianca tem?

– Treze e pouco. Quase quatorze. Mas ela parece mais velha.

– Certo. E ela já fez isso antes? Sumir um, dois dias?

– Não. A Felícia fica em cima dela, quase o tempo todo. Quando consegue.

Faustino refletiu sobre isso.

– Então você não acha que ela pode ter, sei lá, ido embora com alguém? De livre e espontânea vontade?

– De jeito nenhum – disse Bush, mas os olhos de Felícia brilharam e Faustino percebeu.

Bush finalmente levantou o rosto e Faustino percebeu por que ele levou tanto tempo para olhar para ele. Os olhos do menino estavam molhados de lágrimas e ele estava com vergonha.

– Eu tô com um pressentimento ruim sobre tudo isso, maestro. Ruim mesmo.

Faustino apagou o cigarro.

– Certo. Olha, eu preciso falar com uma pessoa. Esperem por mim aqui, tá bem? – disse ele, olhando para Fidel, que assentiu. – Eu já volto.

Foi rápido até a porta que não abriu. Praguejou. Ruben abriu a outra e o deixou entrar. Faustino foi até a recepção e falou com Marta acima das cabeças de um casal que estava levando um século para preencher o livro de visitas porque não conseguia chegar a um acordo sobre o número da placa do carro.

– Marta? Será que você pode ligar para a Nola Levy? E me passe o telefone quando ela atender.

Só havia uma cadeira a mais no escritório de Nola e, como ninguém sabia ao certo quem deveria se sentar, todos ficaram de pé. Bush a reconheceu: era a mulher que ele vira chorando no pátio, muito tempo atrás. Ela fazia anotações enquanto eles falavam. Anotou uma descrição de Bianca e das roupas que ela usava.

– Tem mais algum detalhe? Por exemplo, furos nas orelhas? Ela usa alguma pulseira ou alguma coisa no pescoço? Ela tem alguma cicatriz ou sinal de nascença?

– Não – respondeu Felícia.

Fidel pigarreou e disse:

– Ela é muito bonita, señora – disse ele, com ar triste. – Essa é a principal característica dela.

Nola também anotou aquilo. E então disse:

– Paul, veja se o Bush e a Felícia não querem tomar uma Coca, algo assim.

Faustino olhou para ela. Ela fez um gesto com a cabeça na direção do corredor.

– Eu queria falar a sós uns minutinhos com o señor Ramirez.

Quando estavam a sós, Nola disse:

– Por favor, sente-se, señor. Bom, eu tenho alguma experiência com crianças desaparecidas. E preciso dizer que não são muitas dessas histórias que têm final feliz.

– Não. Eu imagino que não – disse Fidel.
– Não quero dar nenhuma falsa esperança para vocês.
– Entendo.

Nola ficou olhando para ele por alguns segundos e então disse:

– O señor está se colocando em risco ao abrigar essas crianças.

Fidel deu de ombros. Era um gesto que significava muitas coisas, inclusive: "Tá, mas o que se pode fazer?".

– Certo. Então eu preciso te fazer duas perguntas. A primeira é: o señor tem um número de telefone para que eu possa entrar em contato?

Fidel deu a ela o telefone do bar. Nola o anotou embaixo das outras coisas que escrevera e fez um retângulo ao redor.

– A segunda pergunta: o señor tem algo para me falar sobre a Bianca, algo que não queria dizer na frente dos outros?

Mais tarde, quando Fidel e as crianças se vão, Faustino e Nola se deixam demorar no pátio.

– E então? O que você acha? – perguntou ele.

Nola respirou fundo e deixou o ar sair com um suspiro.

– Bom, a possibilidade menos pior é que ela tenha fugido com alguém. Pelo que o Ramirez me disse, isso é bem possível. E, se for este o caso, ela certamente vai aparecer quando a pessoa com quem fugiu tiver se aproveitado dela. A não ser que essa pessoa faça tráfico de meninas.

– É – concordou Faustino. – Não é uma boa notícia o fato de ela ser bonita, né? E quanto a Ramirez? Você acha que ele é de confiança? Ele definitivamente não parece ser.

– A minha intuição diz que é. Mas também o meu histórico de julgar homens pela primeira impressão não é lá essas coisas.

Faustino ficou intrigado com essa confissão, mas resolveu guardá-la para referências futuras. Nola continuou:

– Eu tenho um contato no Departamento Central de Investigação Criminal (DCIC). Vou ligar para ele. Mas, se ele souber quem é a Bianca, isso significa que ela está morta. – Ela olhou para o relógio. – Tenho que terminar um artigo. Se eu souber de alguma coisa, eu te ligo.

– Sim, por favor.

– Paul, eu sei que você se importa com esse menino. Mas essas crianças vivem num mundo a que gente como você e eu não tem acesso. Sei que você quer ajudar, mas prepare-se para a possibilidade de isso não ser possível.

– É – disse Faustino. – Não se preocupe. Eu já tenho bastante experiência em não ser útil. Mas me liga, tá?

4.8

A INTOLERÂNCIA DO CAPITÃO de polícia Hilário Nemiso para casos não solucionados era uma das coisas que o distinguia de seus colegas e fazia dele uma figura não muito popular. Assim como sua aparência peculiar, isso estava diretamente relacionado a seu pai.

No fim do verão de 1977, uma embarcação de patrulha da marinha, em um exercício de rotina na costa sudeste, avistou um barco de pesca de uns quatro metros ao léu, sem ninguém a bordo. Isso era a uns doze quilômetros de distância do isolado vilarejo de Salinas. Quando três marinheiros foram investigar no bote inflável do navio, descobriram que o motor a diesel do barco estava funcionando e que havia bastante combustível. Havia também várias manchas de sangue na popa do barco. Quando puxaram as redes, pegaram vários peixes e o corpo de um homem. Já em Salinas, o corpo foi identificado como o de um pescador imigrante japonês chamado Takashi. Ele nunca havia aprendido a falar espanhol direito, e agora nunca mais aprenderia. O nome do barco era *Hilário*, em homenagem ao filho de Takashi, que na época tinha onze anos de idade. Dois policiais vieram de Santiago. Fizeram a investigação de praxe, foram embora e fizeram um relatório que foi arquivado e depois esquecido.

A esposa de Takashi era uma mulher bonita, misto de sangue africano e nativo, que tinha muitos admiradores invejosos. Depois da partida dos policiais, ela colocou o corpo do marido no barco e cremou-o na praia, como era o costume local. Quando seu filho completou dezoito anos, ele foi para Santiago e conseguiu trabalho em obras de construção e passou a estudar à noite. Quando completou vinte e um anos, entrou para a polícia. Provou ser um bom policial, e logo foi recrutado pela polícia federal e enviado para a capital. Lá, primeiro ganhou promoções e depois inimigos. Era um policial eficiente, introvertido, aparentemente incorruptível. Não parecia saber onde estava o limite. Não parecia entender a diferença entre assassinatos que importavam e os que não importavam. Insistia em conduzir as investigações além do ponto em que elas começavam a ter implicações políticas.

Isso fez com que ele chamasse a atenção de Hernan Galego, que na época era o chefe de polícia. A reação inteligente de Galego ao problema de Nemiso foi promovê-lo a capitão e dar a ele um departamento exclusivo. O departamento passou a se chamar Unidade de Investigações Especiais e tinha orçamento próprio. É uma tática infalível: coloca-se alguém que é bom até demais no que faz no comando de alguma coisa e ele fica tão atolado na burocracia que não consegue fazer mais nada.

Incrivelmente, isso não funcionou. Nemiso, de alguma maneira, conseguia cuidar de toda a papelada, comparecia a todas as indermináveis reuniões entre departamentos enquanto continuava a investigar a sujeira nos casos de crianças desaparecidas e outros casos desagradáveis. Então, quando Galego foi nomeado Ministro da Segurança Interna, uma das primeiras coisas que ele fez foi juntar a unidade de Nemiso e seu orçamento com o DCIC, o Departamento Central de Investigação Criminal, onde havia gente que poderia ficar de olho nele e criar empecilhos para sua dedicação excessiva e inconveniente.

Nola Levy era uma das poucas pessoas que o capitão Nemiso respeitava, e ela era uma das poucas pessoas que o chamavam pelo primeiro nome. Eles se conheceram quando ela ainda era repórter de polícia. A seriedade dela, que a fazia ser motivo de piada perante os colegas, deixou-o impressionado. Com o tempo, ele começou a lhe passar informações exclusivas – o tipo de informação que seus chefes na polícia prefeririam que ficasse fora do domínio público. Às vezes, quando os artigos de Nola causavam grande rebuliço político, havia buscas pela fonte do vazamento das informações, mas Nemiso nunca era alvo das suspeitas. Achavam que ele era uma pessoa certinha demais, que se apegava bastante às regras para fazer coisas por debaixo dos panos.

Nola e o capitão raramente se encontravam pessoalmente. Quando isso acontecia, geralmente era dentro de um carro. Em ocasiões mais raras, como aquela, ele a visitava em seu apartamento, depois que anoitecia.

– Só cinco homicídios de meninas nos últimos oito dias. Cinco homicídios declarados, quero dizer. Três já foram identificadas. Uma das outras duas poderia ser a sua menina, mas eu espero que não.

Ele abriu o grande envelope que trazia consigo e passou as fotografias para Nola. A segunda compilação era de uma menina que era bonita mesmo morta.

– Pode ser ela – disse Nola. – Na verdade, estou com um pressentimento horrível de que é ela. Esse cabelão parece o do menino. Mas as roupas não batem.

– Acho que você disse que ninguém a viu sair direito do lugar onde ela morava. Pode ser que ela não estivesse vestida do jeito que a outra menina disse que estava.

– Talvez. Mas duvido que ela tivesse roupas legais para usar.

– Não, acho que não. Mas o tempo bate. Ela morreu à noite, há cinco dias. Estrangulada com algo fino. Sem sinais de violência sexual, o que não é comum.

– Onde encontraram o corpo?

– Num beco, perto da rua Flor.

– Onde isso fica?

– No Triângulo.

– Ah – disse Nola.

Nemiso olhou para seu relógio e disse:

– Acho que a gente devia mostrar essas fotos para o pessoal que conhece a Bianca.

– O quê? Agora?

– Por que não? A gente vai no meu carro.

Nola deu uma olhada rápida no relógio.

– Está bem. Vou ligar para o Ramirez e avisar que estamos indo.

Ela parou com o telefone na mão.

– Hilário... Acho que seria uma boa ideia se o Paul Faustino fosse com a gente.

Nemiso refletiu.

– Ele conhece o menino melhor do que a gente – completou Nola. – E se...

– Sim. Muito bem.

O La Prensa estava fechado quando Faustino, Levy e Nemiso chegaram, mas havia uma fresta de luz saindo pelas venezianas. Fidel deixou que entrassem e então os levou até a mesa onde Nina estava e colocou sua mão sobre a dela. Faustino fez as apresentações. Quando Nemiso mostrou as fotografias, não houve necessidade de fazer a pergunta. Nina cobriu a parte de baixo do rosto com as mãos, abafando um grito de dor que assustou Faustino. Ela fechou os olhos, mas isso não impediu que as lágrimas saíssem. Fidel colocou o braço em volta de seus ombros e ficou olhando para Nemiso com uma raiva triste nos olhos. Depois de talvez um minuto, Nina se recompôs e enxugou as lágrimas com as mãos. Olhou mais uma vez para as fotografias e então as empurrou de qualquer jeito pela mesa na direção de Nemiso, como se fossem a pior pornografia. O policial reordenou-as com uma foto do rosto de Bianca no primeiro lugar da pilha.

Ramirez havia falado a verdade, pensou Faustino. Ela era – fora – uma criança muito bonita.

– Preciso fazer a pergunta formalmente – disse Nemiso. – Esta é a menina Bianca, que estava vivendo aqui sob a sua proteção?

– Sim – respondeu Fidel. – É ela.

Sua voz soou como se estivesse com a garganta cheia de catarro.

– Você saberia me dizer o nome completo dela?

– Não.

– Você não sabe?

– Não – disse Fidel, e ficou em pé de repente. – Meu Deus do céu! Caramba! Meu Deus! Eu sabia, eu sabia... – disse, com raiva.

Ele fez uma pausa e virou para olhar para a porta dos fundos do bar, mexendo o bigode com os dedos. E continuou:

– Alguém vai ter que avisar o Bush. E a Felícia. Meu Deus...

Inspirou fundo, como se estivesse se preparando para a tarefa.

O medo também tomou conta de Faustino. Ele pigarreou, sentindo a necessidade de falar, mas sem saber que palavras usar.

– Não – disse Nina, decidida. – Hoje não. Por que acordá-los para... mostrar isso? Deixa pra lá. A gente conta de manhã. Juntos.

Fidel olhou com ar de dúvida para Nemiso, que disse:

– Acho que a señora Ramirez tem razão. Mas acho que será preciso fazer uma identificação formal do corpo de Bianca. Por algum parente.

Fidel ficou sem expressão durante alguns instantes e então disse:

– O quê? Você quer dizer o Bush? Ah, não, cara. Isso seria demais. Ele morreria.

– Infelizmente é necessário – insistiu Nemiso.

– Então deixa que eu faço.

Nemiso balançou a cabeça.

– Não. Sinto muito.

– Mas que droga. Isso é cruel, cara! – disse Fidel.

– Sim. E eu acho, por diversos motivos, que é melhor fazer isso o mais cedo possível. Vou organizar tudo para amanhã à tarde. Às duas está bom? Imagino que o señor queira acompanhar o menino. Eu vou mandar um carro para buscar vocês.

Faustino percebeu a troca de olhares entre Fidel e Nina. Mais tarde, no carro de Nemiso, ele disse:

– Não acho que seja uma boa ideia mandar um carro de polícia amanhã. O menino vai ficar muito assustado. Acho melhor que alguém que ele conheça venha buscá-lo.

– O señor está se oferecendo para vir buscá-lo?

– Sim – respondeu Faustino, com voz amarga.

4.9

FAUSTINO E O TAXISTA tiveram certa dificuldade em achar o local.

Não recebo muitas chamadas para vir aqui – disse o motorista, em tom irritado.

Eram quase duas da tarde quando pararam no bar, e Fidel estava do lado de fora, observando a rua. Era como se ele tivesse levado vários segundos para reconhecer Faustino quando ele saiu do táxi. E então ele conseguiu esboçar algo próximo de um sorriso.

– Agradecemos a sua ajuda, señor – disse ele. – O Bush não está muito bem.

– Sim.

– Certo. Bom, vou buscá-los – disse ele, virando-se para a porta e depois dando meia-volta. – Tudo bem se o señor vier também?

– É claro. Eu gostaria muito.

Foi Nina quem apareceu primeiro. Ela segurou a porta e Felícia conduziu Bush para fora pela mão. Era difícil para Faustino olhar para o menino. Ele parecia mais um velho magro disfarçado, uma vítima de alguma doença repentina e arrematadora.

– Bush?

– Maestro – disse Bush cumprimentando-o, quase inaudível, com um movimento de cabeça. E continuou balançando a cabeça, feito um boneco com pescoço de mola.

Faustino ficou com um nó na garganta, e por um terrível instante achou que fosse esganiçar ou algo pior. Em vez disso, foi rápido na direção do menino e colocou o braço em volta dos ombros dele.

– Vem – disse ele. E acrescentou, estupidamente, esperançoso. – Vai ficar tudo bem.

Segurou a porta do táxi e Fidel entrou, e depois Bush, com dificuldade.

– Eu vou também – disse Felícia.

– Certo. Ótimo. Muito obrigado – respondeu Faustino. Ele ficou no banco de passageiro da frente.

– Tem mais alguém? – perguntou o taxista.

Ninguém falava nada. Era quase insuportável. No semáforo da Buendia, o motorista conseguiu enfiar o táxi na faixa da esquerda e perguntou:

– O señor é aquele Paul Faustino, não é?

– Não – respondeu Faustino. Ele estava tentando imaginar se Bush e Felícia já tinham entrado em algum carro antes. Estava ao mesmo tempo com vontade e medo de olhar para eles.

– Não? – respondeu o motorista. – Bom, o señor se parece muito com ele. Sabe de quem eu tô falando?

★★★

Avistaram o necrotério da polícia. Dois de seus três andares ficavam no subsolo. As portas de vidro escuro operavam automaticamente. Hilário Nemiso estava falando no celular quando elas se abriram.

Era difícil estabelecer a ordem correta para aquela procissão. Bush era o mais importante, mas também o mais vulnerável. O tremor do medo tomava conta dele feito ondas de um ar-condicionado. Então Nemiso conduziu todos pelo caminho, descendo as escadas, com Fidel a seu lado. Felícia e Bush iam atrás, e depois Faustino, que não sabia se segurava o menino se ele tentasse fugir ou se corria com ele para longe dos horrores, até a luz quente do dia.

Chegaram a um corredor que desembocava num par de portas pesadas com janelas de plástico arranhadas. Havia um telefone na parede, e Nemiso o tirou do gancho e falou com alguém. As portas abriram e uma mulher apareceu, vestida de branco, com um chapeuzinho de papel e, o que era horrível, botas de borracha brancas. Ela ficou ali, apertando as mãos, feito uma guia estranha e solene.

Nemiso virou-se para Bush e disse baixinho:

– Está pronto?

O menino ofegou, talvez numa tentativa de pronunciar alguma palavra, e nem conseguiu dar três passos em direção à porta antes de suas pernas fraquejarem. Ele caiu meio de lado e tentou se apoiar numa lata de lixo de metal presa à parede. Na lata, as palavras "LIXO COMUM". Faustino foi o primeiro a segurá-lo.

Ele segurou o menino de maneira meio desengonçada, por trás, as mãos sob seus braços.

– Ai, meu Deus, cara! Eu não posso. Não posso, não posso.

As palavras mal saíam com sua respiração curta.

– Tudo bem, tudo bem – murmurou Faustino. Ele olhou ao redor, consternado ao ver que sua visão periférica estava borrada, úmida. Havia um banco perto da parede e ele levou o menino até lá.

Nemiso ficou parado, com as mãos atrás das costas, a cabeça baixa. Felícia foi até ele.

– Eu vou lá – disse ela. – Pode dizer que eu sou irmã dela, se precisar.

– Certo – disse Nemiso, depois de alguns instantes. – Obrigado.

Fidel estava perto de Felícia. Ela esticou o braço e pegou a mão dele. Era a primeira vez que fazia isso e, por mais que ficasse surpreso, ele segurou firme. Nemiso fez um movimento de cabeça para a mulher de branco. Ela segurou a porta e Felícia e Fidel foram atrás de Nemiso.

Era uma sala grande, mas a maior parte dela estava encoberta por cortinas cinzentas penduradas em trilhos no teto. A maca era cinza também. O volume branco em cima da maca parecia pequeno demais para ser Bianca. A mulher de branco foi até a extremidade e puxou o lençol, só até o queixo.

Era um truque. Bianca estava dormindo. Com exceção da palidez cinzenta de sua pele, ela parecia exatamente como sempre quando dormia: séria, mas em paz.

Fidel grunhiu feito alguém decepcionado com uma piada e virou o rosto. Felícia ficou olhando para ela em silêncio, durante vários segundos, e então fez um movimento afirmativo de cabeça, deixando as lágrimas rolarem. Ela esticou a mão e acariciou a têmpora esquerda de Bianca com a parte de trás dos dedos. Ela estava absurdamente fria.

– Sua tonta – sussurrou ela. – Sua menina tonta.

Nemiso não levou Felícia e Fidel de volta pelo corredor. Conduziu-os por uma porta até uma sala cheia de armários de metal numerados. Sobre uma mesa também com tampo de metal, havia sacos plásticos transparentes e selados, contendo peças de roupa.

– Gostaria que vocês dessem uma olhada nisso – disse Nemiso. – São as roupas que Bianca estava usando quando foi encontrada.

Felícia pegou um saco que continha um agasalho dupla face com capuz, de cor creme por dentro, e cinza com listrinhas cor de creme do lado de fora. Mesmo através do plástico ela podia sentir o quanto era novo e macio. Soltou o saco e pegou outro: um par de tênis de lona cinza, com cadarços com listrinhas cinza e cor de creme.

Ela olhou para Nemiso com cara de dúvida.

– Não são dela – disse. – O señor deve ter confundido.

– Não, estou falando sério. Essas são as roupas que a Bianca estava usando. Você não as reconhece, então? E o señor, señor Ramirez?

Fidel manuseou com cuidado algumas das peças.

– Não. Nunca a vi usando nenhuma dessas roupas. E todas elas têm cara de nova. E caras.

– Sim. Pelo que pudemos averiguar, são todas novas. Não há manchas, marcas, rasgões. Parece que Bianca foi a primeira pessoa a usar todos esses itens. Também é muito estranho o fato de não haver nenhuma etiqueta de fabricante.

Felícia começou a chorar de novo, e enxugou os olhos com as mãos, em desespero.

– Não faz sentido – disse ela.

Nemiso esperou até que a menina se recompusesse.

– Felícia, preciso te fazer uma pergunta. A Bianca já roubou alguma coisa?

– Tipo o quê? Ela não tem nada. Você acha que ela tem um monte de roupas bonitas escondidas em algum canto que eu não sei? Não. De jeito nenhum – disse ela, acalmando-se um pouco. – Enfim, o que o señor tá querendo dizer é que ela saiu um dia e roubou essas coisas todas de alguma loja de rico no centro? E aí vestiu tudo isso e voltou andando lá pro Triângulo? Cara, isso seria muito estúpido. Nem mesmo a Bianca seria doida assim. Tem gente que mataria por esse tipo de...

Ela parou.

Nemiso fez que sim com a cabeça.

– Sim. Mas ela não foi roubada. E também tem isso aqui.

Ele tirou do bolso outro saco plástico, menor que os outros, e colocou sobre a mesa. Havia dinheiro nele. Notas verdes e azuis, dobradas.

– Cem dólares – disse ele. – Dentro do sutiã de Bianca. Ou, melhor dizendo, do biquíni que ela estava usando.

4.10

FAUSTINO ESPEROU DOIS dias, o máximo que pôde aguentar. No terceiro, saiu do escritório na hora do almoço, foi até o estacionamento no subsolo, mas então pensou melhor e chamou um táxi. O motorista deu de ombros quando Faustino lhe informou o endereço; o gesto significava, entre outras coisas: "Você é quem sabe, cara".

No começo da rua Jesus, o táxi ficou preso no trânsito caótico de costume. Faustino percebeu que estavam do lado de uma livraria chamada Bibliófilo. Ele pediu para o motorista parar e aguardar. A loja era um labirinto que ocupava dois andares, e o jovem responsável pelo balcão era o tipo de pateta que precisa de um computador para dizer aquilo que já deveria saber. Por exemplo, o significado de "zoologia marinha". Então Faustino passou uns bons dez minutos tentando achar o que buscava.

★★★

Estava escuro dentro do La Prensa, em contraste com a claridade na rua. Faustino levou uns dois segundos para enxergar Fidel limpando mesas num canto, esvaziando cinzeiros num pequeno balde de plástico. Nina veio da cozinha trazendo duas tigelas com carne de porco e feijão para dois trabalhadores que usavam macacões fosforescentes. Eram os únicos fregueses. Faustino ficou pensando como era possível o bar dar algum lucro.

Fidel foi até ele e o cumprimentou. Fez um gesto com o pano de limpeza, um gesto obscuro de desculpas, dizendo, em tom triste:

– A vida continua.

– É. Como ele está?

Fidel deixou os cantos da boca caídos.

– Não sai de lá. Não fala com a gente. A Felícia diz que ele não está comendo a comida que a gente deixa lá com eles.

– Será que tudo bem se eu falar com ele?

– Acho que não custa tentar.

Fidel o conduziu pela porta dos fundos e apontou na direção do barracão. Faustino ficou na frente dele e olhou ao redor, para o terreno, para a fachada destruída da velha mansão, o lixo trazido da rua, o trio atento e ao mesmo tempo sonolento de gatos de rua, o muro manchado e remendado da fábrica de Oguz. Ele se sentiu (e estava) totalmente deslocado. Um personagem que, de alguma maneira, tinha ido parar no cenário errado. Um homem arrumado num paletó azul limpo e calças de cor clara. Um homem que carregava um livro grande e muito caro, que ele tencionava dar a um menino miserável, que nem sabia ler.

E então, muito rapidamente, antes mesmo que ele pudesse fugir, sentiu-se dominado por uma emoção que conhecia e temia.

Era como uma implosão, uma diminuição da alma. Ele se viu fora do lugar, preso num mundo que não conseguia tocar e pelo qual não conseguia ser tocado. Há um momento no filme *2001 – Uma odisseia no espaço*, de Stanley Kubrick, em que o cabo do astronauta é cortado e ele fica à deriva, lutando pelo fôlego dentro de sua roupa espacial, engolido pelo infinito escuro, sem dimensão. Observando a cena pela primeira vez (sozinho em seu apartamento, felizmente), Faustino deixou escapar um grito de terror – e de reconhecimento. Agora ele apenas grunhiu, em voz baixa, e esperou a sensação de impotência ir embora. Quando ela se foi, ele bateu na porta do barracão de leve. Depois de vários segundos, ouviu a voz de Felícia.

– Quem é?

– Felícia? Bush? Sou eu. Paul Faustino. Posso falar com vocês?

Seu tom de voz era mais de alguém em busca de refúgio do que de alguém que vem prestar consolo.

Ouviu murmúrios e, depois de aguardar bastante, o som da porta arrastando e se abrindo.

– Señor Paul?

– Felícia. Oi... Como vai você? Como vai o Bush?

– Não muito bem – respondeu ela.

E então ela sorriu para ele. Era um tipo de sorriso complexo. Havia nele boas-vindas, e talvez gratidão, e também dor. Era, pensou Faustino, o tipo de sorriso que pessoas bem mais velhas usam. E a menina parecia mais velha. Como se tivesse adquirido algum tipo de... de quê? Autoridade, algo assim?

– Será que eu poderia falar com ele?

Ela hesitou e então abriu mais a porta. Ele entrou.

Não estava muito iluminado, e ele esperou até que seus olhos se ajustassem antes de ousar movimentar os pés. O ar quente tinha o odor de corpos humanos e o cheiro outonal da maconha. Havia um catre de madeira com cobertores jogados na parede do outro lado e Bush estava deitado nele, encolhido. Os braços ao redor dos joelhos. Só era cabelo e braços e pernas negros e finos. Acima de sua cabeça, havia um enorme quebra-cabeças de cores violentas: Faustino levou vários segundos apertando os olhos até compreender que eram fotos de Desmeralda Brabanta, rasgadas de revistas.

Felícia foi se sentar perto de Bush e colocou a mão de leve em seu ombro. Faustino percebeu que não podia entender, sequer imaginar, a relação entre os dois. Ele já havia tentado imaginar muitas vezes como era a vida de casais antes, mas de casais adultos. Homens que não têm filhos, em geral, não passam muito tempo refletindo sobre como crianças se sentem em relação umas às outras.

Sentiu-se desajeitado. Sem jeito, aboletou-se na beirada do catre, já que se sentia mal ficando de pé, acima deles.

– Bush? Como vai você, menino?

A cabeça finalmente apareceu. Os olhos tinham um tom amarelado, o lábio inferior estava ressecado, grudado. Bush estava com um ar envenenado.

– Maestro.

– Sim, sou eu.

– O que cê tá fazendo aqui, cara?

– Me mandaram vir aqui.

– Arrã.

– As cerca de duzentas pessoas que trabalham no *La Nación*. Todas querem saber onde você está e como é que vão conseguir deixar o lugar de pé sem você lá, trabalhando. Estão enchendo o saco do Ruben, cara. E, além disso, eu não tenho tempo de atravessar a rua para ir comprar o meu cigarro. Então eu vim aqui saber quando é que você vai voltar.

O falso humor era patético, até mesmo aos seus ouvidos. Nem Bush nem Felícia disseram nada. Era insuportável, então Faustino tirou o livro da sacola plástica e colocou no catre perto dos pés de Bush.

– E, além disso, eu queria te dar isso aqui.

Era um livro grande, de capa dura, chamado *As maravilhas submarinas*. Pesava uns dois quilos, custara noventa e cinco dólares e tinha centenas de fotografias, sem muito texto. Fotos ótimas de siris.

Bush olhou para o livro sem expressão. E perguntou:

– O que vai acontecer com ela?

– Como?

– Minha irmã. O que vai acontecer com ela?

– Ah, sim. Bom... – disse Faustino, sem esperar aquilo. – Acho que vão deixar ela lá. Até, bom, você sabe, descobrirem quem...

– Deixam ela numa geladeira, não é?

– Acho que sim. Sim, Bush...

– Fico até enjoado, só de pensar – disse o menino, baixando novamente a cabeça, descansando-a sobre os joelhos. – Tão enjoado.

Faustino, perdido, a voz embargada, disse:

– Volta pro trabalho, Bush. Volta pra vida, cara.

Um pouco depois, no quintal, com Felícia, Faustino acendeu um cigarro. A chama do isqueiro tremia. A menina estava com as mãos nos bolsos de seu short enorme e sujo. Olhava para o chão; seus longos cabelos compridos escondiam quase todo o seu rosto. Faustino, por hábito, ou talvez por desespero, ficou imaginando como ela seria com outras roupas. Que tipo de mulher ela viria a ser, se tivesse a oportunidade.

– O Fidel disse que ele não está comendo.

A menina balançou a cabeça, só uma vez.

– Ainda não.

– Ele está fumando maconha.

– É. Um pouco. Mas ele vai parar. Porque deixa as coisas piores, não melhores – disse ela.

Faustino concordou com a cabeça, exalando a fumaça.

– Verdade.

– Obrigada por aparecer, señor Paul.

Era quase como se ela o estivesse mandando embora.

– Ele precisa voltar pro trabalho, Felícia. Eu sei que tudo isso é muito horrível. Não, eu não sei. Desculpa. Só posso imaginar. Mas a vida continua, entende? Ele precisa fazer coisas para não ficar pensando no que aconteceu. Não é? Afinal, vocês têm um futuro pela frente. É muito, muito importante que vocês... hã... se concentrem nisso agora.

Era tudo mentira, e ele sabia.

Sentiu-se diminuído quando Felícia levantou o olhar para o rosto dele e depois para o barracão onde ela, de alguma maneira, vivia com aquele seu menino arrasado. E disse:

– O futuro não é uma coisa sobre a qual a gente goste de pensar, señor Paul.

Faustino voltou para o bar para se despedir. Os dois trabalhadores tinham ido embora; Nina e Fidel estavam sozinhos.

– Estamos fazendo café – disse Fidel. – Aceita?

– Hã... Claro, por que não? Obrigado.

O café estava bom. Ficaram sentados em silêncio durante alguns instantes, como se estivessem ouvindo o preguiçoso ruído do ventilador de teto.

– Eu sei que é cedo, mas eu disse ao Bush que ele precisava voltar pro ponto dele. Vocês acham que ele volta? – perguntou Faustino.

– Ele precisa de tempo para se recuperar – disse Nina.

– Sim, claro. Mas se recuperar não é o mesmo que ficar remoendo. Eu só acho que, quanto mais tempo ele ficar ali dentro, pior.

Percebeu que não deveria ter dito aquilo. Nina e Fidel certamente não precisavam ouvir aquilo.

Fidel colocou a xícara na mesa e limpou o bigode com os dedos.

– O que o señor precisa entender, señor Faustino, é que eles estão com medo. Muito medo. Em primeiro lugar, a Felícia ainda acha que foram os Irmãos Hernandez que mataram a Bianca. Ela acha que podem matá-la também. Caso, digamos...

Faustino balançou a cabeça.

– A equipe do Nemiso tem certeza de que não foram eles. E, se me permite, eu também tenho. Afinal, ela não foi roubada. Acharam Bianca com bastante dinheiro. E o modo como ela... morreu. Se tivesse sido com faca, uma arma, talvez... E ela não sofreu nenhuma violência sexual. Não me parece trabalho de alguma gangue.

– Isso é lógico – disse Nina, em voz baixa. – Mas não estamos lidando com coisas lógicas, no caso. O fato é que Felícia está com medo demais para sair sozinha. E Bush não quer que ela saia. Ele fica nervoso por deixá-la sozinha.

– E tem outra coisa que está deixando os dois preocupados – disse Fidel, olhando de soslaio para a mulher, sem saber ao certo se devia falar. – E que deixa todo mundo aqui preocupado também: agora a polícia sabe onde eles moram.

– É – respondeu Faustino. – Mas o Nemiso não é um Pega-rato. E acho que ele é um homem decente. Não acho que ele seja uma ameaça.

Fidel encolheu os ombros.

– Talvez não. Mas ele não é o único que sabe.

Faustino agitou a xícara, misturando café moído no fundo. Tinha sido tolo em entrar em um mundo cujas leis naturais eram a incerteza, a vulnerabilidade, o medo. Era um mundo árido, desconhecido. Queria sair dali. Dizer: "Obrigado pelo café" e se mandar.

– O negócio é que Bush e Felícia não se sentem mais seguros aqui – disse Fidel. – E não estão mais seguros aqui. Precisam ir embora, mas não têm para onde ir. É simples assim.

Faustino levantou o rosto. Fidel olhava fixamente para ele, e havia, talvez, um ar de desafio naquele olhar.

O jornalista olhou para o relógio e ficou em pé.

– Infelizmente acho que preciso ir andando. Obrigado pelo café.

Nina e Fidel também se levantaram. Despediram-se de Faustino com apertos de mão.

— Pode ser que eu apareça de novo. Tudo bem?

Fidel mostrou as mãos no ar, um gesto apaziguante.

— É um bar para todos. Cidadãos de bem são sempre bem-vindos.

— Ele vai voltar para vocês – disse Nina. – A Felícia vai cuidar disso, você vai ver.

Em menos de cinco minutos, Faustino estava se amaldiçoando por não ter chamado um táxi do bar. Quando conseguiu ir longe o suficiente na direção oeste para procurar um, sua camisa azul estava escura de suor.

— Me faz um favor? Pode aumentar o ar-condicionado uns minutinhos? – pediu Faustino ao motorista.

— Já está no máximo – respondeu o homem.

Recostando-se pegajosamente no banco, Faustino fechou os olhos e novamente viu Bush encolhido debaixo daquelas fotos brilhantes e absurdas de Desmeralda Brabanta. Ficou tentando imaginar o que ela pensaria se soubesse daquilo. Lembrou-se dela ao seu lado no jardim da cobertura do Hotel Real, usando aquele vestido prateado. Suspirou de leve ao lembrar como a havia agarrado, arrastando-a para longe do parapeito. O que foi que ela havia dito mesmo, pouco antes disso? "Se você precisar de alguma coisa, é só falar...".

Abriu os olhos e ficou olhando pela janela, tentando deixar para lá aquele pensamento.

Mas ele voltou.

Quinto ato

5.1

O CAPITÃO HILÁRIO NEMISO deixou o caso Bianca de lado para lidar com outros assuntos mais urgentes. Desde a vitória do PNC, ele andava ocupado, quase o tempo todo, em batalhas sutis, porém desagradáveis, para preservar sua autoridade e seu orçamento. Apesar dos esforços, ele perdera dois de seus melhores funcionários para a expansão do Ministério da Segurança Interna de Herman Galego. Depois, foi colocado para chefiar a investigação do sequestro do sobrinho de um senador. (Não deu muito certo, pois o menino já estava morto quando conseguiram encontrá-lo, assim como os sequestradores. Pelo menos o dinheiro havia sido recuperado.) No entanto, o assassinato de Bianca continuava a preocupá-lo, e não apenas porque Nola Levy insistiu em investigar o caso.

Meninas bonitas morrem o tempo todo. Muitas vezes, morrem simplesmente porque são bonitas. Ou talvez porque deixam de ser bonitas. Mas não morrem sem ser vítimas de violência sexual, usando roupas que não podem comprar, com uma quantidade improvável de dinheiro, em locais onde não deveriam estar.

Ele havia insistido para que realizassem a autópsia. No dia em que morrera, Bianca tinha se alimentado bem. Uma análise do conteúdo de seu estômago revelara frango e legumes; o conteúdo alto de açúcares sugeria que ela havia comido bolo ou doce, e também refrigerante. A lógica insistia que ela não havia pagado por nada daquilo; cem dólares era uma quantia redonda. Além disso, ela tinha consumido grande parte da comida mais cedo. O casal Ramirez dava aos três jovens comida regularmente, mas não havia feito isso na manhã em que ela desaparecera. As Irmãs da Misericórdia identificaram a menina imediatamente, com grande pesar, através das fotografias. Não conseguiam se lembrar se ela havia aparecido para o café da manhã no dia em questão; ali era sempre uma bagunça, de qualquer modo. Mas nunca serviam nada tão sofisticado quanto frango frito. Nemiso tinha colocado seu detetive já sobrecarregado e um segundo policial à paisana nas ruas do Triângulo durante dois dias. Obviamente, eles encontraram muita dificuldade. O tipo de jovem que poderia conhecer Bianca desaparecia na hora. Duas pessoas acharam que a viram, ou alguém vestida como ela, na noite em que ela foi morta, mas as duas foram muito vagas, e não eram do tipo confiável.

Relutante, Nemiso deixou de considerar Ramirez um suspeito. Homens podem fingir tristeza, mas não havia a menor dúvida de que ele estava em seu bar na noite em que a menina morreu. A desconfiança do capitão voltou quando Ramirez ligou para ele para sugerir que verificassem a fábrica de roupas que ficava ali perto, pois desconfiava de que Oguz, o turco, poderia ter fabricado as roupas que Bianca estava usando. Mas as roupas baratas e falsificadas que Oguz produzia não tinham nada a ver com aquilo. Nemiso tinha quase cem por cento de certeza de que Ramirez não estava tentando a clássica tática dos culpados de oferecer ajuda.

Mas tudo isso não levava a lugar algum. Não, na verdade tudo o deixava naquela situação muito conhecida, na qual pessoas que não tinham a menor importância, as desaparecidas, eram encontradas mortas. E o máximo que se podia fazer era preencher um formulário, se é que chegava a isso, e arquivá-lo na letra E de Esquecimento.

Certo dia em que seu carro estava no mecânico, Paul Faustino pegou o metrô para ir ao trabalho. Estava lendo as mentiras no *El Correo* sobre o jogo contra o Uruguai quando o trem parou na estação Independência. Tirou os olhos do jornal e viu Bianca olhando para ele com raiva em um pôster numa das paredes da estação. Ela vestia um tipo de roupa de ginástica e flexionava os músculos de seus braços delicados. Foi extremamente desconcertante e chocante, e Faustino ficou pensando durante alguns instantes se não estava tendo alucinações, se não estava doente. Ficou em pé, mas o fluxo de passageiros que entravam o impediu de chegar até as portas antes que elas se fechassem.

Desembarcou na estação seguinte e conseguiu abrir caminho até a plataforma sul, com a intenção de voltar para a Independência, mas não foi necessário. Lá estava ela na parede do outro lado dos trilhos, a segunda numa sequência de cinco crianças usando roupas sofisticadas e modernas, nas cores cinza e creme. Usava as mesmas roupas com que fora encontrada morta. A incompreensível palavra *Ploft!* estava impressa na parte de baixo do pôster, uma letra para cada um dos modelos. Um enorme ponto de exclamação preenchia o sexto painel da sequência.

Ele voltou para a plataforma norte e tentou ligar para Nola Levy, mas não conseguiu sinal. Havia outro pôster da *Ploft!* na parada seguinte: Bianca não estava nele. Mas lá estava ela de novo, duas vezes, em pôsteres ao longo da escada rolante que levava até a rua. Faustino olhou para ela enquanto passava e sumia pelo outro lado. Ele sempre se sentia meio desequilibrado em escadas rolantes, mas agora estava sentindo algo bem próximo de um ataque de vertigem.

Foi rápido, quase correndo, em direção ao *La Nación*, mas antes parou em uma banca de jornal. Escolheu sem ver direito três revistas voltadas para adolescentes e pagou sem esperar pelo troco. Bianca, trajando um maiô, ocupava um quarto de um anúncio de duas páginas na primeira revista que abriu.

Já no escritório, digitou aquela palavra ridícula num mecanismo de busca e clicou nos primeiros três resultados. Ficou sem palavras quando seu monitor foi tomado por Otelo e Desmeralda Brabanta em meio a um amontoado de jovens mal vestidos que erguiam os braços e gritavam "*Ploft!*" em uníssono. A palavra então encheu a tela e adotou diversas cores berrantes, finalmente se transformando num grafite em um muro sujo. E então, num pequeno filme acelerado, um adolescente com capuz acrescentava a legenda "MODA DESKOLADA PRA GENTE DESKOLADA" com tinta spray no muro e erguia o punho no ar, imitando o gesto de um jogador de futebol quando faz um gol. Em seguida, vinha uma rápida sequência de fotos de adolescentes com cara um tanto emburrada, mas muito bem vestidos, com um rap ao fundo. Bianca aparecia três vezes. De modo recurvo, no canto esquerdo da tela, surgiam as palavras: "Veja quem somos", escritas em letra estilizada, apontando para um menu vertical. O último item era: "Sobre a *Ploft*!", no qual Faustino clicou. Descobriu que se tratava de um novo conceito de moda, uma nova marca, concebida por Desmeralda Brabanta e seu marido, o famoso Otelo. Havia outras fotos do casal radiante. O item "Contato" levou Faustino para um formulário; não havia endereço ou telefone direto.

Pegou o telefone e pediu que Marta o transferisse para o escritório de Nola Levy. Caixa postal. Achou o número do celular dela e caiu também na caixa postal. Mas que droga! E então ele foi ver novamente o site da *Ploft!*. Era Bianca, sem dúvida. Mas não podia ser. Ele folheou rápido as revistas. Havia inúmeros anúncios da *Ploft!* em todas. A menina, que só podia ser Bianca, aparecia na maioria deles.

Não fazia sentido algum.

Ficou sentado, olhando para o nada durante quase um minuto, e então abriu a gaveta da mesa e tirou de lá uma caixa plástica onde mantinha os cartões de visita que recebia. Encontrou o cartão de Nemiso e ligou para o número que o policial havia sublinhado.

Num cruzamento na avenida Buendia, há um anúncio eletrônico a uns sete metros do chão – daqueles que mudam de imagem a cada trinta segundos, aproximadamente. Bush nunca olha para ele. E por que olharia? Ele nunca vai comprar a nova BMW, nem viajar de avião para o Rio de Janeiro, nem ver o novo filme do Homem-Aranha. Além disso, olhar para cima é uma má ideia. Olha-se sempre para a frente e para trás e de um lado para o outro, porque são essas as direções de onde pode surgir o perigo. Olhar para cima deixa qualquer um vulnerável.

Na verdade, Bush não estava prestando atenção em quase nada. Ele só movimentava as pernas automaticamente, tentando não pensar. Levando seu grande balde preto. E foi bom ele não ter olhado para cima, pois, se o tivesse feito, daria de cara com uma foto gigante de sua irmã morta, usando um top justo e curto, com ar tão petulante que era como se ela fosse dona do mundo.

O capitão Nemiso ficou olhando para a tela de seu computador enquanto segurava o telefone contra a orelha. Finalmente, disse:

– Sim. Acho que sim. Não, eu... Certo, Paul. Sim, eu vou, claro. Obrigado. Tchau.

A detetive Maria Navarro bateu à porta e entrou antes que ele lhe impedisse.

– Capitão? Olha, o señor pode achar que eu fiquei louca, mas no caminho para cá eu acho que eu vi...

Nemiso ergueu a mão ereta.

– Eu sei, eu sei. Vem, senta aqui.

Navarro obedeceu. Nemiso inclinou-se por trás dela e clicou no mouse.

– Fica aqui examinando isso aí com cuidado enquanto eu procuro o detetive Torres – disse ele.

Faustino pegou o elevador, desceu até o saguão e, quase sem hesitar, saiu pelas portas giratórias. Perto do parapeito baixo do pátio do estacionamento, olhou para um lado e para o outro. Bush vinha do estacionamento com dificuldade, carregando seu balde. Faustino ficou observando-o. Não havia nada a interpretar nos movimentos do menino. Era como se Faustino estivesse observando a vida de uma criatura remota que vive nas profundezas do mar. Quando Bush assumiu seu posto perto do meio-fio, Faustino, com a ajuda de Ruben, voltou para dentro do prédio.

Otelo e Desmeralda andavam discutindo. Não, brigando. Tendo conversas nas quais o amor não se fazia presente.

A defesa do Uruguai, famosa por sua virilidade, havia batido nele durante uma hora e meia. Ele sofrera várias faltas dentro da grande área. Somente uma delas foi marcada, e ele conseguiu fazer um gol de pênalti aos 17 minutos do segundo tempo. Fora o único gol, em um jogo feio sob a cacofonia incessante de assobios e cornetas zombeteiras. Ele havia voltado para casa de mau humor. Desmeralda sentiu o cheiro de álcool em seu hálito. Ela não compareceu ao Estádio Nacional; sua barriga está grande, e ficar sentada durante muito tempo é difícil. Em especial, ela não quer mais ser engolida por aquelas ondas gigantes de som, os terríveis urros. De maneira ilógica ou não, ela imagina esses gritos penetrando seu útero, transmitindo selvageria para seu filho não nascido. Tinha começado a ver o jogo pela TV, mas acabou adormecendo depois de uns dez minutos. Quando Desmeralda, sem muita cautela, admitiu isso, Otelo grunhiu em resposta, dizendo que ela não havia perdido nada. Na verdade, ele se sentiu magoado, como se ela tivesse ficado mais um passo distante.

Durante a noite, o bebê ficara inquieto, pressionando a bexiga de Desmeralda. Ela o imaginava se debatendo contra um ancoradouro apertado dentro de seu corpo. E a insônia dela, mais uma vez, fez com que Otelo fosse dormir em um dos quartos de hóspede.

Agora, pela manhã, ele não está muito bem. Seus machucados afloraram. Ele está nervoso por causa do tendão de Aquiles dolorido. Quer marcar uma consulta com o fisioterapeuta do Rialto. Agora. Não quer ir ao evento na Beckers, ao meio-dia. Afinal, acima de tudo, ele não quer forçar o pé.

– Mas a gente precisa ir – diz Desmeralda. – Já está marcado há semanas. O pessoal da Beckers passou quase a noite toda enchendo um andar inteiro com coisas da *Ploft!*. Os pôsteres estão nas paredes, o site foi divulgado na internet hoje às seis da manhã, todas as revistas estão saindo. Vai ser um dia importante pra gente. Para mim.

– Bom...

– "Bom"? O que isso significa?

– Olha, Dezi, o negócio é que... Bom, você é importante nessa coisa toda. Você, o Dário e... Qual é mesmo o nome dela?

– Imagino que você esteja falando da Harumi.

– Isso. E eu não tive muito a ver com isso, certo? É com você que todo mundo quer falar.

– Ah, não. Não, não. Se você acha que eu vou fazer isso sem você, pode esquecer. O quê? Ficar ali parada na frente de todo mundo, grávida de sete meses do seu filho, cercada de um monte de camisas maravilhosas com o seu rosto estampado, sem você lá? O que você acha que vão pensar? O que é vão pensar de mim? A palavra "idiota" não te vem à mente, por acaso?

– Olha...

– Não, olha você. Se você não for lá hoje, isso vai passar uma forte impressão de que você não está interessado. E isso pode ser uma péssima notícia para o nosso produto.

Ela tem razão, é claro. Então ele fica em silêncio.

– Você por acaso sabe quanto dinheiro a gente investiu na *Ploft!*?

– Bom...

– Não, não sabe. Eu sei. É muito dinheiro. Então, capitano, se eu consigo levar o Raul até a Beckers, você consegue ir com um calcanhar dolorido.

Raul. Pelo menos nisso os dois concordavam: o nome do bebê.

O detetive Martin Torres deu as costas ao monitor na cadeira giratória:

– É ela. Aposto a minha aposentadoria que é ela – disse. Depois, bateu com o dedo nas revistas que Navarro tinha comprado e completou: – Aqui também. Mas isso não faz sentido.

– Sim – concordou Nemiso. – E também tem isso aqui.

Jogou sobre a mesa um pequeno envelope marrom. A etiqueta autoadesiva na frente estava com seu nome e cargo impressos, além do endereço do DCIC. Lá dentro, um cartão-postal, do tipo que se compra em qualquer quantidade, em qualquer lugar – simples, com as linhas para o endereço e o espaço para o selo em formato de retângulo. Uma foto do jogador Otelo, cortada de uma revista, tinha sido colada em um dos lados. No outro, havia três palavras recortadas de jornal:

OTELO ADORA CRIANÇAS

E embaixo, a lápis, em letras maiúsculas:

E fotos de crianças. Um dia ele irá longe demais.

O envelope tinha sido entregue há três semanas. Ele o havia enviado para o laboratório, por puro hábito. Não havia impressões digitais, nenhum traço de DNA, nada. Na época, ocupado com outros assuntos, ele havia deixado para lá. Não havia motivo para ele ligar aquilo ao caso Bianca.

Torres examinou o cartão antes de passá-lo para Navarro.

– É alguma coisa e nada ao mesmo tempo – disse.

– Verdade – respondeu Nemiso. – Mas digamos que seja alguma coisa. Porque não temos mais nada. Até agora, o caso estava frio feito a menina.

Torres assentiu. Pensou, mas não disse, que era o tipo de caso que sempre esfriava. Outra criança de rua morta. Mas, por algum motivo, seu chefe estava com a pulga atrás da orelha em relação a este. O que significava problemas.

– Acho que Otelo e a mulher dele moram naquele condomínio perto do cais. Já teve curiosidade em saber como é que vive o pessoal rico, Martin? – perguntou Nemiso.

5.2

DIEGO ESTAVA AGITADO. Mal conseguia se conter. Ficava examinando cada detalhe. Era como ver a bola quicando numa roleta, sabendo que ela vai parar onde você quer, no lugar onde você apostou tudo, que vai cair no número que você já sabe qual é. Emocionante, na verdade. Absurdamente excitante. Mas tudo em câmera lenta.

– Paciência – dizia ele a si mesmo, diariamente.
– Paciência – dizia ele à sempre paciente Emília.

DIEGO *está se vestindo para o evento na Beckers quando seu telefone toca. São 10h21.*
DIEGO: Oi, capitano.
OTELO: Escute, Diego. Estamos com um problema.
DIEGO: Não é a Dezi, é?
OTELO: Não. A polícia está aqui.
DIEGO: A polícia? O que eles querem?

OTELO: Querem que eu vá até a delegacia com eles. Se é que dá para acreditar.

DIEGO: Não estou entendendo.

OTELO: Nem eu. E também estão levando o meu computador. Nem sei se eles podem fazer isso. Eles podem?

DIEGO: Hã...

OTELO: Espera. Só um instante.

[*Parece que* OTELO *se desviou do telefone para falar com alguém.* DIEGO *espera, numa agonia repleta de felicidade.*]

OTELO: Diego? Escute, aquela advogada que a gente contratou para aquele lance do Michael. Perlman, é isso? Você tem o número dela?

DIEGO: Posso procurar, claro. Mas...

OTELO: Liga para ela. Agora. Diga para ela ir até... Espera.

[*Novamente* DIEGO *tenta ao máximo ouvir o que o pobre diabo está dizendo para a outra pessoa.*]

OTELO: Isso. Departamento Central de Investigação Criminal, Unidade de Investigações Especiais. Peça a ela... Não, não peça, insista que ela fale com um tal de capitão Nemiso.

DIEGO [*permitindo-se um pequeno prazer*]: E como se escreve? Não, deixa pra lá. Capitano, que diabos está acontecendo? Você não explicou para eles que você e a Dezi precisam...

OTELO: Diego, eu preciso ir. Liga para a Perlman, tá? Imediatamente. Eu te ligo assim que puder.

Diego abre as portas de vidro que levam à varanda que percorre todo o seu apartamento. O céu é de um azul sem nuvens. Ele inspira profundamente a brisa suave. Quando seus nervos se acalmam, ele vai até a estante de CDs e seleciona uma compilação de valsas de Richard Strauss. Coloca o volume bem alto e, quando a música luxuriante e feliz toma conta do lugar, ele vai até a varanda e dança. Está usando uma camisa da cor do céu, uma gravata prateada e meias pretas. Sem calças, fitando com apaixonada atenção os olhos de uma parceira invisível, ele dança.

Quando a valsa chega ao fim, ele volta para o apartamento, interrompe a música e liga para o escritório de Consuela Perlman. Consegue falar com a secretária dela e deixar uma mensagem. E então coloca seu segundo melhor terno.

10h56. Escritório do El Sol. *Mateo Campos está passando os olhos pelas páginas de uma revista de celebridades chamada* Rich *quando o telefone toca.*

– Pois não?

Onze segundos depois, ele diz:

– Ah, é?

E então completa:

– Imagino que você não vai me informar o seu nome. É, imaginei. Isso é mentira, não é?

Mas a linha ficou muda. Campos aperta o botão de rediscar.

10h57. Uma cabine telefônica à frente da TFN, a estação central de trem da cidade. Diego fica satisfeito quando o telefone toca, mas o ignora. Está com uma caderneta na mão. Quando o telefone para de tocar, ele coloca outra moeda de cinquenta no aparelho e liga para outro número.

Mano Valdano, do *El Correo*, reage à ligação basicamente do mesmo modo que Mateo Campos. No entanto, como a voz da pessoa do outro lado da linha parecia sóbria e bem articulada, apesar do forte sotaque do Norte, Valdano chama um repórter novato e um fotógrafo e manda os dois irem para o DCIC. Só por garantia.

10h59. Mateo Campos usa o dedo mindinho da mão direita para tirar cera do ouvido, que é algo que ele faz só quando pensa, então tem bastante cera lá dentro. Depois, se levanta e vai até a mesa de seu colega Estevan Ponte. Chega mais perto de Ponte do que Ponte acha confortável.

– Escuta, Stevie... Acabei de receber uma ligação de alguém dizendo que a polícia acaba de levar o Otelo pra delegacia central.

– Como?

– É.

– Mas por quê?

– O cara não falou. Mas disse que levaram o computador do camarada também.

– Nossa!

– Pois é. Você tem algum jeito de checar isso? Há grande chance de ser um trote, mas não quero ficar aqui com cara de tonto se for verdade.

– Tá. Me dá cinco minutos.

Ponte é um homem amável e culto cuja especialidade é a cobertura sensacionalista de assassinatos e sequestros. Estabeleceu laços sociais e financeiros com diversos policiais e também funcionários da burocracia policial. Ele vai com seu celular até o corredor e liga para um supervisor do DCIC.

11h03. Diego está voltando para seu carro quando seu celular toca. Ele verifica quem é. É Desmeralda de novo. Ele também não atende desta vez.

11h04. El Sol. *Ponte finge ao máximo não querer nada enquanto vai até a mesa de Campos. Cutuca o ombro do colega.*

– É verdade. Vamos lá fora.

No corredor, Ponte diz:

– Pois é. Levaram o Otelo há pouco mais de vinte minutos.

– Caramba!

– O meu contato não soube dizer o que está acontecendo, mas disse que Otelo foi recebido por um tal de capitão Nemiso. Já ouviu falar?

Campos faz que não.

– Deveria?

– É um cara sério. Ele lidera a Unidade de Investigações Especiais. Então não estamos falando de multas de trânsito.

– E esse negócio do computador?

– Pelo jeito também é verdade. E os dois motivos mais comuns para quando confiscam computadores são as espertezas financeiras ou...

– Pornografia infantil. Ah, meu Deus, será que podemos ter esperança?

– Esperança, Mateo, é o que a gente tem quando espera sentado. Já chamei os fotógrafos. Vamos pra lá.

11h10. O estacionamento da estação de trem. O Maserati de DIEGO.

DIEGO: Dezi, me desculpe. Estava fazendo uns telefonemas. Já teve notícias dele?

DESMERALDA: Não. Onde você está?

DIEGO: Indo até aí. Tudo bem? É o que você quer que eu faça? O Michael já está aí?

DESMERALDA: Sim. A polícia agora está interrogando o Otelo. Diego...

DIEGO: Dezi, que diabos está acontecendo? Estou completamente perdido.

DESMERALDA: Você ligou para aquela advogada? Qual é mesmo o nome dela?

DIEGO: Sim. Dezi, por favor. Me diga o que está acontecendo?

DESMERALDA: Sei tanto quanto você.

DIEGO: Mas então me diz, o que aconteceu?

DESMERALDA: O que aconteceu foi que três policiais apareceram aqui de manhã e começaram a fazer perguntas sobre uma menina. Uma das crianças que a gente usou para o ensaio da *Ploft!*. Bianca sei lá o quê. Parece que ela foi assassinada na mesma noite. Na mesma noite do ensaio.

DIEGO: O quê?

DESMERALDA: Isso mesmo. Horrível. Não consigo acreditar. Ela está nos pôsteres, Diego. Está num anúncio na revista *Moda*. Está em tudo que é canto.

DIEGO: Ai, meu Deus!

DESMERALDA: Sim. Inacreditável, não?

DIEGO: Mas como é que ninguém falou disso pra gente?

DESMERALDA: Não sei. Imagino que, sei lá, ninguém tenha feito a conexão. Não sei.

DIEGO: Certo, mas me diz, Dezi, por que levaram o capitano pra delegacia?

DESMERALDA: Não sei. É muito louco. Uma policial foi até o escritório e queria olhar os nossos computadores, olhar as fotos dessa menina nos discos da *Ploft!*, sabe? E aí ela volta e de repente tudo fica estranho. Quer dizer, você acha que ele... Ah, meu Deus, Diego! Eu não sei o que fazer. Não sei o que pensar. Até levaram o *laptop* dele...

[DIEGO *tenta escolher um CD enquanto escuta* DESMERALDA *lutar contra as lágrimas. David Bowie? Bartók?*]

DESMERALDA: Desculpe. Eu...

DIEGO [*reconfortando-a*]: Tudo bem. Olha, Dezi, isso deve ser algum mal-entendido. Ou algum trote. Tenho certeza de que tudo vai ser esclarecido em breve. Eu chego aí daqui uns quinze minutos. Por enquanto, vamos tentar nos concentrar no negócio da Beckers.

DESMERALDA: Meu Deus! Não sei se eu vou conseguir. Devo estar horrível.

DIEGO: Claro que não. Isso é praticamente impossível.

11h27. O jovem repórter do El Correo *e seu fotógrafo são levados, sem a menor delicadeza, para fora do prédio do DCIC. Estão ao pé da escada, juntando suas coisas, quando Consuela Perlman e um colega descem de um carro dirigido por um chofer. Dentro do prédio, Perlman vai até a mesa do policial de plantão, apresenta seu cartão e exige falar com Nemiso.*

11h28. Um utilitário enorme estaciona em local proibido na frente do prédio do DCIC. Dele saem Mateo Campos, Estevan Ponte, um fotógrafo e uma equipe de som e vídeo com duas pessoas.

Campos e Ponte sobem correndo os degraus. O fotógrafo deles conhece o fotógrafo do *El Correo*.

– O que você tá fazendo aqui, cara?

– Ah, você sabe. Essas coisas de rotina.

– Mentira. Otelo?

– É.

– Caramba!

Campos e Ponte, com indignação fingida, são expulsos do prédio e descem os degraus.

Campos acende um cigarro e olha o jovem do *El Correo* de cima a baixo.

– Os seus pais sabem que você está numa delegacia de polícia?

O jovem tem o bom senso de sacar o celular e ligar para o *El Correo*, pedindo reforço.

Transeuntes que não têm nada melhor para fazer – mas que têm faro para tudo o que escapa à normalidade – começam a se reunir ali. Porque a presença das câmeras significa que alguma coisa está acontecendo, e, se você estiver no lugar certo, pode acabar tendo a chance de aparecer na televisão e acenar.

11h34. Dentro do prédio do DCIC.

Torres desce pela escada até o saguão. No fim do último lance da escada, examina as pessoas que sobem e descem e identifica Consuela Perlman e o homem bem vestido que a acompanha. São uma pequena ilha obscura e sóbria num mar de comoção e movimento. Ele vai até eles, sem pressa.

– Señora Perlman? Sou o detetive Torres, da Unidade de Investigações Especiais.

Ela não apresenta seu colega. Diz:

– Acredito que o señor está com um cliente meu sob custódia.

– Não, señora. Otelo não está sob custódia. Ele está aqui por espontânea vontade, para nos ajudar na investigação de um assassinato.

Ela pisca lentamente, feito alguém que não consegue acreditar que uma mosca teve a audácia de pousar em sua comida. Ela o observa de cima a baixo: o corte de cabelo, o bigode, a jaqueta de couro marrom, o jeans, os sapatos italianos.

– Nem tente fazer joguinhos comigo, detetive – diz ela. – O meu cliente não matou ninguém e você sabe. Então, se ele estiver sendo interrogado, é melhor eu estar presente. A não ser que o señor queira ser processado até sangrar pelos olhos. E então? Vamos subir?

★★★

12h04. Terceiro andar da loja de departamento Beckers.
Ninguém acha que o ilustre casal vá aparecer na hora marcada, então há muita antecipação e algumas pessoas se empurrando para posicionar melhor as câmeras, mas não ansiedade de fato. A equipe da *Ploft!* sorri para todos enquanto verifica os detalhes pela última vez. Dário e Harumi estão sendo entrevistados pela editora de moda do *La Nación*. Quatro meninos e três meninas – um arco-íris de camisas com o rosto de Otelo – fazem o aquecimento de suas apresentações *freestyle* com bola. Outros dois jovens – filhos do diretor de marketing da Beckers, aliás – estão de pé, meio sem graça, usando calças largas da *Ploft!* e bonés, segurando *skates* novinhos em folha. Os vendedores e vários homens e mulheres da equipe de segurança, disfarçados de vendedores, andam entre os manequins e araras.

O pódio onde ficarão Desmeralda e Otelo está completamente iluminado.

12h27. Carro de Desmeralda. Michael Cass está no volante. Diego está no banco de trás, com Desmeralda. O telefone dela toca.
– Onde você está? O quê? Mas por quê? Você não sabe que horas... Sim, sim! A gente já está quase chegando. Ah, meu Deus,

Otelo! Você precisa vir. O quê? Não tô conseguindo te ouvir. Por favor. Por favor. Vai ser um desastre! Eu não posso...

E então ela solta um gritinho. Otelo terminou a conversa com um palavrão e a linha caiu. Ela se vira para Diego com lágrimas nos olhos.

– O que foi, Dezi? O que ele disse?

– A Beckers fica daqui a dois quarteirões – diz Michael, olhando de soslaio por cima do ombro. – Você está bem?

– Não! Para o carro. Para essa droga de carro, Michael.

O palavrão de Otelo não foi, na verdade, direcionado à esposa. Foi apenas uma expressão de choque. Ele e seus advogados foram cercados ao sair do prédio da DCIC. Do nada, várias pessoas com câmeras e microfones aparecem na sua cara, gritando perguntas. Algumas das perguntas contêm a palavra "computador". Ele titubeia para trás e quase cai. Consuela Perlman também solta um palavrão, de maneira bastante clara, o que surpreende. O colega dela reage bem rápido: usando sua maleta como se fosse o escudo de um gladiador, ele afasta as pessoas enquanto Otelo e Perlman voltam pela escada e entram pelas grossas portas de vidro.

12h31. Beckers.

A essa altura, todos já estão bastante agitados e impacientes. Mais uma vez, o gerente da loja envia um de seus assistentes para o átrio principal, através do qual passa um tapete longo que leva até as escadas rolantes, separado da multidão por correntes e pequenos postes cromados.

E então, quando faltam vinte minutos para a uma, o chefe da segurança, posicionado ao fim da escada rolante, mexe no fone em sua orelha e ergue o polegar na direção do gerente, balbuciando as palavras: "Eles chegaram".

Os fotógrafos se agitam feito jogadores se posicionando para um chute de escanteio. Os jovens que vão fazer o *freestyle* entram em ação, equilibrando as bolas de futebol na testa e nos pés. As luzes quentes da TV são ligadas. A calma música de elevador dá lugar à introdução de baixo de um grande *hit* de Desmeralda, lançado há três anos, chamado "If Looks Could Kill".

E ela surge em meio a tudo aquilo. Em meio aos aplausos. Está usando uma roupa feita para ela por Dário e Harumi. ("Nós vamos reinventar as roupas de gestante", prometera Harumi.) As cores típicas da *Ploft!* aparecem no vestido cor de pérola e no casaco comprido que não tenta disfarçar a bela protuberância em formato de sino no corpo de Desmeralda. É uma roupa que grita sua atual condição; uma roupa que faria qualquer uma morrer de vontade de estar grávida. Cass surge atrás dela, resplandecente num terno cinza-escuro de corte mais frouxo e com uma camisa amarelo-clara, liderando uma comitiva de funcionários da Beckers. As luzes dos *flashes* dançam sobre o rosto dela.

– O que ela tem? – murmura um fotógrafo, sem tirar o dedo do botão.

– Não sei. Ela parece exausta. Cadê o Otelo?

Onde está Otelo? Onde está Otelo? Onde diabos está Otelo?

Desmeralda para de repente; ela não sabe para onde ir. *Flash flash flash*. Uma mulher de terno pega a mão dela e fala. *Flash*. E então vem Harumi. Põe os braços magros ao redor dela.

– Dezi? O que houve? Cadê o Otelo?

Um homem sobre uma espécie de palco está pronunciando o nome dela. Ele olha para ela e estende a mão. Ela pensa: "Eu consigo", e sobe os degraus. Mãos a auxiliam. Como sempre, ninguém, rosto algum, está visível fora da vibrante esfera de luz. Ela ouve sua própria voz dividida em canais diferentes cantando: "Não olha para mim desse jeito, a não ser que você queira de verdade". Microfones perto de seu rosto. Entra uma fileira de crianças usando *Ploft!*, na altura dos joelhos dela, dançando ao som da música. Uma delas olha para cima, para ela, sorrindo. Uma menina bonita, negra, com cabelo alto e enorme.

O volume da música abaixa; outras vozes ficam audíveis. Ela se segura no apoio do microfone. Ah, meu Deus, ela precisa fazer xixi! Não, não precisa. *Flash*.

– Oi, pessoal. Muito obrigada por estarem aqui hoje. Está tudo tão legal, não? Por motivos óbvios, não posso falar muito.

Ela coloca as mãos nos quadris, puxando a jaqueta perolada para trás, exibindo a famosa barriga. Há aplausos e alguns gritos de "Urru!".

– Apenas gostaria de dizer que, para o Otelo e para mim, este é um grande dia.

Ela não deveria ter dito isso. Não sabe por que disse isso.

– O ponto mais alto de...

Uma, duas ou três vozes são audíveis por trás do clarão das luzes:

– Onde está o Otelo, Dezi?
– Cadê o homem, Dezi?

Ele está numa delegacia. Estão interrogando-o. Há uma menina morta. Deve ter pornografia ou sei lá o quê no computador que ele diz nunca usar. Tudo está caindo por terra.

— Estamos orgulhosos... a *Ploft!* está... — diz ela.

— Dezi!

— Dezi!

Flash flash flash.

Por que o palco está ficando inclinado? Ela se agarra ao apoio do microfone com as duas mãos. Está perdendo o equilíbrio, sente o corpo pesado demais para as pernas. Vai cair. Mas não pode cair. Meu Deus, isso vai dar uma péssima impressão. Cadê o Michael?

Michael!

5.3

FOTOGRAFIAS DE UMA DESMERALDA desmaiando, em lágrimas, nos braços de Michael Cass aparecem em profusão nos jornais da noite, e a cobertura do assunto nos noticiários é enorme. O fato de o drama ser inexplicável não impede que os jornalistas expliquem tudo. Especialistas são trazidos para dar o testemunho de que mulheres nos últimos estágios da gravidez ficam suscetíveis a ataques emotivos incontroláveis. A palavra "estresse" é usada repetidas vezes. Demonstram preocupação piedosa com o bebê. A ausência de Otelo no evento promocional atrai comentários. "ONDE ESTAVA OTELO QUANDO DEZI MAIS PRECISAVA DELE?", pergunta o *La Estrella*.

Boa pergunta. Agora, ele está onde acha que sua presença é necessária: na bem decorada sala de espera de uma ala privada no Hospital Santa Theresa. Andando para lá e para cá com o celular na mão, esperando que Diego retorne a ligação. Michael Cass está sentado, olhando para uma reprodução de *A noite estrelada*, de Van Gogh (ou sabe-se lá como é o nome do quadro).

A chefe das enfermeiras surge pelas portas de madeira clara e diz que Desmeralda está bem. Que não há risco de aborto.

– Eu gostaria de vê-la.

– Não acho que seja uma boa ideia, señor. Ela está dormindo. Demos a ela um sedativo suave.

Cass percebe que a mulher gagueja um pouco. "Dezi disse a ela que não quer ver o marido", pensa ele. Olha de soslaio para Otelo: "Será que ele pensou a mesma coisa?".

Aparentemente, não, porque ele pergunta:

– Ela pode voltar para casa?

– Achamos melhor que ela passe a noite aqui. Os médicos gostariam de examiná-la novamente pela manhã. E aí, se tudo estiver bem, ela poderá sair.

Otelo olha fixamente para a enfermeira. Parece confuso, ferido, diminuído. Faz um punho fechado com a mão esquerda, abre e fecha os dedos repetidamente.

Cass levanta e coloca o braço ao redor dos ombros de Otelo. Diz em tom suave:

– Melhor ela ficar aqui, compadre. Para que arriscar, não é? Vem, vamos para casa. Foi um dia puxado.

No banco de trás do carro, Otelo cai no sono. Quando chegam ao cais, os gritos, batidas no vidro e *flashes* das câmeras o acordam.

– Michael? O que está havendo? O que essa gente está fazendo aqui?

– Se alimentando de tragédia – diz Cass, e acelera o carro portão adentro.

★★★

Na manhã seguinte, tanto o *El Sol* quanto o *El Correo* estão com anúncios de "EXCLUSIVO" nas primeiras páginas. A primeira página do *El Sol* está dividida ao meio na vertical. Em um lado, Desmeralda, desesperada; do outro, Otelo deixando a delegacia do Departamento Central de Investigação Criminal em companhia de sua "elegante advogada". Abaixo das fotos, a manchete: "POR QUE DEZI CHOROU". O *El Correo* é um pouco mais comedido, embora mostre fotografias semelhantes na primeira página. Os dois jornais fazem várias especulações sobre o confisco do computador. Ficam bem perto das suspeitas legais, mencionando casos recentes de pornografia infantil.

Perto do meio-dia, o condomínio próximo ao cais está tomado. A empresa responsável pela segurança (já tentando lidar com os pedidos da Unidade de Investigações Especiais) traz mais funcionários, inclusive mais dois com cães. Os moradores abastados sentem-se muito incomodados. Não gostam de ser fotografados dentro de seus carros ao entrar e sair do condomínio. O tipo de gente que não gostaria que a plebe soubesse onde moram.

Os jornalistas que pululam no local não sabem ao certo por que estão ali. São como caçadores de baleia em meio à névoa: há um cheiro no ar, mas não sabem de onde vem. A única luz no dia surge quando Michael Cass traz Desmeralda para casa no Hummer. Pulam no ar, tentando tirar fotos dela encolhida no banco de trás do veículo enorme.

★★★

No dia seguinte, os portões do inferno se abrem por completo. De alguma maneira, a conexão com Bianca toma a primeira página tanto do *El Sol* como do *El Correo*. Repórteres de todo o país correm para os aeroportos, rumo à capital.

No caminho para o trabalho, Nemiso comprou várias edições dos jornais. Enquanto caminhava pelo corredor que levava a seu escritório, ia escancarando as portas e dizendo:

– Qual de vocês foi o vagabundo que vazou essa informação em troca de umas bebidas?

Seus assistentes, surpresos, examinavam as fotos de uma menina bonita com sorriso malicioso sob as manchetes que declaravam que aquela era a "MENINA ASSASSINADA" no centro da "CHOCANTE INVESTIGAÇÃO SOBRE OTELO".

O telefone de Nemiso estava tocando quando ele fechou a porta. Ignorou-o. Foi até a janela e olhou para o estacionamento, sem fitar nada, até se acalmar.

Sua equipe estava há trinta e seis horas sem conseguir progressos e ele estava completamente frustrado. Depoimentos de praticamente todas as pessoas ligadas à marca *Ploft!* não conseguiam explicar como Bianca Diaz saiu de um barracão no Triângulo até parar nas páginas das revistas de moda. As crianças que serviram de modelos para as roupas eram "amadores". Eram "só crianças de rua". Ninguém parecia saber como é que elas conseguiram chegar até uma quadra de basquete no subúrbio ao leste da cidade. O nome que estava sendo mencionado era o de Marco Duarte, assistente de David Bilbao. Mas Duarte – junto com Bilbao e, sem dúvida, todo um circo barulhento de cabeleireiros, maquiadores e modelos bulímicas – tinha viajado a trabalho para "algum lugar do Arizona". Em um lugar onde aparentemente seus celulares não funcionavam. Os telefonemas e e-mails de Nemiso para a sede da polícia estadual em Phoenix foram recebidos com pouco interesse e não resultaram em cooperação. Então ele e sua equipe teriam de ir mais devagar até que Bilbao e sua equipe voltassem dos Estados Unidos em – Nemiso olhou para seu relógio – pouco menos de trinta horas. Enquanto isso, a questão Otelo estava se degradando numa farsa perigosa que ele, Nemiso, deveria ter previsto. E talvez pudesse ter evitado.

Ele soltou um longo suspiro e voltou para sua mesa. Havia diversos e-mails; o segundo era de um escritório do Ministro da Segurança Interna e tinha um ponto de exclamação vermelho ao lado. Nemiso precisaria de um café forte antes de abrir. Pôs a cabeça para fora da porta, para a sala de repórteres, e chamou Maria Navarro.

Ao fim do dia, o cerco ao condomínio perto do cais estava bastante animado. Os ocupantes de dois apartamentos com uma boa vista para a cobertura de Otelo acharam melhor tirar férias não planejadas. Jornais rivais ofereceram a eles uma quantidade absurda de dinheiro para alugar seus apartamentos, então por que não? (Em breve, outros moradores sucumbirão a ofertas semelhantes. Assim como os donos de barcos parados no cais. Varandas e coberturas ficarão tomadas de pessoas estranhas, munidas de câmeras e binóculos. Quando voltarem, os proprietários descobrirão que suas geladeiras foram saqueadas, que seus tapetes ficaram totalmente estragados por bitucas de cigarro, que seus quartos e armários estão cheios de embalagens de entrega de comida. Mas não tem problema: o seguro cobre tudo.)

Faustino ficou preso no trabalho por uma "reunião de cúpula" editorial a respeito do assunto Otelo-Bianca. Ele não foi o único a argumentar que tal conexão não existia. O fato de Mateo Campos e o *El Sol* afirmarem que ela existia de certa forma já provava que não existia. Apesar disso, ele foi bastante pressionado por Carmem d'Andrade para usar seus "contatos pessoais" com Otelo e Desmeralda e conseguir uma exclusiva para o *La Nación*. Para que Carmem parasse de pressioná-lo, ele disse que tentaria, mas não tinha a menor intenção. Antes da reunião, numa conversa às pressas e às escondidas na sala de Nola, ele e ela decidiram que não diriam nada sobre o que sabiam a respeito de Bianca, a fim de proteger Bush e Felícia. Ambos sabiam que seria difícil e perigoso manter tal segredo. Se seus colegas – e se Carmem – descobrissem... Bom, eles teriam que comer o pão que o diabo amassou, ou talvez pior. E Faustino não tinha certeza se alguém mais que trabalhava no prédio do *La Nación* sabia que o menino de cabelo maluco que comprava coisas para os outros lá fora era o irmão da "menina modelo assassinada" envolvida no "mistério de Otelo". E quanto a Ruben, por exemplo?

O mais urgente, e mais angustiante, era a pergunta que Faustino precisava e temia responder: será que o próprio menino já sabia? E, caso soubesse, ou quando soubesse, será que ele ficaria em silêncio?

E que diabos estava acontecendo com os elevadores naquela noite? Apertou com força o botão de descer mais uma vez.

De uma coisa ele tinha certeza: Bush precisaria ficar longe do *La Nación*. Pelo bem de todos. Pelo menos até essa besteira toda sobre Otelo parar de vez.

O elevador anunciou sua chegada e, ao desembarcar no saguão, Faustino já tinha tomado uma decisão. Ele iria até o Triângulo naquela noite mesmo. Conversaria com o menino, o convenceria – pagaria, se necessário – a ficar lá, a ficar escondido. Verificou as horas: sete e dez. O menino já devia estar lá.

Mas não estava. Estava sentado no meio da escada que levava até o pátio, sob a luz de um poste.

– Bush?

O menino virou a cabeça e olhou para ele. Estava segurando uma edição do *El Sol* que havia conseguido em algum lugar. Talvez no quiosque ou no lixo. A foto de sua irmã e a de Otelo na primeira página. O semblante de Bush estava repleto de dúvidas silenciosas, mas terríveis, e Faustino sentiu um aperto no coração.

– O que é isso, maestro?

– Nada – disse Faustino.

Bush ficou olhando para ele. Mostrou o jornal.

– É a Bianca – disse. – Como é que conseguiram fotos dela?

Vozes desceram por trás deles, em cima da escada. Faustino tirou o jornal das mãos do menino e pegou-lhe pelo braço.

– Vem comigo, Bush. Anda.

Faustino meio que o levou arrastado até a rampa do estacionamento.

– É a Bianca! – repetiu o menino. – Não tô entendendo nada.

Faustino destrancou o carro e abriu a porta do passageiro.

– Entra.

Bush ficou olhando para ele de boca aberta.

– Deus do céu, Bush! Anda, entra! Vou te levar pra casa.

Tudo isso estava sendo gravado pelas câmeras do circuito interno. Paul Faustino colocando um menino em seu carro. Debruçando-se sobre ele, talvez lutando para colocar o cinto de segurança.

Estacionou na rua onde o carro podia ser visto do quintal através do portão desgastado. A porta do barracão abriu quando ele e Bush se aproximaram. Ele não podia ver o rosto de Felícia, mas pôde ouvi-la murmurando:

– Bush?

– Sim – disse Faustino, em voz baixa. – E eu também, Felícia. O Paul. Deixa a gente entrar.

Ela não tinha acendido uma vela. Estava muito escuro lá dentro.

– O que foi? Bush, o que tá acontecendo?

– Bianca – balbuciou o menino, e depois outras palavras abafadas. Talvez os dois estivessem abraçados, Faustino não sabia dizer.

– Olha. Eu volto daqui a pouco, tá bem? – disse Faustino.

Foi às cegas para a porta dos fundos do bar, mas então pensou melhor e saiu para a rua. Vozes, risadas e um rock antigo vinham do La Prensa. Havia uns dez clientes lá dentro, e eram do tipo com quem Faustino não gostaria de arranjar briga. Olharam-no de cima a baixo quando ele entrou, depois voltaram para suas bebidas e conversas. Fidel olhou para ele, parado no meio do ato de servir rum em dois copinhos de bebida. Em uma prateleira atrás do balcão, a televisão ligada sem som. Para o horror de Faustino, a tela mostrava o rosto de Bianca. Ficou olhando e a câmera abriu, revelando que era uma foto numa revista que o repórter segurava. Faustino olhou para as pessoas em volta: aparentemente, ninguém ali estava prestando atenção no noticiário das oito.

– Boa noite, señor – disse Fidel. – Imagino que o señor queira usar o banheiro. É ali nos fundos.

– Isso – respondeu Faustino.

– Venha, vou te mostrar onde fica. Nina? Pode dar uma olhada aqui no bar rapidinho?

Ali, no escuro, conversaram aos cochichos.

– Meu Deus, Fidel!

– Sim.

– Você viu os jornais?

– Um cara apareceu na hora do almoço com aquela porcaria do *El Sol*. Eu quase tive um ataque cardíaco quando vi a primeira página. Não consigo aceitar essa coisa do Otelo.

– Ah, nem precisa. Basta ver quem é que está publicando a história.

– Sim. Mas ele tinha a foto dela no computador dele, não é?

Faustino encolheu os ombros.

– É o que dizem. Não sei. Mas agora estou mais preocupado com Bush e Felícia. Eu acabo de trazê-lo pra cá. Ele está em estado de choque, eu acho. Tentei explicar algumas coisas para ele, mas acho que ele não conseguiu entender.

– Por algum motivo, isso não me surpreende.

– Não. Mas o que mais me preocupa é que ele vai ser identificado. O pessoal do *El Sol*, ou algum outro bando, pode acabar descobrindo onde ele está. Tentei dizer a ele que precisa ficar longe das ruas. Ficar mais escondido um tempo. Não sei se ele captou a mensagem. Olha, Fidel, será que você e a Nina...

Fidel virou a cabeça para o outro lado e disse:

– Aquele carro ali fora é seu?

– Hã... sim.

– Legal. Eu não o deixaria ali por muito tempo, se fosse você.

Faustino esmagou o cigarro com o pé. Sentia-se mais triste do que com raiva.

– Certo, Fidel, certo...

– Olha, cara – continuou Fidel, cedendo. – Eu agradeço o fato de você estar preocupado. Você tá tentando ajudar. Mas você não sabe onde está se metendo. Você vê tudo isso como um problema.

– Ué, mas é um problema, não é?

– Não. Um problema é uma coisa que pode ser solucionada. Uma coisa que tem solução. Mas não há solução para jovens feito o Bush. Para eles, as soluções são um luxo inalcançável.

– Não estou entendendo.

– Não. Claro que não. Olha, eu já te disse isso antes, mas digo de novo. A Nina e eu, a gente deu abrigo para três crianças. E agora a gente tem duas. Uma já se foi, faltam as outras duas. Este lugar nunca foi seguro. Um abrigo, talvez, mas nunca foi seguro. Crianças assim, elas nunca estão seguras. Isso não é um problema, cara; é a realidade. E não há solução pra realidade.

Fidel percebeu um leve aumento no volume das vozes no bar e olhou naquela direção. Continuou:

— A Bianca era um rosto conhecido, entende? Talvez, a essa altura, muitos meninos de rua já tenham visto o rosto dela nos jornais, em pôsteres, sei lá. Gente mais velha também. Algumas dessas pessoas talvez saibam ou tenham alguma ideia de onde ela morava. Elas vão saber quem é a Felícia. E o Bush. E, por uma quantia de dinheiro que você acharia irrisória, eles vão afirmar qualquer coisa pra qualquer um. E então, o que é que você queria que eu e a Nina fizéssemos?

— Nada — respondeu Faustino. — Peço desculpas.

— Deixa pra lá — disse Fidel. — Você é legal, Faustino. Mas eu preciso ir agora.

Durante um solitário minuto, Faustino ficou de pé ali no escuro. E então foi até o barracão e bateu na porta.

— Felícia? Sou eu.

Ela o deixou entrar.

— Não estou enxergando nada.

Ele viu um fósforo acendendo. Iluminou o barracão durante um mero segundo e então se tornou a pequena chama de uma vela que se refletia nos olhos das crianças e, supôs, também nos seus.

— Bush, Felícia... Escutem. Vocês confiam em mim?

Depois de uma breve hesitação que o decepcionou, Felícia respondeu:

— Sim.

— Ótimo. Pois então quero que vocês entrem no meu carro e venham comigo. Agora. Vocês precisam levar alguma coisa?

– Pra onde vai levar a gente, señor Paul? – indagou Felícia.

– Para algum lugar seguro. Onde ninguém vai saber quem são vocês.

Sentia os olhares dos dois como facadas.

– Vamos para a minha casa – disse Faustino, sem acreditar no que dizia.

5.4

AS CORTINAS DA COBERTURA continuam fechadas. Já se passou quase um dia e meio desde a última vez em que Desmeralda e Otelo viram a luz do dia. Não assistem televisão. Só fazem lanches com a comida na geladeira.

Começaram a achar mais confortável ficar longe um do outro. Quando Desmeralda faz ou recebe ligações em seu celular, ela vai para outro cômodo. Muitas vezes, busca refúgio no sono, com as mãos sobre a barriga, num gesto protetor. Toma banhos com frequência. Apesar do frescor do ar-condicionado, ela quase sempre se sente suada, com calor. Teve de reprimir uma ou duas vezes um desejo enorme de ir até a varanda e exibir seu útero inchado para as impiedosas câmeras.

Otelo começa a sentir aquele peso físico, a letargia, que costuma tomar conta dele quando fica sem treinar. Seu tendão de Aquiles ainda está um pouco inchado e dolorido. Quando ele fica sentado por muito tempo, apoia o pé num saco com cubos de gelo.

Tresor enviou-lhe uma mensagem de texto – sim, uma mensagem de texto – para lhe informar que, devido à lesão e a outros motivos bastante óbvios, ele não iria jogar na quarta-feira contra o Gimnasia. Na verdade, seria seu último jogo com o Rialto, embora ele ainda não soubesse disso. Sente uma raiva melancólica porque sua esposa não acredita no que ele diz sobre as fotos em seu computador. Porque não há como ela acreditar. É uma situação insana, ele está enlouquecendo. É como voltar para casa e encontrar uma rocha enorme na sala ou algo assim. Não faz sentido algum. E, como não faz nenhum sentido, não há nada que se possa fazer a respeito. Ele buscou desesperadamente por alguma explicação. Qualquer explicação além da única oferecida.

– Olha... – dissera ele, entrando no quarto naquela manhã. Ou na noite passada, ou sabe-se lá quando. – Aquela festa que a gente deu, quando foi, três semanas atrás? Lembra? Tinha gente aqui que eu mal conhecia. Pode ser que uma dessas pessoas tenha feito isso. Talvez por brincadeira, sei lá.

– Brincadeira – repetiu ela, em tom monótono, e olhou para ele. – Você acha que tem gente que te odeia tanto assim?

Ele se apoiou no batente da porta, querendo muito se deitar ao lado dela.

– Dezi... Só pode ser algo assim. Só pode. Afinal, quem mais faria isso? Michael? Diego?

– Não seja ridículo.

– Quem, então?

Ela deu de ombros. Como se tivesse perdido o interesse. Aquilo quase o matou. Ela fez o gesto diversas vezes desde então.

Assim, ele acabou desistindo de se defender. Está sozinho com ela, e com ela se sente sozinho. Pensa que seu casamento está nos primeiros estágios do eclipse; a sombra já deu a primeira mordida. Ele bebe um gole de cuba-libre, esperando matar o verme que o devora por dentro.

Diego telefona diversas vezes. Informa a eles, com insistência, o que dizem os jornais e a TV.
OTELO: E a Shakespeare?
DIEGO: Bom...
OTELO: O quê?
DIEGO: A Isabel está convocando uma reunião estratégica para amanhã, pelo jeito. Não consegui falar com ela direito. Ei, preciso te contar uma coisa. Diga para a Dezi também. As vendas da *Ploft!* estão lá no topo. Como diz o ditado: "Falem mal, mas falem de mim", não é, capitano?

De fato, falam. As roupas "da Bianca", com pequenos lacinhos comemorativos amarelos, estão na última moda. É difícil atender à demanda. Assim, a moda se torna o ingrediente a mais na mistura apimentada de fama, política e crime que alimenta os tubarões.

Faustino apresentou a Bush e Felícia seu apartamento. Foi ridículo o número de vezes em que ele pediu desculpas por tudo.
– Só tenho um quarto de hóspedes. Tudo bem para vocês? Se acharem melhor, o Bush dorme no sofá na sala. Que tal, Bush?

– Não, tudo bem, señor Paul – disse Felícia, e ele não entendeu o que ela quis dizer.

Eles estavam tão alheios a tudo e ao mesmo tempo muito nervosos, olhando para as fotos emolduradas nas paredes, os livros, as coisas deixadas à vista para qualquer um roubar. Faustino mostrou a eles o banheiro, a geladeira, como o fogão funcionava, a chaleira elétrica, o controle remoto da TV, e eles ficaram olhando para tudo aquilo como se fosse a vida após a morte. Mostrou como funcionava o chuveiro, deixando a manga de sua camisa ensopada no processo.

Pegou *fajitas* de frango no freezer e aqueceu no micro-ondas, mostrando a eles como fazer. Mas eles ficavam olhando para o rosto dele, não para o que ele fazia com as mãos. No começo, comeram devagar, mas depois com voracidade. Ele morria de pena ao observá-los. Passou a comida de seu próprio prato para o deles, pegou uma cerveja na geladeira e ficou sentado, fumando e bebendo, até eles terminarem.

Depois, disse:

– Amanhã eu preciso ir trabalhar. Quero que vocês fiquem aqui, está bem? Não tenho uma chave extra, então, se vocês saírem, não vão mais conseguir entrar. Entenderam? Então vocês precisam ficar aqui. Podem usar o que quiserem. Não atendam o telefone. Vou tentar não voltar tarde.

Faustino acordou no meio da noite, depois de ter um sonho recorrente: ele entrava numa sala completamente tomada por uma atmosfera de ameaça, e, quando tentava sair, descobria que a porta havia diminuído até ficar do tamanho de uma portinhola para gatos. Acordou com um gosto de cabo de guarda-chuva na boca.

Dirigiu-se para a cozinha. A luz que tinha deixado acesa no corredor indicou-lhe que Bush tinha saído do sofá da sala. Assustado, Faustino foi para o quarto de hóspedes. A porta estava escancarada, e a luz era suficiente para que ele pudesse ver Bush na cama com Felícia, os dois abraçados. Os olhos da menina estavam abertos, mas ela não disse nada.

Na cozinha, Faustino ficou olhando para seu reflexo na janela.

– O que você está fazendo? – perguntou ele para o reflexo.
– Céus, o que você acha que está fazendo?

5.5

NUMA SALA DE ENTREVISTAS da imigração, no aeroporto, Nemiso levou menos de dois minutos para conseguir, com um bronzeado e muito assustado Marco Duarte, o nome de Juicy Montoya.

O computador da DCIC vomitou muitas informações sobre José Maria "Juicy" Montoya (além de várias fotos suas bem pouco atraentes). Ele havia comparecido ao Tribunal do Terceiro Distrito um ano e seis meses antes, quando foi absolvido da acusação de extorsão, já que as testemunhas de acusação não compareceram. Os registros do tribunal incluíam seu endereço de residência, que ocupava três aposentos de um prédio que já fora elegante, mas sem dúvida se esquecera do fato. O apartamento mostrava todos os sinais de uma vida desprezível e de uma fuga às pressas. No fundo de um guarda-roupa quase vazio, havia uma camisa manchada e amarrotada. Torres encontrou um cartão de visita no bolso.

– J. M. Montoya – leu ele em voz alta. – Swift Empréstimos Financeiros. Rua Castaña, número 9.

Nemiso pôs de volta a estatueta de gesso do Cristo Redentor que ficava em cima da televisão. As palavras "LEMBRANÇA DO RIO DE JANEIRO" estavam pintadas à mão na base.

– Onde fica isso?

– No Triângulo.

– Ah – disse Nemiso. – Liga para a Navarro e diz pra ela se encontrar com a gente lá. E para trazer policiais junto.

As portas estavam fechadas e a persiana de metal abaixada quando chegaram lá. Dois policiais usaram uma marreta para conseguir abrir o local. A gaveta de cima da mesa de Montoya estava aberta e vazia. O jornal na lixeira era a edição do dia anterior do *El Correo*. Havia um cofre antigo, cor de oliva, contra a parede. Nemiso experimentou abri-lo e a portinhola escancarou-se, revelando uma garrafa de rum pela metade e duas latas de cerveja. Nos fundos da prateleira de baixo, uma única nota de dez dólares.

– Acho que nosso amigo decidiu sair de férias de última hora. Talvez logo depois de ver os jornais de hoje – comentou Torres.

– É – concordou Nemiso, combalido. – Bom, vocês sabem o que fazer. Aeroportos, estações de trem, terminais de ônibus. Descubram se o Montoya tem carro. Mesmo que ele tenha, verifiquem os locais que alugam carros. Comecem pelos mais baratos.

Tentou injetar um pouco de ânimo, de urgência em seu pedido, mas estava com a forte impressão de que tinha tomado o caminho errado. De que havia sido levado para longe da causa principal por um afluente que desembocaria em lugar algum, no meio do nada.

No cais, um grupo de *paparazzi freelancer* decide que o iate que alugaram não está na melhor posição. Um deles conhece barcos. Ele dá partida no motor e se afasta de ré da ponte do cais. Outros veem o que ele está fazendo e, com diferentes níveis de sucesso, tentam fazer o mesmo. Enfim, a disputa por posição gera danos que totalizam três milhões de dólares.

A duas ruas de distância do metrô da Independência, existe um bar de estilo italiano frequentado, no fim da tarde, por gente que sai do trabalho. É um local onde se pode relaxar do estresse do dia antes de voltar para casa. O tipo de lugar onde dois homens bem vestidos tomando café numa mesa de canto não atraem atenção indesejada.

– Otelo e Desmeralda Brabanta estavam em posse legítima de um CD com imagens de crianças que serviam de modelo para suas roupas – disse Nemiso. – O escritório de Bilbao mandou a eles duas cópias de cortesia do disco. A detetive Navarro viu os CDs assim que entrou no escritório. O meu problema é que, aparentemente, Otelo havia instalado uma versão editada desse disco em seu disco rígido, com um nome diferente. Quarenta e quatro das cinquenta imagens nesse arquivo são da menina assassinada, Bianca Diaz. Na maioria delas, ela está de biquíni.

– Entendi – respondeu Faustino.

– E, quando o nosso pessoal técnico examinou o *laptop* de Otelo, eles descobriram que aparentemente ele havia visitado vários sites pornô.

Faustino remexeu a colherinha no café e perguntou:

– Pornografia infantil?

– Não.

– Então o nosso herói nacional tem pés de barro. Ele faz essa coisa triste e normal que milhões de outros homens fazem. Decepcionante, talvez, mas não ilegal, que eu saiba.

– Você o conhece bem, Paul?

– Eu o entrevistei algumas vezes. Eu vi os dois pessoalmente, ele e Desmeralda, umas duas vezes. O mais importante é que eu o vi jogar. Inúmeras vezes. Existe uma honestidade nele. Talvez isso soe estranho pra você. Ou talvez meio pretensioso. Mas a ideia de que ele possa ter matado uma criança é absurda.

– Dez anos atrás, eu condenei um homem que havia abusado sexualmente e depois assassinado diversas idosas. Era um dos homens mais encantadores e articulados que conheci. E muito honesto. Levei muito tempo para acreditar no que eu já sabia – disse Nemiso.

– Você sabe tão bem quanto eu que Otelo não matou Bianca Diaz – respondeu Faustino.

Nemiso virou-se para observar uma animada discussão no bar. Sem olhar para Faustino, disse:

– Na noite em que ela foi assassinada, Otelo tinha jogado contra o Esparta. Voltou de avião naquela mesma noite. As câmeras do circuito interno do aeroporto confirmam que Michael Cass foi encontrá-lo. Otelo diz que reservou aquele voo porque sua esposa estava no hospital e ele queria visitá-la logo de manhã. Cass o deixou no apartamento do cais pouco antes da meia-noite. Bianca provavelmente foi morta entre dez da noite e quatro da manhã. Otelo não tem nenhum álibi para grande parte desse período. As câmeras de segurança do condomínio são apagadas a cada três semanas, então não podemos saber com certeza se ele não saiu.

Faustino fez sinal, pedindo mais dois cafés.

– Certo. Havia oportunidade. Mas e o motivo? – perguntou.

– Bom... Torres, o meu detetive, é bem petulante. Ele sugere que foi chantagem. Que Bianca conhecia Otelo, que teve relações com ele.

– Você acredita nisso?

– Não. E nem o Torres, na verdade. Mas ele torce pro Metropoli.

Os cafés chegam.

– Não é só ridículo, Hilário. É uma armação.

– Mas quem iria querer prejudicar um homem desses?

– Muita gente. Gente maluca. Gente invejosa. Gente que gosta de derrubar heróis. Mas talvez nem tenha a ver com ele. Talvez tenha a ver com um capitão bem diferente.

Nemiso baixou a xícara silenciosamente sobre o pires e recostou-se na cadeira.

Faustino colocou cubos de açúcar em seu café. Enquanto observava os dedos fazerem isso, disse:

– Olha, me desculpa, Hilário, mas eu fiz uma pesquisa a seu respeito. E conversei com a Nola. Me parece que há certas pessoas, certos políticos, em particular, que adorariam ver você se dando mal. Ver você envolvido num escândalo e saindo todo coberto de merda, em vez dos louros da vitória.

Levantou os olhos para a cara desconcertante de Nemiso. Continuou:

– Mas eu também sou, como qualquer um pode te dizer, um cara que desconfia até da própria sombra.

Nemiso finalmente sorriu.

– Sim, já ouvi falar dessa sua fama. E também ouvi falar que você, digamos, está com Bush e Felícia sob sua custódia.

– Isso é ilegal?

Nemiso deu de ombros.

– Talvez não. Mas será que foi uma atitude sábia?

Assim que Faustino abriu a porta e acendeu a luz, sentiu o cheiro deles. Estavam exatamente onde ele os havia deixado, na cama do quarto de hóspedes, os joelhos encostados contra o peito, os pés nas dobras do lençol amarrotado.

– Vocês comeram alguma coisa? – perguntou.

– A gente tá bem, maestro.

Faustino fez um movimento afirmativo de cabeça e suspirou ao mesmo tempo. Foi até a cozinha e examinou a geladeira, que estava exatamente do jeito que ele havia deixado. Voltou para o quarto.

– Vocês estão com fome?

Felícia olhou para ele e disse:

– Um pouco. Mas a gente não sabe o que fazer.

– Certo – disse Faustino, e atravessou a sala e ligou para a entrega de comida que sempre chamava. Depois, com vontade de urinar, foi para o banheiro. Havia um cocô descansando no fundo da privada.

– Deus do céu! – murmurou ele, apertando o botão cromado da descarga. O rosto no espelho dizia: "Eles não podem ficar aqui. Você sabe disso".

Depois de lavar bem as mãos, voltou para a cozinha e pegou dois copos de suco de laranja. Foi até o quarto e serviu-os. Sentou na beirada da cama enquanto as crianças bebiam vorazmente.

– Certo, pessoal, olha só – começou ele. – O que a gente vai fazer é o seguinte. Felícia, você vai sair comigo. Pedi uma comida e perto do lugar onde a gente pega a comida tem uma loja que vende roupas, coisas assim. A gente vai fazer umas compras, tá?

Ela ficou olhando para ele em silêncio.

– E aí, quando a gente voltar, vocês vão tomar um banho e colocar umas roupas limpas. E aí a gente come. Quem sabe ver se tem algum filme que preste na TV. Que tal?

Ele reconheceu e desprezou o tom jocoso e direto de sua própria voz. Era exatamente o mesmo tom que seu pai usava quando propunha alguma atividade bem masculina a ele, seu decepcionante filho.

– Eu não vou junto? – perguntou Bush.

– Não. Acho melhor você ficar aqui.

As crianças se entreolharam.

– Tá – concordou Bush. – Você é quem manda, maestro.

5.6

OTELO ACORDA NO SOFÁ com um gosto de rato morto na boca. Seu relógio lhe informa que são quase dez. Ele leva certo tempo até descobrir se são dez da manhã ou da noite. Da manhã. Ele se levanta fazendo uma careta por causa da leve dor quente que percorre a parte de trás de seu tornozelo, e vai mancando até a pequena janela na extremidade da sala de estar em "L". Abre a cortina um pouco, o suficiente para ver com um olho só o que está além das pequenas árvores, perto da grade de segurança. A luz do dia é como uma punhalada em sua ressaca. A multidão ainda está lá fora, é claro. Menos gente, talvez? Talvez não.

Ele vai até o quarto. Há uma mala sobre a cama. Desmeralda está no banheiro, pegando produtos do armário e colocando-os numa frasqueira de cosméticos. Ela precisa ficar na ponta dos pés para alcançar a última prateleira; sua enorme barriga descansa sobre a pia. Otelo acha a visão ao mesmo tempo levemente grotesca e muito comovente. As pernas esticadas são adoráveis.

– O que você está fazendo?

Sem olhar para ele, e em tom calmo, ela diz:

– Pra mim, chega. Achei que, a essa altura, isso já teria chegado ao fim.

Ela fica ereta novamente, uma mão apoiando a barriga. Continua:

– Mas parece que nada disso tem fim, não é? Desculpe, você quer usar o banheiro?

Ela vai para o quarto. Otelo esvazia a bexiga e escova os dentes. Sente o zumbir da escova de dente elétrica no topo do crânio.

Ela está se maquiando. Lentamente, com cuidado, como se estivesse se preparando para enfrentar as câmeras. Ele se apoia no vão da porta, olhando para o reflexo dela.

– O que você está fazendo?

(Ele já não perguntou isso?)

Ela remexe o pincel do rímel no tubinho.

– Vou para a casa da praia.

– Mas você não pode.

Ela aplica o rímel nos cílios do olho esquerdo.

– Dezi...

– Sim, posso sim. Preciso. Eu me sinto sufocada. Quero ficar ao ar livre. À luz do dia. Num jardim – ela diz cada uma dessas coisas maquiando um cílio por vez.

– Vai ser a mesma coisa lá, você sabe. Eles também vão estar lá.

– Mas mais distantes. Pelo menos a um quilômetro de distância. Fora dos portões. Não vão conseguir chegar até mim.

Ele pressiona os dedos contra a testa. É como se sentisse milhares de pequenos nós sob a pele.

– Dezi, o bebê vai nascer daqui a oito semanas.

– Sete.

– Certo, sete. Você me disse que não podia viajar de avião.

– O Michael vai me levar.

– O quê? Dezi, são nove horas de carro. Você não pode fazer isso. E o quê? Você acha que o Michael pode simplesmente aparecer e vir te pegar como se fosse um dia qualquer? Eles ainda estão lá fora, você sabe.

– O Michael vai vir com o Hummer. Ele falou que, se eles não saírem do caminho, ele passa por cima.

Ela volta a atenção para o olho direito.

– Dezi, isso é absurdo. Uma loucura. Eu vou ligar pro Michael, falar pra ele deixar isso pra lá.

Ela baixa as mãos e olha para ele através do espelho.

– Não. Você não vai fazer isso.

A expressão no rosto dela não mudou, mas, de alguma maneira, todo o resto sim. É como se o próprio ar estivesse cheio de rachaduras pelas quais ele pudesse ver outra imagem.

Ele senta na beirada da cama, sem olhar para ela.

– Está bem – diz ele, depois de uma pausa. Ela está passando batom. – Eu vou com você.

– Não.

– O quê?

– Eu vou sem você. Essa é a ideia. Preciso ficar longe disso tudo. E tudo *isso* – ela faz um gesto amplo na direção do mundo lá fora – tem a ver com você. Eu não fiz nada. Não escondi fotos de meninas no meu computador. Não fui arrastada pela polícia para responder perguntas sobre o assassinato de uma criança. Eu vou *ter* uma criança. Eu me recuso, eu simplesmente me recuso a continuar a ser uma vítima. Fui humilhada pela primeira vez na vida por sua causa. Então o que eu preciso fazer, o que vou fazer, é ir até o local onde eu me sinto, onde posso... não ser parte de tudo isso. Entendeu? Preciso de tempo para me preparar para o Raul. Se você vier comigo, vai trazer toda essa droga junto e eu não vou conseguir.

Ele olha para ela, de boca aberta. A boca completamente mole. Parece um menino confuso, à beira da ira ou das lágrimas.

Ela continua:

– Preciso de tempo para mim, Otelo. E preciso que você fique aqui para me proteger, para colocar um fim nisso tudo. Você pode fazer isso?

– Eu não sei. Eu não entendo o que está acontecendo. Eu preciso de você, Dezi. Não me deixe.

– Você me ama? – pergunta ela.

São lágrimas.

– Sim – responde ele. – Você sabe que sim.

– Então me deixe ir. Só por um tempo.

Ele finalmente faz que sim.

– Eu não fiz nada – diz ele.

Ela fica de pé e caminha ao redor da cama enorme, estendendo as mãos para ele.

– Sim, fez sim. Você me fez feliz. E me deu um filho. Vem. Levanta.

Ele consegue levantar, de alguma maneira, e ela o leva até as enormes camadas da cortina que os separam do mundo, e, antes que ele consiga impedi-la, ela aperta o botão. Elas se abrem, e o dia cinzento lá fora fica instantaneamente tomado por *flashes* de fotos que vêm das calçadas, das varandas, dos barcos. Ela abre as portas de vidro e sai para a varanda, puxando-o atrás de si. Vozes clamam, gritam o nome dos dois. Os *flashes* são como uma constelação inquieta. Ela para perto do parapeito e se vira para ele.

– Me beije – diz ela, colocando o braço direito sobre o ombro dele e puxando seu rosto para o dela. – Anda, me beije.

Ele obedece. É uma cena estranha porque Raul está entre eles. Ele precisa se inclinar sobre ela. Seus lábios, suas bocas, se encontram. Urros e gritos vêm lá de baixo. A luz do dia é sufocada pela luz das câmeras. Um milhão de primeiras páginas nasce naquele instante. Elas mostrarão o beijo de despedida de Otelo e Dezi. Mostrarão Desmeralda linda, como sempre, e seu marido usando uma camiseta branca amarrotada e cueca samba-canção cinza-clara. Mostrarão a mão esquerda dela, com as unhas perfeitas, apontando o dedo do meio ao mundo.

Depois que ela e Michael se vão, Otelo fica um tempo sentado. Seus pensamentos são como os de uma criança perseguida em um beco, tentando escapar, mas só encontrando muros e barreiras. Chega à conclusão de que está com fome, então vai até o freezer, tira uma pizza e coloca no micro-ondas. O forno apita enquanto ele está sentado na mesa da cozinha, assustando-o. Ele corta metade da pizza em fatias do mesmo tamanho e come duas delas. Depois, vai até a geladeira e tira uma garrafa de vinho branco. Após três taças, ele perde o interesse pela pizza e fica só beliscando pedacinhos da cobertura. Camarão. Alcachofra. Termina de tomar o vinho.

Mais tarde, acorda na cama dos dois. A bateria de seu celular está acabando. O aparelho desliga. Ele fica olhando fixamente para o teto durante alguns instantes, e então joga as pernas para fora da cama e caminha meio cambaleante até o *closet*. Abre uma gaveta, apanha montes de calcinhas dela e joga as peças sedosas no rosto, como se fossem água.

Liga para ela. O telefone está desligado.

Quando Michael Cass consegue passar pela tempestade de luzes e ruídos do lado de fora dos portões, deixa bastante confusão para trás. Apesar do vidro fumê do veículo, foi possível distinguir que havia apenas uma pessoa no banco de trás, e que era Desmeralda Brabanta. Ou não era?

– Talvez seja só para despistar, cara.
– Que nada.
– Pode ser.
– Otelo estava no chão, entre os assentos. Pode apostar.

O exército de *paparazzi* se divide. Diversos carros e umas seis motocicletas saem atrás do veículo enorme e sinistro.

Cass faz um caminho pelo norte, para despistar, atravessando os subúrbios, em vez de se dirigir para o leste, na direção do litoral. Dirige com cuidado, ciente da condição de Desmeralda, e logo os fotógrafos estão todos em seu encalço. Ele escolhe as ruas de faixa única mais cheias, minimizando a possibilidade de os *paparazzi* ficarem lado a lado com o carro.

Otelo coloca outra dose de rum em sua Coca e liga para a casa de Diego, e depois para o celular. Em ambas as vezes, a ligação cai na caixa postal. Não consegue pensar em que mensagem deixar, então desliga.

Desmeralda fica em alerta.
– Michael?
– É, eu sei – diz Cass.
Estão agora na Buendia, ainda em direção ao norte. Mesmo mudando de faixa de modo aleatório, em diferentes velocidades, Cass não consegue impedir que os *paparazzi* se aproximem de vez em quando. Mais uma vez, ele consegue ver os *flashes* das câmeras com o canto do olho.

A voz de Desmeralda ainda está meio aguda, mas não demonstra pânico.
– A gente pode ir mais rápido?
– Acho que não ia adiantar. Você pode deitar aí atrás, se achar melhor.
– Não dá. A barriga atrapalha.
– É, imagino que sim. Segura firme aí, Dezi. Vou sair um pouco da estrada e ver se consigo convencer esses caras.

Ele avista o lugar que estava procurando: um café alegre e barato, popular entre os caminhoneiros, a estradinha com entrada cheia de luzes azuis e vermelhas. Há poucos carros e picapes no estacionamento em frente, mas Cass diminui a velocidade do Hummer indo para a entrada larga e esburacada que leva até o local onde ficam os caminhões. Os *paparazzi* vão atrás, demorando um pouco, indecisos. O segurança dirige devagar até encontrar uma vaga entre dois trailers enormes e estaciona. Desliga o motor e estica a mão para pegar algo no porta-luvas.

– Volto logo – diz ele.

Ele sai e tranca as portas. Os perseguidores pararam em formação desorganizada, atrás da fileira de caminhões, com os motores ligados. Cass caminha na direção deles por entre os trailers altos. Segura o picador de gelo atrás do antebraço direito, fora de vista. O carro mais próximo é um Honda verde, com dois homens dentro. Ele se inclina, como se fosse falar com o motorista. E então exibe brevemente o picador de gelo antes de enfiá-lo no pneu da frente do Honda. Quando ele tira, ouve um chiado satisfatório. O motorista começa a abrir a porta, gritando: "Seu filho da...".

Cass dá um passo para trás e fecha a porta do Honda com a sola do pé. E então dá outro golpe com o picador no pneu traseiro. Parte em direção do carro seguinte, um Ford. O homem gordo no volante dá uma boa olhada no picador e, atabalhoadamente, coloca o carro em marcha a ré, tentando se afastar, às pressas. Bate numa motocicleta e a derruba. O motorista da motocicleta começa a gritar algo sobre sua perna e sobre sua câmera, mas Cass não consegue discernir o que é, porque o homem está usando um daqueles capacetes que cobrem toda a cabeça. O segurança dá seu tratamento de picador de gelo ao pneu da frente do Ford e volta a agir.

O restante dos carros e motocicletas agora está tentando manobrar para se afastar dele no espaço entre as fileiras de caminhões. Não estão tendo muito sucesso, porque estão olhando para ele, em vez de olhar uns para os outros. Cass se aproxima deles e apoia o punho esquerdo no quadril, segurando o paletó aberto de modo que a arma no coldre fique claramente à mostra. Fica no mesmo lugar até eles conseguirem se reorganizar e fugir às pressas.

Dez minutos mais tarde, Cass pega a próxima saída da Buendia, atravessa a ponte e volta para uma pista que vai para a direção sul. Na rua Circular, ele pega a estrada da Costa Leste. O céu está com uma cor roxa, intensa e ameaçadora; mas à frente, bem ao longe, uma nuvem termina numa linha quase perfeitamente reta sobre um reino de luz dourada.

Cass sorri, feliz.

– Bom, parece que a gente está indo na direção certa.

Desmeralda não responde. Ele olha sobre o ombro e vê que ela dormiu.

5.7

NO FIM DA TARDE, o zelador está dando uma escapadinha, tomando uma cerveja com seu cunhado Sal, que trabalha na manutenção, quando o telefone toca. A luz do quadro central informa que a chamada vem da cobertura.

– Olha, é ele – diz o homem, apontando o dedo para cima e pegando o fone. – Señor?

Ele escuta, com a testa franzida.

– Quais, señor? Ah, tudo bem. Dez, talvez quinze minutos?

E desliga.

– Adivinha? O cara quer os jornais. Todos eles.

Sal faz uma careta.

– Eu não leria, no lugar dele.

– Nem eu – diz o zelador. – De jeito nenhum.

Ele pega as chaves do carro de dentro de uma gaveta e as segura no ar.

– Quer ir? Ele geralmente dá boas gorjetas.

★★★

Pingos gotejam do cabelo do homem sobre a gola de seu macacão e as pontas dos jornais estão molhadas, então Otelo supõe que esteja chovendo. Ele estende uma nota de vinte dólares e pega o monte de jornais meio sem jeito, já que se esqueceu de largar o copo de cuba-libre antes de atender à porta.

Quando espalha os jornais no chão, inúmeros Otelos olham para ele. Ele não reconhece todos. Afasta-se, enche o copo de novo, toma um longo trago para se recompor. E então fica de quatro, engatinhando em meio às páginas dos jornais, examinando-as.

Lá está ele em cima de alguns degraus, a mão erguida como se estivesse se protegendo de algo jogado na direção de sua cabeça.

Lá está ele com Dezi. Ele nunca havia visto aquela foto antes. Ela parece triste. Está usando óculos escuros e um chapéu grande. Dezi aparece em outras fotos no chão também. Está grávida na maioria delas. Dezi de novo. E de novo.

Lá está ele com os braços ao redor de Bianca Diaz e outra menina. O quê? Não, não é ela. Ela está ali, e ali, e ali. Mas essa é outra menina. Anos atrás, num orfanato em Espírito, não foi? Talvez.

Lá está ele rindo com alguém... Meu Deus, é o Nestor Brabanta!

Mas na maioria das fotos ele parece louco. Enlouquecido, enfurecido, os olhos arregalados ou completamente fechados, os dentes expostos, uivando, com punhos fechados na frente do rosto. Primitivo. Homicida. Em *close*.

Otelo está tão hipnotizado, tão horrorizado com essas imagens, que leva vários segundos para entender que está olhando para fotos suas celebrando seus gols. Por algum motivo, ele acha isso engraçado e dá uma risadinha. A risadinha se transforma em gargalhada, e logo seus olhos e nariz estão molhados. Lágrimas caem sobre o jornal, borrando a foto. Quando o ataque de riso/choro passa, ele limpa o rosto na barra da camiseta e inclina a garrafa de rum sobre o copo, derrubando um pouco da bebida quando soluça.

Volta a atenção para os jornais e tenta ler.

Qual é a história? Seus olhos deslizam de uma página para outra. Nada se encaixa; nada faz sentido. É só gente dizendo coisas, inventando coisas.

Não existe história nenhuma. Mas claro que não! Ele mesmo poderia ter dito isso a eles! E disse isso a ela. Mas ela não quis saber.

BIANCA TINHA UM TALENTO NATO, DIZ SEU FOTÓGRAFO

Bianca Diaz, a adolescente assassinada e que pode ter ligações com Otelo, poderia ter sido uma modelo, de acordo com o fotógrafo especialista em moda David Bilbao.

"É uma grande tragédia", afirmou Bilbao. "Ela tinha um rosto muito fotogênico. Fiquei muito chocado quando...

OTELO ARRUINOU A REPUTAÇÃO DO RIALTO, DIZ

Diz quem? A manchete continua na próxima página. Mas ele não consegue achar a próxima página. Ele se contorce, de joelhos, procurando por ela em meio às folhas espalhadas e amarrotadas. Acaba se distraindo com a foto de sua mulher nos braços de Michael.

Será que eles já estão longe? Ele olha para o pulso, mas não está com seu relógio.

INVESTIGAÇÃO DE OTELO AUMENTA AS VENDAS DA PLOFT!

SHAKESPEARE SE RECUSA A DAR DECLARAÇÕES SOBRE OTELO

PORNOGRAFIA INFANTIL: UMA INDÚSTRIA BILIONÁRIA

Uma foto do Duque da Venecia no *La Nación*. O que ele tem a dizer?

O presidente do Rialto, Umberto da Venecia, cedeu ontem à pressão e fez a primeira declaração pública sobre as especulações cada vez mais fora de controle sobre a maior estrela do clube, Otelo. Na segunda-feira, o atacante de fama internacional foi interrogado pela polícia que investiga o assassinato de uma adolescente, o que gerou grande interesse por parte da mídia.

"Não vou comentar sobre o caso exceto para ressaltar que Otelo não foi acusado de nenhum crime", afirmou da Venecia. "Portanto, não existe a questão de ele ser expulso do time, apesar das alegações da imprensa. Otelo continua a ter todo nosso apoio."

Blá, blá...

A respeito do fato de o jogador que mais fez gols para o clube não poder participar do próximo jogo, da Venecia afirmou: "Otelo está com uma lesão. Simples assim. Se ele estivesse bem, jogaria".

Otelo lê algumas palavras duas vezes, apertando os olhos. Elas se esquivam, entrando e saindo de foco. Assassinato. Crime. Expulso. Apoio.

Ele levanta o corpo, ainda de joelhos. Ontem, uma hora atrás, ele não conseguiria. Não sem doer, a dor quente queimando perna acima.

Sim! Um drinque para celebrar. *Salud!*

Ele quer dizer a ela que não dói mais. Que nada mais dói. Que ele já leu tudo, que não é nada, que não é absolutamente nada demais. Alguma piada. A gente levou tudo a sério demais.

Sim, é exatamente isso: a gente levou tudo a sério demais.

Isso lhe parece uma grande revelação. A gente levou tudo a sério demais. Muito importante. Que pena que ele não havia pensado nisso antes. Ela não teria ido embora.

Ele usa o braço do sofá para se equilibrar e ficar de pé. Cadê o telefone? Ele a imagina atendendo. Ele falando palavras luminosas feito neon. Ela ouvindo, e depois dizendo: "Michael, eu estava errada. Está tudo bem. Dá meia-volta. Vamos pra casa".

Na terceira tentativa, ele consegue discar o número dela. Ouve sua adorável voz na caixa postal: "Oi. Desculpe, mas não posso atender no momento. Deixe uma mensagem".

5.8

NINGUÉM SABIA O QUE Hernan Galego fazia com seu dinheiro. Era político havia quase cinquenta anos: cerca de meio século com as garras nos cofres públicos. Supunha-se que ele devia ter roubado milhões, mas sua vida era tão tranquila quanto a de uma aranha em um monastério. Seus colegas se entretinham com boatos de que ele havia construído um império fabuloso em um lugar perdido no Sul, povoado com prostitutas fabulosas. Prostitutos, possivelmente. (Ele nunca fora casado.)

Na verdade, ele nunca deixava a capital, a não ser a trabalho para o governo, e mesmo assim relutante. Morava onde trabalhava. O novo e ampliado Ministério de Segurança Interna ocupava um cintilante conjunto de escritórios de vidro e aço num quarteirão iluminado. Dentro desse conjunto, bem no centro, havia um jardim: um hectare de gramado muito bem cuidado e canteiros floridos geométricos. E, no fim desse jardim, bem rente aos muros de segurança, estava o antigo ministério original: um prédio de três andares com fachada espanhola clássica camuflando escritórios funcionais sem graça. Um quarto da área do último andar era um apartamento destinado a oficiais para passar a noite em tempos de crise.

Galego ocupava esses cômodos há onze anos e nunca tinha se dado ao trabalho de reformá-los. Tinha, no entanto, instalado em um dos cômodos menores uma grande televisão digital de tela de plasma com *surround*, e colocado um par de poltronas de couro enormes, que pareciam paquidermes agachados.

Naquela noite de escuridão prematura, ele ocupa uma dessas poltronas e Nestor Brabanta, a outra. Brabanta está bebendo o conhaque que teve a precaução de trazer. Galego está, como de costume, bebendo Pepsi. Tem uma embalagem de quatro latas sem gelo a seus pés. Os dois estão assistindo ao plantão do primeiro noticiário do dia.

– Rá! – Galego exclama. E de novo, como um corvo rasante: – Rá!

A tela mostra a coletiva de imprensa que Hilário Nemiso foi pressionado a dar. É um evento confuso, e um cinegrafista está tendo de mudar de posição para conseguir acompanhar os acontecimentos. Nemiso se senta ao centro da mesa, na qual estão alinhados os microfones. À sua esquerda, três outros policiais: uma mulher corpulenta, de cabelo escuro, chamada Navarro, e dois homens do departamento legal do DCIC. À sua direita, mas a certa distância, está sentada uma mulher extremamente bonita, que encara o tumulto sem disfarçar muito seu desdém. *Flashes* de câmeras lampejam como um clarão sobre todos os cinco rostos.

– Quem é ela? – pergunta Galego.

– Consuela Perlman. Advogada da minha filha. E minha, de vez em quando.

Galego se vira para o amigo com um brilho no olhar.

– Excelente. Não faz mal ter uma judia esnobe entrando na parada, certo?

Na tela, Nemiso consegue impor algo próximo do silêncio à congregação impaciente.

– Repito, responderei um número limitado de perguntas *depois* que eu tiver lido minha declaração.

– Por Deus! – Galego diz, feliz e estridente. – Esse pateta sem graça está mesmo nervoso, não está?

Nemiso lê sua fala a partir de um material impresso. É interrompido diversas vezes pelo barulho e, quando isso acontece, olha fixamente para o nada, sem falar e sem esboçar expressão alguma, até que possa mais uma vez se fazer ouvir.

– Eu convoquei esta coletiva a fim de corrigir informações imprecisas, irresponsáveis e enganosas veiculadas na imprensa e em outras mídias sobre a investigação do assassinato de Bianca Diaz. Espero, de verdade, que esta declaração previna o surgimento de mais histórias desse tipo. Elas são extremamente problemáticas para nós da polícia. São também profundamente prejudiciais à reputação de Otelo.

Nesse momento, ele dá uma olhada de relance para Perlman.

– Idiota metido – Galego murmura por cima dos urros de protesto e zombaria que vêm da TV.

Nemiso leva quinze minutos para fazer um discurso que deveria ter levado cinco:

– Para concluir, e para que não haja nenhum mal-entendido: Otelo não foi preso. E nem foi levado sob custódia. Ele não é, nem nunca foi, um suspeito nesse caso.

– Mas os boatos persistem mesmo assim, não é, Nestor? – diz Galego.

– Otelo tem cooperado bastante com a Unidade de Investigações Especiais, e por vontade própria. Na verdade, ele e a señora Brabanta nos deram informações que se provaram muito úteis, e somos gratos por elas. Nossa busca pelo assassino de Bianca Diaz continua.

Irrompem murmúrios. Nemiso se vira para a multidão, inclinando-se para a frente e colocando a mão em concha sobre a orelha. Precisa pedir para repetirem a pergunta. Brabanta e Galego conseguem ouvir apenas parte dela.

– Levar o computador do Otelo para averiguação?

– É um procedimento da polícia perfeitamente normal em casos como esse – diz Nemiso, desviando o olhar do autor da pergunta. Mas, em meio ao tumulto, só é possível distinguir palavras e sentenças isoladas.

– ... Três dias?

– ...Você quer dizer, casos como esse?

– Capitão, capitão...

– ... Pornografia infantil...

Nemiso permanece sentado durante o burburinho. Está visivelmente fazendo força para disfarçar a raiva e o desprezo que sente. Parece um Buda furioso.

– Eu pensei que... Estou profundamente desapontado que pessoas nesta sala estejam levantando a questão da pornografia infantil. Pensei que tivesse deixado perfeitamente claro que pornografia infantil não tem nada a ver com esse caso.

Interrupções.

– Repito: as fotos de Bianca Diaz no computador do Otelo eram perfeitamente, hã, legítimas. Nenhuma delas era, de forma alguma, pornográfica. Otelo e Desmeralda...

Galego diz:

– Sabe, acho que nunca me diverti tanto na vida. Não é uma maravilha? Porque não importa o que Nemiso disser. Não importa quantos mandados por difamação a tal mulher judia lançar. Nossa imprensa, tão orgulhosa e repelente, não vai deixar Otelo em paz. E Nemiso causou tamanha confusão com isso que vou ter todos os motivos do mundo para transferi-lo para San Juan ou para algum outro buraco abandonado no Norte, para ficar lá como encarregado do departamento de trânsito.

Ele toma um longo gole de Pepsi para celebrar.

– Sabe qual é a única coisa que me irrita, Nestor?

Das profundezas de sua poltrona, Brabanta emite um ruído – algo como *"Nnggh"* – que encoraja Galego a continuar.

– É que *nós* não estamos por trás disso. Eu disse, não disse? Que, antes da eleição, esse é exatamente o tipo de coisa que deveríamos ter feito. Acabar com a reputação desse negro desgraçado, anulá-lo. Silenciá-lo. Você lembra, Nestor? Hein?

Brabanta não responde. Momentos antes, ele havia sentido uma onda de cansaço tão extrema que teve dificuldade para engolir o conhaque. A televisão ficou fora de foco. Não conseguia enxergar muito bem nada que estivesse mais longe que seus sapatos. Fez um esforço para sentar mais ereto, mas, assim que o fez, sentiu como se algo estivesse escorrendo em seu rosto. Não conseguia imaginar o que pudesse ser. Era como se seu couro cabeludo estivesse sangrando. Tentou limpar, mas o braço e a mão se recusaram a se mover. E então uma escuridão tomou conta de seu cérebro feito a cortina caindo ao fim de uma peça. Ele quase pôde ouvir o lufar dela se fechando, sentir o toque do tecido.

Quando ele acorda, Hernan está perto da poltrona, dizendo repetidas vezes: "Nestor".

– Está tudo bem, só estou um pouco bêbado – diz Brabanta, mas é como se ele estivesse balbuciando as palavras num travesseiro sobre uma cama lá longe.

Galego não consegue ouvi-lo.

– Nestor? Pelo amor de Deus, homem! O que está acontecendo com você? *Nestor!*

Brabanta o olha meio torto, ao mesmo tempo cômico e lascivo. Seu olho esquerdo pisca.

– Shuobem. Bêbash. Shfoi?

– Céus, Nestor! – exclama Galego. E então vê como a mão direita de Brabanta está fechada e encolhida e liga isso ao esgar ridículo de seu rosto e à súplica muda do olho bom.

– Meu Deus! – Galego murmura, e se dirige ao interfone. Pressiona o botão vermelho para chamar seus homens, dois dos quais são paramédicos.

5.9

OTELO FICA TEMPORARIAMENTE confuso quando Desmeralda não atende o telefone, e então tem outra ideia. Outra boa ideia: *parar de se esconder*. Deus, se ao menos ele raciocinasse tão bem assim o tempo todo. Se ao menos não tivesse ficado tão... distraído. Por coisas. Coisas. Ele faz um brinde a essa revelação.

Ele joga futebol, é isso o que ele faz. Então ele se dirige para o que Dezi gosta de chamar de Sala de Troféus Ha Ha. Não, não *"Ha Ha"* ele diz agora. Deveria ter dito antes. Não são muitos os homens que têm coisas assim, Desmeralda. Medalhas, tudo isso. *Respeito*. Símbolos de respeito, pelo menos.

É o menor dos quartos de hóspede, mas não muito menor do que o quintal da casa em que ele cresceu. Nenhuma cama nele, agora. Uma cadeira giratória preta, de couro, e uma TV em que ele assiste às partidas gravadas. As estantes exibem troféus, alguns bem feios; também medalhas em caixas de acrílico; um par de chuteiras que foram uma vez usadas por Diego Maradona; fotos autografadas – Kaká, Beckham, El Gato, Henry. Nas paredes, mais medalhas penduradas em fitas longas e chamativas, mais fotos, bandeiras. Atrás da porta, pendurado num gancho, um grande saco de rede contendo bolas de futebol: lembranças de campeonatos internacionais, vitórias em torneios, *hat-tricks*[4].

Ele pega o saco e abre. As bolas rolam pelo chão. Algumas estão murchas, com um ar desalentado, mas muitas ainda estão mais ou menos boas. Com dificuldade, ele junta essas e as coloca de volta dentro do saco, joga o saco sobre o ombro, e então se lembra:

"Não dá pra sair assim por aí, cara".

Ele coloca o saco de volta no chão, vai até o baú sob a janela e abre a primeira gaveta devagar. Camisas, dúzias delas, trocadas pelas suas com outras estrelas, outros capitães. Ele tira uma de cada vez. Vermelha e branca, River Plate. Azul, Itália. Verde e amarela, Brasil. Algumas estão autografadas. Uma camisa branca da Inglaterra autografada pelo Jenny. Não, Terry. Vermelha e preta, Flamengo. Ele está procurando por alguma específica? Não consegue se lembrar.

Mas não, claro! O que ele tem na cabeça? Abandona as camisas espalhadas, pega o saco de bolas, faz um drible com uma ligeiramente flácida, chutando-a para fora, em direção ao corredor. Faz uma tabela mais ou menos bem-sucedida contra a parede, e mira entre os pés da mesa no corredor. O chute sai alto demais e destrói a luminária de vidro da Tiffany. Ops! Os cacos parecem borboletas mortas sobre o tapete. Varrer depois. Cuidado com os pés.

---

4. Quando o jogador faz três gols na mesma partida. (N. T.)

No *closet*, ele se esforça para calçar os tênis e tirar a camiseta suja. Revira o armário até encontrar sua camisa original da *Ploft!*. A cor é um amarelo tão vivo que é quase fluorescente. Nas costas, seu rosto sorri dentro do número 23, em preto e lilás. Esqueceu o que a palavra em inglês na frente significa. Veste a camisa e se admira no espelho. Há um Otelo e meio: um gêmeo fantasmagórico está de pé atrás dele. Fecha um olho e o gêmeo desaparece. Bom. Levanta o pé esquerdo, movimentando os dedos para testar o tendão de Aquiles. Perde o equilíbrio, cambaleia e cai no armário, mas não tem problema, porque a dor no calcanhar sumiu. Nenhuma dor em lugar nenhum, agora. Excelente! Em forma!

A caminho da saída, ele encontra a bebida que havia perdido antes, e faz uma pausa para esvaziar o copo. Estremece enquanto ela desce, depois fica com o corpo ereto e respira fundo, se preparando. Concentre-se. Esqueça todo o resto. Fraqueza. Dúvida. Medo.

O elevador apita. O porteiro fica atento. Quando a porta abre silenciosamente e o próprio Otelo surge lá de dentro, ele fica tão perplexo que abre a boca a ponto de exibir o chiclete grudado nos dentes inferiores da frente.

– Señor?

– Oi. Tudo bem?

– Hã, sim... Está de saída, señor Otelo?

– Preciso. Não posso ficar de bobeira lá em cima. Ficando mole. Fora de forma. Preciso praticar um pouco.

Em tom educado, o porteiro diz:

– Está chovendo lá fora.

– Tudo bem. É bom. Bom pros atacantes, a chuva – diz Otelo, e dá uma piscadela. – Deixa a bolss. Deixa a bola mais ssolta, ssabe? – balbucia. – Os goleiros, não. Goleiros odeiam chuva.

Ele sorri.

– É – diz o porteiro. – Imagino que sim.

As portas de vidro se abrem e Otelo sai. Ele fica surpreso, momentaneamente confuso, ao descobrir que está escuro. Tudo bem. Ele não se importa com os refletores. Gosta deles, na verdade; encolhem o mundo, fazem o mundo ficar do tamanho de um campo de futebol. Além disso – e esse pensamento o agrada – ele está com o tipo certo de camisa para atividades noturnas. Desce os degraus e cambaleia pelo passeio iluminado do jardim e pela fileira de árvores baixas. A chuva o refresca e purifica. Há muitos carros com a superfície cheia de gotículas no estacionamento bem iluminado, mas ele tem bastante espaço livre para trabalhar. Faz algumas flexões ali mesmo, as bolas quicando em suas costas.

Ele se sente bem; fica se martirizando por não ter pensado nisso antes. Por que é que ele ficou lá dentro tanto tempo sem fazer nada, se remoendo, apodrecendo? Deixando essas *coisas todas* atingi-lo, sufocá-lo? Então ele tem a feliz ideia de que a cerca de arame bem ali é como a rede de um gol, e os postes estão mais ou menos separados na distância certa. Ideal. Relaxar um pouco os músculos, então, e logo em seguida treinar os chutes.

A quantidade de *paparazzi* diminui. Muitos foram convocados para a coletiva de imprensa de Nemiso. Outros simplesmente desistiram, convencidos de que Otelo estava no carrão que saiu de manhã com aquele psicopata do Cass dirigindo. Os ciclistas que voltaram já estavam de saco cheio. Dois *paparazzi* discutiam sob a chuva:

– Mas que figura esse Cass! Ele não teria feito aquela proeza se Otelo não estivesse no carro com La Brabanta. Porque ele é o segurança do Otelo, não é?

– Não, que nada. É segurança *dela*. Tá tendo um caso com ela há tempos, cara. Eu não ficaria nem um pouco surpreso se o bebê...

– Ah, fala sério! Se você acredita nisso, acredita em qualquer coisa.

– Ah, é? Tenho fontes confiáveis, meu amigo.

– Claro que tem. Devem ser as mesmas fontes confiáveis que te disseram que a menina Diaz tinha uma agenda telefônica repleta de nomes de gente famosa, certo?

A conversa vai e vem, os dois tentando se animar debaixo da chuva.

Um *paparazzo* silencioso, que conseguiu manter a câmera seca sob sua cômica capa de chuva verde, mira através da cerca. Se não fosse tão imbecil, teria ficado quieto. Mas não ficou, e sua pequena exclamação de espanto alertou os outros. Todos se viram de uma vez só, feito um cardume.

– Quem é?
– O quê?
– Ali. Tá vendo? Quem é?

Olhos postos nos visores; mãos molhadas giram as lentes.

– É ele. É ele!
– É ele mesmo. Nossa, é mesmo.
– Que diabos ele está fazendo?

Os motores dão partida.

– Ele tá treinando, cara. Olha lá.

– Mas o que é isso? Aconteceu alguma coisa que a gente não sabe?

Sacam seus celulares.

Otelo faz alguns tiros de corrida lenta – cinco, talvez, pois perde a conta – combinados com rotações do tronco. Seu equilíbrio não está bom, depois de todo aquele tempo trancafiado na cobertura. É por isso que ele tropeça; é por isso que o mundo balança.

Então ele alinha seis bolas com mais ou menos um metro de distância entre elas, levando um bom tempo para arrumá-las, e pedala em zigue-zague ao longo da linha. Fica completamente perplexo ao perceber que caiu de costas no asfalto, com riscos brilhantes de chuva acertando seu rosto. Ri de si mesmo.

– Quer saber? Acho que ele está bêbado.

– É, olha só. Ele está completamente fora de si.

O comentário se espalha. Sujeitos que observam de outras partes do cais se reúnem atrás da cerca. Os seguranças cochicham em seus *walkie-talkies*. Aquele que está com um cachorro resfolegante enrola a coleira duas vezes em volta do pulso e começa a andar para lá e para cá, olhando por cima do ombro para a figura amarela fosforescente que faz força para ficar de pé.

Ele pega outra bola e a examina. Sob a forte luz molhada, não consegue distinguir o nome rabiscado nela. Ronaldo, talvez, ou Robinho. Quica a bola, pega com o peito do pé, e depois vai driblando com ela por entre as outras bolas. Consegue chegar à quarta antes de perder o equilíbrio. A bola se choca contra ela, tirando as outras da linha, e de repente ele não consegue saber qual é qual. Estão rolando por toda a parte. Recolhe uma com a sola do pé e, sem motivo específico, vai guiando-a com o pé pela escuridão listrada de chuva. A torcida urra.

– Otelo! Otelo! Aqui! Por aqui!

Os torcedores estão concentrados atrás do gol distante, após uma barricada de estrelas cintilantes. Então, sim, dará a eles o que eles querem. Conduz as bolas naquela direção – cada uma com seu próprio fantasma agora, então é difícil. Logo, sem a menor indicação de que era isso que tinha planejado, ele leva a bola verdadeira, a que importa, numa corrida diagonal em direção à grande área.

E você está marcado. Ninguém no apoio à esquerda, o lateral direito com quem você tabelou está marcado, então vai, ataca. Não sinalize o chute. Simule o lançamento, proteja-se do jogo de corpo com o ombro, livre-se da marcação. Mas a bola está próxima demais dos seus pés e o zagueiro está vindo para o bloqueio. Você não consegue chutar. Então você faz aquela maravilha de sempre: para a bola, finge virar para o lado direito, joga o peso para a esquerda, vira completamente. O zagueiro te dá um carrinho com a perna esquerda dobrada, estatelado, boquiaberto, com a mão tentando agarrar sua linda camisa. O goleiro já está ocupado, mergulhando em direção à trave mais próxima. Ele sabe o que você vai fazer, mas não pode impedir. O corpo dele se vira, mas as pernas não acompanham. Você faz uma ginga e o gol está lá, à sua frente, tão grande quanto o mundo. Alguém se choca contra suas costas e você cai, mas é tarde demais. Você já chutou a bola e sabe, pelo toque, pelo adorável peso equilibrado e preciso dela no peito do pé, que ela está a caminho, que você pode comemorar, passar pelo gol em direção a todas aquelas pessoas que você ama e que te amam, e cair de joelhos em sinal de total humildade, permitir que gritem seu nome: Otelo! Otelo! Otelo!

— Por aqui, Otelo!
— Cadê a Dezi, Otelo?
— ... Meninas novinhas, Otelo?
— ... Matou ela, Otelo?
— ... Bianca?
"O que eles estão dizendo?"
Relâmpagos e chuva forte.
— ... Comentário, Otelo?
— ... Pornô?
— Pornografia, Otelo?

Seus dedos se agarram à grade. Sente-se de repente tão cansado. Não são seus fãs, no fim das contas. Nem gente. Ele cometeu um terrível engano. Eles têm olhos grandes em antenas brancas, feito insetos. Predadores. Ele precisa se levantar. Mas está tão cansado. Suas pernas pararam de funcionar.

Eles tiram fotos incríveis, esses poucos sortudos. Otelo caído, agarrado à grade de sua jaula. Bêbado, enlouquecido. O rosto de boca aberta para a chuva. Ou melhor, uivando em lágrimas.

A cabeça brilhante abaixada como um penitente. A camisa encharcada e ridícula agarrada ao peito, com o mapa da África desenhado e a palavra *FAITH* ("FÉ") estampada. São algumas das maiores fotos esportivas de todos os tempos. Obras de arte. Emblemáticas. Valem milhões no mundo inteiro.

5.10

SEIS MESES DEPOIS, Paul Faustino estava almoçando com uma possível namorada no Salamanca, onde a comida era quase tão ousada quanto os preços. Ela falava empolgada sobre hipnose. Mais especificamente, ela estava falando de maneira entusiasmada sobre o sucesso da hipnose na cura do vício em nicotina. A atenção de Faustino acabou ficando dispersa, assim como seu olhar.

– Paul? Paul, eu estou te entediando?

– Não, não, de jeito nenhum. Desculpe. É que me distraí com umas pessoas ali. Não, por favor, não olhe.

O fato de ela não ter olhado contava pontos em seu favor.

– Desculpa. Esqueci que estou de folga – disse ele, acendendo um cigarro. – O que você estava falando?

Nos quarenta minutos seguintes, ele tentou com afinco dividir sua atenção entre sua companheira e a mesa onde Diego Mendosa almoçava com um americano corpulento cujo cabelo parecia zinco ondulado. Faustino sabia quem era o americano. Sabia que era amigo íntimo do governador da Califórnia, que era absurdamente rico, e que tinha um time de futebol chamado San Francisco Goldbugs. Mas Faustino estava menos interessado nele do que em Diego Mendosa. O homem sem dúvida passou por uma situação de extrema vergonha. Seu cliente mais famoso estava arruinado. Era amigo íntimo de um homem cuja reputação foi destruída e despedaçada feito a estátua de um tirano deposto. Foi testemunha de uma calamidade. Mas olha só como ele está radiante, como sorri!

Faustino ficou enrolando com seu café até ter certeza de que Mendosa e o gringo tinham ido embora. Pagou a conta sem o menor traço de hesitação e depois galantemente levou a moça até um táxi, fazendo promessas.

Foi a pé até o *La Nación*, o que levava quinze minutos. Por princípio, ele odiava empresários de jogadores. Eram sanguessugas inchadas infestando o corpo do jogo. Ele se lembrava da época em que eles não existiam, quando os clubes tinham olheiros que descobriam os jovens grandes jogadores e...

Parou de repente. Riu de si mesmo por ficar nostálgico com uma era dourada que nunca existira. Quando os meninos gênios inocentes eram descobertos no interior, ou nas favelas. Besteira. O futebol era um negócio lucrativo como qualquer outro. Questão de encontrar um recurso, usá-lo, explorá-lo e cobrar o máximo que puder por ele. É só um negócio; o passado é um lixo e o futuro é a negociação do dia seguinte. Supondo-se uma taxa bem modesta de dez por cento para o empresário – quase sem dúvida que era mais do que isso –, Diego Mendosa teria faturado cinco milhões com a transferência de Otelo para o Rialto. E mais uns dois milhões – em dólares americanos – com a venda dele para o San Francisco. Além de sua porcentagem sobre o quanto deve ter custado para o Rialto romper o contrato de cinco anos com Otelo. Então não era nenhuma surpresa que o homem parecesse satisfeito. Algo como, sei lá, nove, dez milhões por dois anos de trabalho? Nada mau. Mesmo assim, gostasse ou não, ele precisava admitir que Mendosa era bom no que fazia. E bem mais civilizado que a maioria dos empresários. Ele, pelo menos, tinha tirado alguma vantagem – uma vantagem considerável, na verdade – da morte da pobre menina Bianca Diaz.

Um pensamento sombrio surgiu na parte mais primitiva da mente de Faustino e o fez parar. Mendosa? Será que ele poderia...? Não. Que absurdo. Sem sentido. Balançou a cabeça feito um homem incomodado por uma mosca e continuou a caminhar rápido pelo túnel de pedestres mal iluminado sob a San Cristobal. Mesmo em plena luz do dia, o lugar lhe dava calafrios.

Diego joga o paletó e a gravata no sofá a caminho do armário de bebidas. Serve-se de uma dose generosa de uísque e faz um pequeno brinde a si mesmo. Depois, atravessa o quarto com o copo na mão, fazendo um leve som de "tchá-tchá-tchá" com a língua no céu da boca.

– Bom, minha querida, eu diria que foi uma negociação muito satisfatória. Sim, sem dúvida. Pessoas horríveis com quem preciso lidar, com certeza. Mesmo assim, não se pode ficar escolhendo muito – diz ele, rindo e tomando outro gole. – E, devo dizer, foi um almoço bastante aceitável.

Ele se vira para Emília.

– Por falar nisso, imagino que você esteja com fome, não é? Que bom. Ótimo! Fiquei meio preocupado de você estar sem comida.

Ele deposita o drinque na mesinha lateral e vai até o enorme tanque de vidro que ocupa grande parte da parede menor do quarto. Na base dele, há três gavetas rasas. Da primeira, ele tira uma enorme pinça de aço. Depois, abre a segunda gaveta, levanta a tampa de plástico com buracos para a entrada de ar e usa a pinça para capturar um gafanhoto. O inseto tem uns cinco centímetros de comprimento. Diego é rápido: consegue prender o bicho antes que ele possa abrir as asas. Fecha a gaveta, levanta a tampa do tanque de vidro e coloca o gafanhoto sobre uma folha larga, onde ele fica apoiado. Emília mal se move. Simplesmente abaixa o corpo um pouquinho, ajustando suas patas sobre o galho. Os olhos dela se movem e piscam em direções diferentes. Eles sempre agradam a Diego, os olhos dela. Eles são, na opinião dele, como pérolas negras em cones de continhas douradas.

Mas agora, talvez como reação à presença do gafanhoto em seu tanque, ela passa por uma mudança de cor quase imperceptível. O belo verde-azulado de seu pescoço adota um tom amarelado. Ela se move para a frente no galho com extrema delicadeza, as patas fendidas ao meio hesitantes antes de se apoiarem. A cauda comprida está pendurada bem abaixo dela, uma espiral fechada e cheia de pintas. Diego deseja que ela continue, mal ousando respirar. Ela agora é uma menina crescida: quase do tamanho do antebraço dele. Os olhos dela estão voltados para a frente, focando a presa. O gafanhoto está quase a um metro de distância.

Durante infinitos segundos, ela não faz nada. Diego está agoniado, impaciente. E então ela abre a boca. É quase tão comprida quanto a cabeça triangular. A ponta bulbosa de sua língua aparece entre os lábios. A própria língua de Diego aparece um pouco também; ele não consegue evitar. Emília faz uma pausa, de boca aberta, provocando-o, fazendo-o esperar. E então ela ataca. E, como sempre, Diego não consegue conter o grito, um pequeno gemido de choque e prazer. A língua impossível de Emília sai em disparada, uma corda carnuda e úmida. Seu bulbo pegajoso envolve o gafanhoto. Num piscar de olhos, o inseto é levado à boca. Uma asa e uma pata ficam para fora das mandíbulas de Emília. Ela diminui os olhos, mastiga, engole, mastiga de novo. A asa e a pata se vão. As carúnculas escamosas de seu papo pulsam.

Diego fica ereto e solta um suspiro.

– *Bon appétit*, querida – murmura ele.

Ele apanha o copo de uísque e sai para a varanda. Como sempre, nessas ocasiões, ele se sente levemente triste. É a simplicidade invejável das necessidades e vontades dela. Uma oportunidade surge e sua fome é saciada. Nada desse desejo infinito por mais e mais e mais e mais. Ele fez coisas grandiosas, monstruosas. Mas ainda há a cidade lá embaixo: inabalada, vertical, estúpida. A poeira assentou. As ondas enormes diminuíram até se tornarem círculos na água. A perspectiva de ter de começar tudo de novo quase o desanima.

Ele esvazia o copo, põe fogo em seu estômago. Verifica as horas e entra. Faz uma ligação. No quarto toque, atendem o telefone.

DIEGO: Luís? Oi. Aqui é o Diego Mendosa. Essa é uma boa hora para conversar? Você está sozinho?

MONTANO: Hã... Sim, pode falar.

DIEGO: Ótimo. Você teve tempo para pensar na minha proposta?

MONTANO: Sim. Parece seguro. O negócio é que, como eu tinha dito, vai ser difícil sair do meu contrato atual, sabe? As coisas podem ficar meio casca-grossa.

DIEGO: Mas isso não é problema seu. Eu posso lidar com tudo isso. Eu também posso ser bem casca-grossa, para falar a verdade. Quando é de interesse do meu cliente, é claro.

MONTANO: É o que ouvi falar.

[DIEGO *resolve deixar o comentário para lá.*]

MONTANO: E então? Você acha que consegue me fazer voltar para o Rialto?

DIEGO: Ah, sem dúvida nenhuma. E eu não diria isso se não tivesse um bom motivo.

[*Uma pequena pausa.*]

MONTANO: Certo. Mas aqui vai virar um inferno se a gente conseguir.

[DIEGO *percebe o uso de "a gente".*]

DIEGO: Não se preocupe com isso. Eu tenho bastante experiência em administrar infernos. E passei por um recentemente.

MONTANO: É. E sem se queimar, pelo jeito.

DIEGO: Sem dúvida. Eu não poderia fazer o que faço se não fosse à prova de fogo. Mas e então...

MONTANO: Então tudo bem. Vamos lá.

DIEGO: Você aceita?

MONTANO: Sim. Aceito.

DIEGO: Excelente! Será uma honra representá-lo, Luís. Faremos muitas coisas boas juntos, prometo.

Faustino estava em sua mesa bagunçada. Usou tesouras para cortar um artigo de duas páginas da edição do dia anterior do *La Nación*. A tesoura era pesada e velha; era sua há muito tempo. Era um artigo que ele escrevera.

UM GIGANTE DERRUBADO POR ANÕES
Na véspera do humilhante embarque de Otelo para os EUA, **Paul Faustino** *reflete sobre uma tragédia moderna*

Passou novamente os olhos pela matéria. Nos três dias que levara para escrevê-la, ele revisou e reescreveu o texto diversas vezes, na maior parte do tempo suavizando o tom. Ainda assim seu texto era amargo, raivoso, acusatório. Faltava-lhe imparcialidade e austeridade. Era sincero de um jeito quase não profissional. Quase, Deus do céu, juvenil. Agora, inerte por causa do almoço pesado que comera, ele se viu pensando se todo esse ardor – ou pelo menos parte dele – era de fato genuíno. E, mesmo se fosse, será que era... apropriado? Heróis vêm e vão; castelos de areia são levados pela maré; seria o mesmo que ser tomado por um ódio infantil pela profunda indiferença do mar. A única emoção adulta é a decepção.

Dobrou o artigo e colocou-o num envelope plástico. Na porta que levava à sua biblioteca, fez uma pausa e observou o depósito sem janelas, cheio de arquivos, cadernos de rascunho, álbuns de fotografias, registros anuais e sabe-se lá mais o quê fazia parte de sua vida. Biblioteca. Arquivo. Museu. Mausoléu. Catacumba.

Abriu uma enorme caixa de arquivo com uma etiqueta "OTELO" e colocou o envelope plástico lá dentro.

Epílogo

NUM DIA DE SOL, a parte superior do Café Catalina, em São Francisco, na Califórnia, permite uma vista quase completa da ponte Golden Gate. Naquela tarde, no entanto, uma névoa cor de cobre cobria a baía. Nela, a ponte parece frágil: a sombra de uma espada caída, de um crucifixo. Como é comum no intervalo entre o almoço e o fim da tarde, o Catalina está tranquilo. Só há um cliente na seção de Renata Parry – um homem negro, bonito e atlético, que tinha ido ali para almoçar com outro sujeito, mas que resolveu ficar mais tempo, sozinho. Ambos pediram o "Prato de Frutos do Mar do Chef" e tomaram duas garrafas do excelente Chablis, embora o homem negro tenha tomado a maior parte da segunda. Depois que ela tirou os pratos e foi pegar o café, o homem branco tirou um pequeno e bonito gravador de sua bolsa e colocou sobre a mesa. Então era uma entrevista, e Renata supusera, portanto, que o sujeito bonito era alguém importante. Conversavam em espanhol – a língua que Renata herdara de sua mãe mexicana –, mas com um sotaque que ela não conseguiu reconhecer. A conversa deles durou uma hora, talvez mais.

Renata estava indo para a mesa deles para ver se queriam mais alguma coisa quando ambos ficaram de pé. Cumprimentaram-se com aperto de mão, mas então o cara negro colocou os braços ao redor do outro, um abraço solitário, apertado, e o outro cara pareceu ficar um pouco sem jeito.

Quando o jornalista ou sei lá o quê foi embora, o bonitão pediu uma cuba-libre. E já tinha tomado mais algumas desde então. Demais, talvez. Ela ficou observando de canto de olho enquanto fazia suas coisas, arrumando as mesas para o jantar, deitando os cardápios do jantar. Na maior parte do tempo, ele ficava sentado impávido, observando a ponte sumir. Mas de vez em quando ela o via balançar a cabeça de leve e movimentar os lábios, como se estivesse no meio de uma conversa em sussurros com uma companhia invisível.

Ele a pega olhando para ele, então ela sorri e vai até a mesa.

– Como estão as coisas aqui, señor? Gostaria de mais alguma coisa? Um café?

Ela fala em espanhol, imaginando que ele pode ficar surpreso. Satisfeito, até. Mas é como se ele não percebesse, como se achasse normal. Por aquela que talvez seja a terceira vez naquela tarde, ele força a vista para ler o nome dela em sua túnica.

– Sim... hã... Renata. Quero mais um desses.

Batendo com a unha do indicador no copo, que não está vazio.

Ela hesita um pouco, mas ele também não percebe.

Kim, o barman, coloca a bebida na bandeja dela.

– O mesmo cara?
– É.
Kim faz uma careta e diz:
– Fica de olho nele.
Renata coloca o copo na mesa do bonitão e pega o outro, agora vazio.
– Uma pena o tempo estar ruim – diz ela. – A vista aqui é linda nos dias de sol. Faz tempo que o señor está em Frisco?
– Sim. Tem um tempinho, já.
E então ele olha para ela e sorri. "É um sorriso bonito", pensa Renata.
– Você não sabe quem eu sou, sabe?
– Desculpe, señor – ela diz, com sinceridade. – Acho que infelizmente não.
Ele concorda com a cabeça e sorri de novo. Pega o copo.
– Nem eu. *Salud.*

O jardim da casa de NESTOR BRABANTA. BRABANTA *está parado sob a sombra de um enorme guarda-sol.* DESMERALDA *está sentada numa cadeira de praia observando* RAUL, *que está tirando, de um jeito desajeitado, mas concentrado, seus brinquedos de um carrinho de plástico colorido e colocando-os de volta. O celular dela toca. Ela verifica o número e atende.*
DESMERALDA: Oi, Paul. Já voltou?
FAUSTINO: Sim. Cheguei há uma hora, mais ou menos. Estou em casa. Acabo de ver suas mensagens.
DESMERALDA: E como ele estava?

FAUSTINO: Bom, acho que estava bem, sei lá.

DESMERALDA: E o que isso significa?

FAUSTINO: Significa que ele parece bem. Diria que ele sem dúvida não anda comendo hambúrguer prostrado na frente da televisão, cheirando cocaína, nada disso. Em grande parte do tempo, parece o mesmo de antes.

DESMERALDA: Ele anda bebendo?

FAUSTINO: Ah, não sei. Talvez um pouco. Ele está com muitos problemas na cabeça.

DESMERALDA: Sim, nem me fale.

FAUSTINO: Desculpe. Mas, por exemplo, ele sabia, é claro, que para os americanos futebol é... Bom, eles não entendem muito do assunto. É uma religião mundial da qual eles não fazem parte. Mas isso ainda o surpreende. Ele é o jogador mais caro que o San Francisco Goldbugs já comprou, e mesmo assim ele pode andar tranquilo pelas ruas e quase ninguém sabe quem ele é.

DESMERALDA: Isso me soa bem legal.

FAUSTINO: É, imagino que sim. E... hã... Você ainda está na casa da praia?

DESMERALDA: Não, a gente voltou ontem à noite. Estou na casa do meu pai.

FAUSTINO: Ah...

DESMERALDA: O Raul gosta daqui. [*Ela soa um tanto defensiva, pensa* FAUSTINO.] Vou vender a cobertura, te falei?

FAUSTINO: Hã, sim. Otelo comentou a respeito. E então... hã... Como estão as minhas crianças?

DESMERALDA: "Minhas crianças". Morro de rir quando você fala deles assim.

FAUSTINO: Só falo isso para indicar o quanto me sinto responsável por eles.

DESMERALDA: Sei.

FAUSTINO: E então? Eles estão se comportando?

DESMERALDA: Paul, eu já te falei mil vezes. Eles são ótimos. Fico feliz em saber que eles estão lá. Desista dessa ideia de que eu estou te fazendo um favor, tá bem? Você é quem me fez um favor. O Bush é absurdamente cuidadoso com tudo. Agora ele sabe cuidar da piscina, cuida do jardim, deixa os carros impecáveis. Tipo, ele não para nunca. E a Felícia, bom, ela é um amor de menina, não acha?

FAUSTINO: Sim, acho sim.

DESMERALDA: Ela é ótima com o Raul, quando a gente vai para lá. Ele adora ela. Chama ela de "Fisher". Olha só, ele acaba de me ouvir falar o nome dela e está olhando em volta, procurando por ela. Não é um amor?

FAUSTINO: É. Os meus olhos estão cheios de lágrimas.

[DESMERALDA *ri*.]

Raul toma uma dessas decisões repentinas e incompreensíveis que costumam ter as crianças pequenas. Os brinquedos coloridos e barulhentos não são mais interessantes: o vulto à sombra do guarda-sol é que é. Ele se põe de pé, conseguindo achar equilíbrio. A fralda descartável enorme o faz andar de um jeito desengonçado, feito um pato. Ele chega até a cadeira de rodas do avô e coloca a mãozinha gorducha e marrom sobre a grande garra congelada de Brabanta. Brabanta vira seu rosto assimétrico para a criança e chora.

"É totalmente normal para as vítimas reagirem a todo tipo de estímulo emocional com o choro", dissera o especialista em derrame para Desmeralda. "O que podemos chamar de circuitos emotivos do cérebro ficam danificados. Confusos. As lágrimas não indicam necessariamente tristeza. Podem ser igualmente sinal de prazer ou, digamos, de gratidão".

Faz tempo que Felícia perdeu o medo das enormes máquinas brancas na área de serviço da casa da praia. A máquina de lavar agora é uma fonte de prazer: ela adora o modo como ela para de repente no meio do "tchá-tchá" da água, apitando, como se estivesse tentando se decidir sobre o que fazer em seguida. Às vezes, ela abre a porta do freezer só para sentir a brisa fria e úmida no rosto e no pescoço. E, às vezes, ela fica na varanda atrás da piscina e fecha os olhos. Conta até dez, tão lentamente quanto consegue aguentar, e então os abre novamente e vê que tudo continua ali, que tudo é real. Que não é um truque de mágica.

Seus sentimentos a respeito de La Señora continuam confusos. A mãe de Raul, a Desmeralda Brabanta que agora é sua patroa, não é a Desmeralda Brabanta que Bianca invejava e idolatrava. Não é a falsa deusa-prostituta cujas fotos ficavam penduradas acima da cabeça de Bianca, feito um sonho. Ela, agora, tem aquela gentileza que as pessoas tristes têm. Mas ao mesmo tempo é ela. Felícia pensa em tudo isso enquanto observa La Señora brincando com o filho, conversando com Bush. "Sim, é ela. É ela. Ela é a culpada. E ela nos salvou".

Erroll, o jardineiro, passou a gostar do menino, coisa que ele achava que não fosse acontecer. O menino da cidade com cabelo maluco, que não sabia o nome de nada, que nunca tinha segurado uma tesoura de poda, que nunca tinha sequer usado uma mera mangueira na vida. Mas Bush – o nome dele pelo menos combina com o trabalho que executa – é sério, observador, cuidadoso, e Erroll gosta disso, já que ele também é assim. E o menino faz todo o trabalho pesado, já que Erroll começa a se sentir meio velho para isso.

Erroll também está ensinando o menino a ler, um processo lento e trabalhoso, porque na verdade o próprio jardineiro só é semialfabetizado. Usam o livro que Bush conseguiu sabe-se lá onde. Talvez tenha roubado, na sua vida anterior. Sem dúvida não teria como comprar um livro daqueles, já que custava mais que o salário de uma semana. *As maravilhas submarinas*. Juntos, os dois escalam as palavras compridas que se erguem feito recifes rochosos no texto.

Quando Desmeralda está lá e Felícia está ocupada tomando conta de Raul, Bush faz companhia para Michael Cass em suas caminhadas. Cass deu a Bush um par de binóculos, e os dois ficam sentados juntos no começo da calçada que leva até a praia, sob as palmeiras inclinadas e farfalhantes, examinando os barcos que ainda agora, depois de todo aquele tempo, aproximam-se demais da casa.

Veem outras coisas também.

– Ei, o que é aquilo ali? Golfinhos? Botos?

– Botos – responde Bush.

Bush e Felícia ocupam os aposentos para funcionários, que nunca foram usados antes, acima da enorme garagem para quatro carros. Ocupam aquele enorme e milagroso espaço com cuidado, quase com devoção. São, como Desmeralda descreveu para Faustino, meninos de ouro, quietos feito ratinhos. Só que eles têm um mau hábito, um pecado secreto. Bush se preocupa, mas essa coisa dá a Felícia tamanho prazer, ela sente tanta necessidade disso, que ele não tem coragem de recusar. Então, muito de vez em quando, nas noites em que os dois estão sozinhos na casa, eles entram furtivamente e deitam na cama de lençóis brancos de Desmeralda, com as pernas entrelaçadas feito as raízes de árvores adjacentes.

Bush, apesar de não querer, acaba adormecendo. Felícia, com a cabeça apoiada no ombro dele, fica olhando para o movimento fantasmagórico das cortinas, lamentando a realização de seus desejos, ouvindo o sussurro distante do mar.